天津哲学社会科学规划项目（项目编号为：TJZW20-004）研究成果

中国古代白话小说的互文性叙事

孔庆庆 著

天津社会科学院出版社

图书在版编目（ＣＩＰ）数据

中国古代白话小说的互文性叙事 / 孔庆庆著. -- 天
津：天津社会科学院出版社，2023.10
ISBN 978-7-5563-0920-7

Ⅰ．①中… Ⅱ．①孔… Ⅲ．①古典小说－小说研究－
中国 Ⅳ．①I207.41

中国国家版本馆 CIP 数据核字(2023)第 199987 号

中国古代白话小说的互文性叙事
ZHONGGUO GUDAI BAIHUA XIAOSHUO DE HUWEN XING XUSHI

选题策划：韩　鹏
责任编辑：李思文
责任校对：刘美麟
装帧设计：高馨月
出版发行：天津社会科学院出版社
地　　址：天津市南开区迎水道 7 号
邮　　编：300191
电　　话：（022）23360165
印　　刷：高教社（天津）印务有限公司
开　　本：710×1000　　1/16
印　　张：16.5
字　　数：230 千字
版　　次：2023 年 10 月第 1 版　　2023 年 10 月第 1 次印刷
定　　价：68.00 元

目　录

第一章　互文性叙事

第二章　文本意象的互文性

第三章　文本语言的互文性

第四章　文本诗词韵文的互文性

第五章　情节设置的互文性

参考文献

第一章　互文性叙事

第一节　修辞意义上的互文概念

"互文",从字面意义上理解,有相互为文之意。关于"文",许慎在《说文解字》中注解道:"文,错画也,象交文。凡文之属,皆从文。"①从甲骨文字形上看,"文"像一个伸张双臂站立的人,上半身位置的交叉,代表了文身,最原始的意义与花纹、文身有关。例如,屈原的诗《橘颂》中曰:"青黄杂糅,文章烂兮。""文"与"章"意义相近,均指花纹。在后世的语用演变过程中,"文"逐渐有了文字、文章之意。在《现代汉语词典》(第七版)中,对于"文"的释义列出了十六种,排在前三位的意义分别为:"字""文字""文章",在现代汉语的日常交际应用之中,为基本常用的意义。"互文"之"文"可理解为"文字"或者"文章",从修辞意义上理解"互文"一词的意义,"文"则可更多地解释为"文章"。

一、互文概念的提出

较早关注汉语中"互文"现象的是汉代的郑玄。《仪礼注疏》中曰:"司正升自西阶,阼阶上受命于主人,适西阶上,北面请坐于宾。宾辞以

---

① （汉）许慎撰,（宋）徐铉校定:《说文解字》,北京:中华书局 2013 年版,第 182 页。

俎。反命于主人,主人曰:'请彻俎'。宾许。司正降自西阶,阶前命弟子俟彻俎。"郑玄注曰:"上言'请坐于宾',此言'主人曰',互相备耳。"①此段文字中,司正受命于主人,起到的作用是将"主人"与"宾"之间的言辞相互传达,没有直接做决定的职能。因此,文中才会在"宾辞以俎"之后,司正"反命于主人"。主人在说了"请彻俎"之后,宾才会"许",才会"命弟子彻俎"。因此,郑玄所言"请坐于宾",应该含有"主人曰"之意,是主人所言,司正将此言达于宾,因下文出现了"主人曰",所以上文中没有再出现。对于下文中主人所言"请彻俎"之前,也没有出现司正去征求主人意见之语,而实际上是,主人之言出口之前,司正是返回主人处做了询问,主人才能发出指令的。为了语言的凝练,在不影响语义表达的情况之下,便省去了上下文有所提及的部分。没有影响到语义表达的原因在于上下文的互文性。郑玄此处并没有使用"互文"一词,称其为"互相备耳",即上文和下文分别具备了没有用文字明确表达的内容。

而唐代贾公彦则明确提出了"互文"一词。他在《仪礼注疏》中言曰:"凡言互文者,各举一事,一事自周是互文。此举一边礼,一边礼不备,文相续乃备,故言互相备。"②又曰:"凡言互文者,是两物各举一边而省文,故云互文。此糗与粉唯一物分为二,文皆语不足,故云互相足也。"③通过上下文的互相注解与照应才能够表达完整的文义,单方面解读往往会造成语义的曲解。因此,对于古代文献中的"互文"概念,存在着文句的相互依托性。从较早出现的互文修辞用法来看,没有针对具体的字、词或者句子,而是针对文章意义而言的,目的是节省文字,在不影响意义表达的情况之下,最大限度避免词汇的过多运用。

《仪礼注疏》中,出现的此类用法颇多,如乡射礼第五:"宾以虚爵降。

---

① (汉)郑玄注(唐)贾公彦疏:《仪礼注疏》乡射礼卷第十三,上海:上海古籍出版社1997年版,第1008页。

② (汉)郑玄注(唐)贾公彦疏:《仪礼注疏》乡射礼卷第十三,上海:上海古籍出版社1997年版,第1008页。

③ (汉)郑玄注(唐)贾公彦疏:《仪礼注疏》既夕礼卷第三十九,上海:上海古籍出版社1997年版,第1253页。

将洗以酢主人。主人降。宾西阶朝东面坐奠爵,兴,辞降。主人对。"贾公彦疏曰:"自此至'宾西阶上答拜',论宾酢主人之事。《乡饮酒》不言虚爵,直云'降洗',此直云'虚爵降',不言洗,互见为义,相兼乃具也。"①意思是虽未直言"虚爵",但从下文之中可以推出此意。同样,未言"洗",但是从文意亦可知,将文章中出现的"互文"现象做了较为清晰的阐述。郑玄提出了"互言"的概念,在《礼记·月令》中曰:"是月也,土润溽暑,大雨时行,烧薙行水,利以杀草,如以热汤,可以粪田畴,可以美土疆。"郑玄注曰:"润溽,谓涂湿也。薙,谓迫地芟草也。此谓欲稼莱地,先薙其草,草干烧之,至此月大雨,流水潦畜于其中,则草死不生,而地美可稼也。粪、美,互言耳。"②郑玄所谓"互言",有相互言说之意,也就是需要进行相互解释,与贾公彦所言"互文"意义相近。

1. 互文修辞的结构

"互文"修辞的使用,一直沿用至今。作为修辞手法的"互文",《辞海》做了如下解释:"上下文各有交错省却,而又相互补充、交互见义。"③作为修辞手法,"互文"应用的表现形式呈现出多样性。

(1) 单句互文

单句互文是指在同一句子中前后两个词语在意义上相互渗透,此种用法多见于诗词之中。例如,唐代杜牧《泊秦淮》诗曰:"烟笼寒水月笼沙,夜泊秦淮近酒家。商女不知亡国恨,隔江犹唱后庭花。"其中"烟笼寒水月笼沙"一句便用了互文修辞。"烟"与"月"形成互文修辞,从字面上理解诗句的意思为,轻烟笼罩着寒水,月色笼罩着水边白沙。如此解释显然是不合理的,轻烟不会仅仅只笼罩寒水,同时也会笼罩水边白沙,月色亦是如此,既能笼罩白沙,也能笼罩寒水。因此,此诗句的意思应该是轻

---

① (汉)郑玄注(唐)贾公彦疏:《仪礼注疏》既夕礼卷第三十九,上海:上海古籍出版社1997年版,第994页。

② (清)孙希旦撰:《礼记集解》卷十六,北京:中华书局1989年版,第459页。

③ 《辞海》,上海:上海辞书出版社2010年版,第763页。

烟和月色笼罩着寒水和岸边的白沙。只有这样理解,才能更好地让我们透过字句看到一幅淡雅柔静的水边夜色图,感受到一种迷蒙冷寂的气氛。形式上将语义所涉及的四个对象分为两部分来写,而内容上却要融合在一起去理解。王昌龄《出塞二首·其一》曰:"秦时明月汉时关,万里长征人未还。但使龙城飞将在,不教胡马度阴山。"首句"秦时明月汉时关",诗句意义为"依旧是秦汉时期的明月和边关",为了韵律和谐,将"明月"与"边关"两个意象拆分,分别归附于"秦时"与"汉时","秦"隐"汉"、"汉"隐"秦",意义上相互融合,渲染出一种既雄浑又苍凉的氛围,增强了诗歌的壮伟气势,起到了很好的修辞作用。

单句互文的结构形式,解决了诗词格律的问题,在诗歌意象的营造与诗词韵律达不到和谐一致之时,起到了很好的协调作用。用凝练的语汇将各种不同意象进行组合,实现诗词意境营造的最大艺术张力。除了诗词中的运用之外,在一些需要意境营造的文言散文中,单句互文格式也有出现。例如,欧阳修《醉翁亭记》中曰:"临溪而渔,溪深而鱼肥;酿泉为酒,泉香而酒洌。""泉香而酒洌"句运用了互文修辞,"泉"与"酒"构成互文结构,相互为文。酿酒用"泉",泉水便也有了酒香,酿酒用的水独特,酿出的酒便清洌且淡香,因此,"泉"与"酒"都有了香气,也都有了清洌之感。用互文修辞去解读文句,才能使我们发散思维,展开充分想象,去真切体验太守生活的妙境,透彻解读文本。

（2）偶句互文

偶句互文是指互文修辞应用在两个句子之中,需要结合上下句子的意义去解读。上下两句中,各有一词构成互文关系,只有将两句意思进行拼合,才能准确、完整地通达其意。

第一,同义式互文。

上下两句中构成互文的词有时意义相近或相同,这种形式的互文称之为同义式。被郭茂倩收录于《乐府诗集》中的乐府诗《木兰诗》中曰:"开我东阁门,坐我西阁床。脱我战时袍,著我旧时裳。""东阁"与"西阁"构成互文关系。打开东阁的门,去西阁自然也有打开门的动作,因此,诗句意思应为打开东阁与西阁的门。"坐我西阁床",也并非坐在西阁的床上,也有东阁的床。关于"床",和现代汉语里"床"的意义并不相同。《释名》中对"床"的解释为:"人所坐卧曰床。床,装也。所以自装载也。长狭而卑曰榻,言其榻榻然近地也,小者独坐,主人无二,独所坐也。"[1]由此可见,床在古代有座的功能,属于坐具的一种,东阁与西阁都放置床这一家具是可以解释得通的。"开我东阁门,坐我西阁床",将木兰阔别故乡十余载后归家的温情表达到极致,到东阁看看,到西阁看看,家中的一切都倍感亲切,也衬托出一个女子情感的细腻。如果不按照互文修辞去解读此句,诗的意境便被打破了,表达上则显得机械生硬。

又如长篇叙事诗《孔雀东南飞》中的诗句:"东西植松柏,左右种梧桐,枝枝相覆盖,叶叶相交通。"其中"东西"与"左右"构成互文,"覆盖"与"交通"构成互文,译为坟墓周围都种植了松柏和梧桐,枝枝叶叶既相互覆盖,又相互交通。而不是坟墓的东边西边和松柏,坟墓的左边右边种梧桐,树枝之间相互覆盖,叶子之间相互交通。这样分开解读很显然语义是不通的。"东西"与"左右"这两个方位都具有广阔的覆盖性,很难将这两个方位的界限具体划分清楚,而树枝和树叶也是一体的,分开来理解并不合乎情理。用互文修辞解读此诗句,不仅文义可以讲得通,而且诗歌的意境与美学意蕴也有了很高的提升。

同义式互文的使用,能起到增强诗文气势,加深诗文感染力的作用,更便于情感的抒发。

第二,对义式互文。

在偶句互文这种形式结构之中,除了构成互文的两个词义相关、相近、相同之外,也会出现两个词义相对的情况。如《木兰诗》末句"雄兔脚扑朔,雌兔眼迷离;如果不结合下文"双兔傍地走,安能辨我是雄雌?"去理解的话,很容易忽略其互文修辞的使用。"脚扑朔"来描写雄兔,"眼迷离"来描写雌兔,用此文字来描述雌雄两兔的不同的特征,是合乎情理

---

① (汉)刘熙撰:《释名》卷第六,北京:中华书局2016年版,第85页。

的。但是下文却说"安能辨我是雄雌?"如果忽略其互文修辞的使用,和下文句意明显矛盾,雄雌二兔既然各具有不同特征,便不难分辨,由此可见"雄兔"与"雌兔"构成互文关系。诗句意义应是雄兔与雌兔都一样脚扑朔,一样眼迷离,并以此来隐喻花木兰替父从军,女扮男装,进一步突出木兰的聪慧机智。又如杜甫诗《潼关吏》中写道:"士卒何草草,筑城潼关道。大城铁不如,小城万丈余。"士卒劳役多么劳苦艰辛,在潼关要道修筑长城,大城比铁还要坚固,小城高达万丈。"万丈余"与"铁不如"并不是特指"大城"或者"小城",而是二者兼有的特点。"大"与"小"构成对举,以此来表达潼关上的所有城池都很坚固且高峻。

使用相对意义的词语来构成互文修辞手法在一些散文中也多有应用。如贾谊《过秦论》一文中,"强国请服,弱国入朝。""强"与"弱"构成意义相反的一组形容词,使上句与下句形成对比。贾谊想表达的意思为,在国力强大的秦面前,其他诸侯国不论强还是弱,都"降服"于秦,都向秦国进贡,而不能理解为强国"降服"于秦,弱国向秦进贡。语义相对的一组词语分布于上下文中来表达同一个意义,使散文句式结构更为和谐,增强了文章的气势。

(3)隔句互文

偶句互文的结构形式,如果中间穿插入非互文性语句,使得具有互文关系的语句遥遥相顾,构成远涉性互文,这便是隔句互文。例如,王勃《滕王阁序》中曰:"十旬休假,胜友如云;千里逢迎,高朋满座。"此句的意思为,正逢十日休假的日子,杰出的友人云集,高贵的宾客也都不远千里来到这里聚会。"胜友""高朋""如云""满座"四个词相互交错,互为补充。"胜友如云"与"高朋满座"构成了互文,胜友与高朋"如云",亦"满座"。互文修辞运用之后,上下两个句子构成了句式对仗,不仅将文义表达清楚,更重要的是使文章气势增强,具有了很高的美学价值。

隔句互文也应用于诗歌之中,如曹操诗《观沧海》:"日月之行,若出其中;星汉灿烂,若出其里。""行"与"灿烂"互补见义,"其中"与"其里"意义相近,日月的运行和星汉的灿烂要融合在一起去理解,即灿烂的日月星汉的运行好像出于沧海之中。隔句互文的应用对文采的提升起到了重要的作用,往往出现隔句互文之时,会伴有对仗或者对偶的修辞手法的运用。

（4）排句互文

互文修辞也会运用在多个句子之中,排句互文一般是三个句子以上,在内容表达上与单句、偶句相类。如在长篇叙事诗《孔雀东南飞》中,刘兰芝自述自己的技艺才能:"十三能织素,十四学裁衣,十五弹箜篌,十六诵诗书。"四个数字构成了互文关系,并不是精确地说刘兰芝十三岁一定就学会织素,也并不是一定是十四岁之时学习了裁衣,如果这样机械地去理解就打破了诗歌的艺术之美,成了数据堆积。作者通过互文修辞手法的运用,将刘兰芝从十三岁到十六岁所学习的技艺展示给读者,以此来体现刘兰芝的聪慧勤奋好学,是很有教养和才学的女子。再如《木兰诗》中写花木兰替父从军之前的准备:"东市买骏马,西市买鞍鞯,南市买辔头,北市买长鞭。"四种东西完全可以在一个市场买,尽管当时商业经济并不发达,但是也并不至于马的装备分开到多个集市出售。因此,此句的意思应该是木兰去了各个市场,购买了从军需要的装备。"东市""西市""南市""北市"构成互文关系,四词排列在一起,语义综合起来理解。多个句子使用互文修辞,使得诗文语言的气势更为强大,结构上整齐有致,用简练的语言表达出丰富的意义,内容更加充实准确而且完整。

（5）句落互文

句落互文,实际上指的是句群之间或者段落之间的互文。在写作之时,将完整的意义拆开,分别放在各个章节,几个章节的内容相互参照,互相补充。这种形式多见于《诗经》之中。例如:

坎坎伐檀兮,置之河之干兮。河水清且涟猗。不稼不穑,胡取禾三百廛兮? 不狩不猎,胡瞻尔庭有县貆兮? 彼君子兮,不素餐兮!

坎坎伐辐兮,置之河之侧兮。河水清且直猗。不稼不穑,胡取禾

三百亿兮？不狩不猎，胡瞻尔庭有县特兮？彼君子兮，不素食兮！

坎坎伐轮兮，置之河之漘兮，河水清且沦猗。不稼不穑，胡取禾三百囷兮？不狩不猎，胡瞻尔庭有县鹑兮？彼君子兮，不素飧兮！

（《诗经·魏风·伐檀》）

三章的首句句式完全相同，所改变的是不同的单字，分别为"檀""辐""轮"，三个字的意思分别是"檀木""车轮上的辐条"和"车轮"，诗歌的三章内容都是在描述砍伐檀木的场景，第一章意思是砍伐檀树声砍砍，第二章和第三章首句都是在描述砍下的檀木功用，做车辐，做车轮，三句结合在一起是在讲一个意思，就是砍下檀木做器具。此外"置之河之干兮""置之河之侧兮""置之河之漘兮"三句之中，"干""侧""漘"为互文修辞，三字都是指水边。后文中的"三百廛""三百亿""三百囷"同样是互文修辞。郑玄注曰："'廛，居也。'按此'三百廛'指三百夫所种田中的收获。三百言其多，并非确数，下章的'三百亿''三百囷'同。"①"廛""亿""囷"意义相近，构成互文关系，互相补充说明。

还有一种互文体现在段落之间，例如《诗经·秦风·无衣》：

岂曰无衣？与子同袍。王于兴师，修我戈矛。与子同仇！
岂曰无衣？与子同泽。王于兴师，修我矛戟。与子偕作！
岂曰无衣？与子同裳。王于兴师，修我甲兵。与子偕行！

（《诗经·秦风·无衣》）

这首诗分为三章，每一章都以"岂曰无衣？"开头，三章内容都围绕此句而抒写。用"袍""泽""裳"来总体概括衣着，用"戈矛""矛戟""甲兵"来指代所有武器，用"同仇""偕作""偕行"来表达同仇敌忾之情。将同一件事情，分布到三章之中，极大地营造出了团结一心，共抗外敌的战前

---

① 程俊英，蒋见元：《诗经注析》，北京：中华书局1991年版，第301页。

氛围,情感表达尤为浓烈。用段落间互文的修辞手法,也迎合了诗歌这种文体的特殊需求。

2. 互文修辞的应用范围

互文修辞的应用范围极为广泛,尤其体现于诗词和韵文之中,不同的文体,呈现出不同的运用特征。

(1)互文修辞在诗词中的应用

互文修辞的使用首先体现在诗词之中。《诗经》是较早使用互文修辞的诗歌作品,其中多数诗篇古人已有解说。如《周南·关雎》:

> 关关雎鸠,在河之洲。窈窕淑女,君子好逑。
>
> 参差荇菜,左右流之。窈窕淑女,寤寐求之。
>
> 求之不得,寤寐思服。悠哉悠哉,辗转反侧。
>
> 参差荇菜,左右采之。窈窕淑女,琴瑟友之。
>
> 参差荇菜,左右芼之。窈窕淑女,钟鼓乐之。
>
> (《诗经·周南·关雎》)

对于"窈窕淑女,琴瑟友之"一句,毛传曰:"宜以琴瑟友乐之。"[1]《毛诗正义》曰:"下章曰'德盛者宜有钟鼓之乐',与此章互言耳。明淑女若来,琴瑟钟鼓并有,故此'传'并云'友乐之',亦逆取下章之意也。以乐有二等,相分以著义。"[2]正因是"淑女",所以"琴瑟"与"钟鼓"都不能缺少,以此来体现出这位"在河之洲"女子的盛德。

又如《周南·葛覃》:"薄污我私,薄澣我衣,害澣害否,归宁父母。"《毛诗正义》曰:"私服宜澣,公服宜否。"[3]王先谦曰:"我私与我衣,对文

---

① 王先谦:《诗三家义集疏》,北京:中华书局1987年版,第13页。

② 《十三经注疏·毛诗正义》卷一,上海:上海古籍出版社1997年版,第274页。

③ 《十三经注疏·毛诗正义》卷一,上海:上海古籍出版社1997年版,第277页。

以见义,省字以成句。"①所谓"对文以见义"指的便是对照上下文后呈现出来完整的意义。此句诗中,"薄"为语气词,没有实际意义;"污",用作动词,意为洗去污垢;"澣",同"浣",洗涤之意。此外,《诗经》中还有很多诗篇中运用了互文修辞。例如《王风·黍离》《唐风·葛生》《郑风·有女同车》《小雅·出车》《小雅·天保》《小雅·楚茨》《鲁颂·閟宫》等。

受到《诗经》写作手法的影响,在后世出现的五言诗之中也多有对互文修辞的应用。如李贺五言诗《感讽》其一:

> 合浦无明珠,龙洲无木奴。
>
> 足知造化力,不给使君须。
>
> 越妇未织作,吴蚕始蠕蠕。
>
> 县官骑马来,狞色虬紫须。
>
> 怀中一方板,板上数行书。

(《感讽》其一)

其中"越妇未织作,吴蚕始蠕蠕"一句,吴越为古代蚕乡,此诗中"越"与"吴"为一个整体,因此,"妇"不分吴越,"蚕"亦不分吴越,上下文结合在一起理解,意义才可以完整。互文修辞在五言诗中多有出现,如杜甫《北征》《登岳阳楼》《咏怀五百字》等。

在七言诗中,互文修辞同样应用频繁。如白居易诗《琵琶行》曰:"主人下马客在船,举酒欲饮无管弦。"在前句之中,将"主人"和"客"的动作分开表述,主人下了马,客人上了船,主客一个在岸边,一个在船上,这样共饮是讲不通的。很显然此句用了互文修辞,是主人和客人一起下了马再上船。如杜甫《江南逢李龟年》、王昌龄《出塞》、杜牧《泊秦淮》等也大量篇章运用互文修辞手法,互相呼应、相互补充,彼此隐含。

如此来看,互文修辞自从《诗经》开始,便用于诗歌创作,随着诗歌文

---

① 王先谦:《诗三家义集疏》,北京:中华书局1987年版,第22页。

体的进步成熟完善,特别是格律诗出现之后,互文修辞在诗歌韵律和谐方面起到了很重要的作用。如果没有互文的出现,诗歌讲究格律的难度便大为提升。

词,在句式长短上相对诗而言要求没有严格,随着词律的变化,词的句式有长有短,尽管如此,填词也需要严格依照词律,是不能随意改变特定词牌句式的长短。这样一来,互文修辞在词这一韵文形式之中,也得到了广泛的运用。如辛弃疾的《鹧鸪天·戏题村舍》:

鸡鸭成群晚不收,桑麻长过屋山头。有何不可吾方羡,要底都无饱便休。

新柳树,旧沙洲,去年溪打那边流。自言此地生儿女,不嫁余家即聘周。

(《鹧鸪天·戏题村舍》)

"自言此地生儿女,不嫁余家即聘周"句,"嫁"指女儿出嫁,"聘"指男子娶妻,此句不能理解为"不是嫁给余家,就是娶了周家",这样道理是不通的。此句词是说村子里不是姓余的,就是姓周的,嫁娶都离不开这两家。

在词中,除了在同一句子之中采用互文修辞之外,上下句之间也会采用互文修辞,例如辛弃疾《西江月·夜行黄沙道中》:

明月别枝惊鹊,清风半夜鸣蝉。稻花香里说丰年,听取蛙声一片。

七八个星天外,两三点雨山前。旧时茅店社林边,路转溪桥忽见。

(《西江月·夜行黄沙道中》)

"七八个星天外,两三点雨山前"两句词用了互文修辞手法,"七八个

星"形容天上星星的稀疏,"两三点雨"形容雨下得小,句意为天空中闪烁的星星时隐时现,山前下起了淅淅沥沥的小雨。

在诗词当中,互文修辞用法的共同特点就是意境画片的剪辑与拼接,以此达到声韵和谐的目的。

(2)互文修辞在散文中的应用

互文修辞用于诗词之中是为了达到韵律和谐的目的,在不需要讲究格律的散文之中,也有一定的运用。唐代文学家柳宗元的散文名篇《捕蛇者说》便用到了互文修辞,其中"悍吏之来吾乡,叫嚣乎东西,隳突乎南北;哗然而骇者,虽鸡狗不得宁焉。"①"叫嚣乎东西,隳突乎南北",用了互文修辞,解释为在东西南北呼叫,在东西南北骚扰,而不能将"东西"与"南北"分开而理解。再如刘禹锡名篇《陋室铭》有文字曰:"谈笑有鸿儒,往来无白丁",不能理解为:和我谈笑的都是博学之士,和我往来的没有无知的人。"谈笑"和"往来"构成了互文,本意应为"谈笑往来有鸿儒,谈笑往来无白丁"。诸葛亮《出师表》一文同样也使用了互文修辞,如文中"受任于败军之际,奉命于危难之间",此句两处使用了互文修辞,即"受任"与"奉命","败军"与"危难",前一组意义相近,后一组同样意义相近,在理解文意之时,需要结合上下文,将意义联合起来去理解。散文中运用互文修辞的例子还有很多,如王勃《滕王阁序》:"十日休假,胜友如云;千里逢迎,高朋满座";郦道元《三峡》:"每至晴初霜旦,林寒涧肃";杜牧《阿房宫赋》:"燕赵之收藏,韩魏之经营,齐楚之精英";陶渊明《归园田居》:"榆柳荫后檐,桃李罗堂前";范晔《张衡传》:"通五经,贯六艺"等。

散文中对于互文修辞的运用,基本作用有两种,其一是对于景物的描绘,营造烘托环境,美化所营造的意境;其二是用于说理论证,提高文章的论述气势。基于互文的特定修辞作用,实现了散文谋篇上的形式整饬之美,同时用最少的笔墨表达出了尽可能多的意蕴,增强了文字的表现力。

---

① (唐)柳宗元:《柳河东集》第十六卷,上海:上海人民出版社1974年版,第295页。

3. 互文修辞的应用特征

互文修辞对于语言文字的修饰美化作用,与其他的修辞手法相比,有其独有特征。辞,《说文解字》中释曰:"讼也,从屬,屬犹理辜也。屬,理也。"①会意字,本意指的是打官司的文辞。"'辞'字在古文中也可当口实、话柄、告诉、谴责讲。但是一般多用以表示推却、不接受,如'推辞''辞谢'……'辞'也指有条理的文字或语言,如'辞章''辞令'。'辞'也是一种韵文,是风、雅的变体,本来叫作'赋',后来并称为'辞赋'。"②"修辞"一词之中,"辞"的意思是在本意基础之上演变而来,指的有条理的文字或者语言。而"修",有修饰之意,"修辞"便是对于语言文字的修饰与美化。黄伯荣与廖序东编著的《现代汉语》中认为"修辞"有三个含义:"第一,指运用语言的方法、技巧和规律;第二,指说话和写作中积极调整语言的行为,即修辞活动;第三,指以加强表达效果的方法、规律为研究对象的修辞学或修辞著作。"③汉语之中的修辞方式有很多种,按照大类来分有约六十三种,按照小类来分大约有七十九种之多。互文修辞在应用之时有着其独特特点。

(1) 互文修辞的补充性

通过互文修辞的使用,可以补充字面意义之外所暗含的文意。唐代诗人岑参《白雪歌送武判官归京》有诗句曰:"将军角弓不得控,都护铁衣冷难着。"从字面意思理解,将军因为寒冷拉不开角弓,都护因寒冷铁铠甲都难以穿上身。如果按照互文修辞手法去理解,完整的意思为,将军和都护都因为寒冷拉不开角弓,将军和都护也都因为寒冷穿不上铠甲。上文之中缺少的含义因为互文修辞而被补充完整,同样下文之中缺少的含义也因为互文修辞而被补充,在补充的过程之中,上文之中增补了下文之中的内容,同样,下文之中也增补进了上文之中的内容。

---

①　(汉)许慎:《说文解字》第十四下,北京:中华书局 2013 年版,第 311 页。
②　林藜:《字字有来头·第 5 辑》,北京:生活·读书·新知三联书店,第 301 页。
③　黄伯荣,廖序东:《现代汉语》,北京:高等教育出版社,第 208 页。

再如辛弃疾词《西江月》之中："明月别枝惊鹊,清风半夜鸣蝉。"此句从字面上来看,描写了明月、清风、鹊、蝉四种景物,通过互文修辞的巧妙组合,表达效果便不同了,鹊因明月而惊飞,盘旋横绕在突兀的枝干之上。因为鹊的惊飞,便引起了"别枝"的摇曳。半夜清风吹拂,清幽之下传来了蝉的鸣叫声,没有了炎炎烈日之下的嘶鸣燥热之感。此句之中的"惊""鸣"构成了互文关系,完整地理解应为,半夜明月升起,惊飞了树上的鹊,也惊醒了树上的蝉,半夜吹起的清风之中传来了鹊的叫声和蝉鸣声。"惊鹊""鸣蝉"动中寓静,通过互文修辞对上下句意象的补充,将明月清风的景色描画得让人神往。

互文修辞的互补性,将诗文中的意象拼接补充,组合成了完整优美的意境。上下文互相补充协助,合而见义,忽略了任何一方的意义,都难以实现完整的意义表达。

(2)互文修辞的省略性

互文修辞在应用上还具有省略性。在关联紧密的前后文字之中,用文字省略的方式达到完整表达的效果,以最为精练经济的文字反映最全面完整的内容,字少却意备,体现出了古代作家们在使用语言文字方面的艺术创造。尤其在诗词之中,由于字数的限定,互文修辞的省略性就更好地发挥其作用。白居易《卖炭翁》中有诗句曰:"夜来城外一尺雪,晓驾炭车辗冰辙。牛困人饥日已高,市南门外泥中歇。""困"与"饥"为互文修辞。在一场大雪之后驾炭车去卖炭,牛和人都是既困乏又饥饿的,但是在诗句之中想将全部意义在有限的七个字中表达出来很难做到,互文修辞的运用便很好地实现了文字的省略,巧妙的是文字的省略并没有造成意义缺失,通过词语的巧妙搭配完整传达出了文意。李白诗《将进酒》中:"烹羊宰牛且为乐,会须一饮三百杯。""烹羊宰牛",对文字进行了省略,补充完整应该为"烹羊牛宰羊牛",而且顺序应该调整为"宰羊牛烹羊牛"。这样的句式置于诗篇之中显然与韵律极不和谐。因此借用互文修辞的独特组合方式,将不合格律的文字省去,使诗篇句式和谐。再如陆龟蒙诗:

陵阳佳地昔年游,谢朓青山李白楼。

唯有日斜溪上思,酒旗风影落春流。

(《怀宛陵旧游》)

此诗是诗人对旧年往事的怀念之作,宛陵为汉代设立的县,后改名为宣城,南齐诗人谢朓曾任宣城太守建有高楼一座,世称谢公楼,诗人李白也曾经游历宣城,登谢公楼赋诗。"谢朓青山李白楼",描述的是同一地点,谢朓任宣城太守之时在阳陵山上建楼,李白登上此楼留诗,诗句中分言互足,言谢朓与李白之青山,谢朓与李白之楼。

(3)互文修辞的互训性

互文修辞的互训性主要体现为构成互文关系的语词之间可以互相解释、互相说明。训,《说文解字》中释曰:"说教也。"[1] 段玉裁在《说文解字注》中对"训"字做了注解:"说教者,说释而教之,必顺其理,引伸之凡顺皆曰训。"[2] 互训,是训诂学中常用术语,指的是异字同义的相互解释。互文修辞在使用中往往具有互相解释的特征。例如"攻城之法,为不得已,修橹轒辒,具器械,三月而后成,距闉,又三月而后已"[3]。"而后成"与"而后已"构成互文,"成"字与"已"字可以互相解释,"成"即为"已","已"即为"成",都是指战备用具的准备工作已经完成。再如郦道元《水经注》中句:"重峦叠嶂,隐天蔽日。""重"与"叠"互文,"隐"与"蔽"互文,两组词的意义可以相互解释,皆为同义互训。这种情况之下的互训性体现在构成互文关系的一组词意义几乎相同,在互换位置的情况下,也不会影响诗文意义,而且彼此可以用来互相解释含义。

原本意义相反相对的一组词,应用于互文修辞中,也能体现出互训性。例如柳宗元《捕蛇者说》一文中:"殚其地之出,竭其庐之入。"意思

① (汉)许慎:《说文解字》,北京:中华书局 2013 年版,第 46 页。

② (汉)许慎、(清)段玉裁:《说文解字注》,上海:上海古籍出版社 1981 年版,第 91 页。

③ (春秋·齐)孙武:《孙子兵法·谋攻篇》,北京:中华书局 2015 年版,第 40 页。

是,把土地上产出来的东西都拿出来,家中所收入的也尽数拿出来交租税。上下句结构相同,字数相等,意义对称,前后两部分关联极为密切。前句中的"出"与后句中的"入"看起来意义相反,但是置于互文修辞之中,意义就变为了相同。"出"指的是出产,而"入"指的是收入,自家土地里的所产与自家的收入,所指一致,因此"地之出"与"庐之入"实为同义互训。互文修辞的互训性在古典诗文之中对于调整韵律起到了积极的作用,与重复的字词句交叉变化运用,彰显出汉语语言之美。

4. 互文修辞的产生渊源及条件

互文修辞,在古典诗文作品之中起到非常重要的作用,使诗文的韵律和谐,凝练了烦冗的语言文字,用简洁有限的字词句,表达出了丰富的意蕴。

(1)汉语的特点

互文修辞的出现,与汉语的特点有着密切关系。汉字属于表意体系的文字,所谓表意文字,指的是用符号去记录意义,而不是用符号记录音素或者音节。关于汉字的起源,许慎在《说文解字》序言中论述道:

> 古者庖牺氏之王天下也,仰则观象于天,俯则观法于地,视鸟兽之文与地之宜,近取诸身,远取诸物,于是始作易八卦,以垂宪象。及神农氏,结绳为治而统其事,庶业其繁,饰伪萌生.黄帝之史仓颉,见鸟兽蹄迒之迹,知分理之可相别异也,初造书契,百工以乂,万品以察,盖取诸夬,"夬,扬于王庭",言文者宣教明化于王者朝廷,君子所以施禄及下,居德则忌也。仓颉之初作书,盖依类象形,故谓之文。其后形声相益,即谓之字。文者,物象之本;字者,言孳乳而浸多也。著于竹帛谓之书。书者,如也。以迄五帝三王之世,改易殊体。封于泰山者七十有二代,靡有同焉。

(《说文解字序》)

在这段话中,许慎说文字出现之前,八卦和结绳是记事符号,这是汉字的萌芽,后来黄帝时的史官仓颉发明了汉字。汉字的形成到发展,是由简易到繁难的过程,首先"依类象形"造出"文",再往后发展"形声相益"造出"字","文字"产生之后,"改易殊体",文字之间的差异便越来越大。汉字的产生与观象取物"依类象形"有很大的关系,古人创造出来的一系列记录事实的符号,和意义有关,与声音没有任何关系,这些符号是文字与意义结合的产物。汉字表意形的特征,使得互文修辞通过文辞排列表达出来丰富的意蕴成为可能。

当文本之中的和谐排列遇到困难之时,古人便借助汉字的造字特点,创造出互文修辞来解决韵律和句式的问题。如《诗经·周南·桃夭》:

> 桃之夭夭,灼灼其华。之子于归,宜其室家。
> 桃之夭夭,有蕡其实。之子于归,宜其家室。
> 桃之夭夭,其叶蓁蓁。之子于归,宜其家人。

（《诗经·周南·桃夭》）

宋代段昌武《毛诗集解》(清文渊阁四库全书本)卷四对此文字注解曰:"毛曰:'蕡,实貌。'朱曰:'实之盛。''家室'犹'室家',互文以协韵耳。""室家"与"家室",出于协韵的目的,调换了词语的顺序。作为韵脚的"华""家""实""室"四个字中,"华"与"家"都是鱼部,"实"与"室"都是质部。利用互文修辞手法的独特特点,将韵脚进行了调整,使需要押韵的韵脚归属于同一个韵部来实现诗歌韵律和谐的目的。

汉语诗词协韵的特点与汉语四声的变化密切相关。东汉时期佛教始传入中国,在梵语经文与汉语互译的过程之中,古人们发现了汉语四声的变化。沈约发现汉语四声变化之后,在此基础上创立了"四声八病"说,并将这种平仄变化应用于诗歌创作之中,由此开启了新体诗的源头。《梁书·卷十三》载曰:"又撰〈四声谱〉,以为在昔词人,累千载而不寤,而独得胸衿,穷其妙旨,自谓入神之作,高祖雅不好焉。帝问周舍曰:'何谓

四声？'舍曰：'天子圣哲'是也，然帝竟不遵用。"①沈约在《答陆厥书》中论述道：

> 宫商之声有五，文字之别累万。以累万之繁，配五声之约，高下低昂，非思力所学，又非止若斯而已也。十字之文，颠倒相配，字不过十，巧历已不能尽，何况复过于此者乎。灵均以来，未经用之于怀抱，固无从得其仿佛矣。若斯之妙而圣人不尚，何也？此盖曲折声韵之巧，无当于训义，非圣哲立言之所急也。是以子雄譬之雕虫篆刻，云壮夫不为。自古词人，岂不知宫羽之殊，商徵之别。虽知五音之异，而其中参差变动，所昧实多。故鄙意所谓此秘未睹也。以此而推，则知前世文士，便未悟此处。若以文章之音韵，同管弦之声曲，则美恶妍蚩，不得顿相乖反。譬由子野操曲，安得忽有阐缓失调之声？以洛神比陈思他赋，有似异手之作。故天机岂则律吕自调，六情滞则音律顿舛也。士衡虽云炳若缛锦，宁有濯色江波，其中复有一片是卫文之附。此则陆生之言，即复不尽者矣。韵与不韵，复有精粗，轮扁不能言之，老夫亦不尽辨此。②

> （《答陆厥书》）

四声的变化用于诗文创作中之后，对诗文形式上的要求更为严格，互文修辞对这种严格的形式要求起到了很大的辅助作用。在四声用于诗词创作之前，凡是诗文有协韵要求之时，也同样离不开互文修辞的辅助。

（2）创作思维的特点

在汉字特点的影响之下，古文的创作形成了其独特的思维方式，为互文修辞的出现与应用提供了条件。主要体现在古文的简约含蓄性。

中国古代的语言，口语和书面语并不总是一致的。郭锡良先生认为：

---

① （唐）姚思廉撰：《梁书》，北京：中华书局1973年版，第242页。
② 《全上古三代秦汉三国六朝文·全梁文》卷二十八，北京：中华书局1958年版，第3116页。

"从语言系统的角度来看,我们认为,书面语同口语自殷商到西汉都是一致的。这是可以从文献资料和语言发展等多方面得到论证"①,"总的来看,从东汉到唐末,是汉语书面语同口语相分离的一段时期"②。总之,中国古代的口语和书面语之间是存在差异的。口语尚通俗,书面语尚典雅。由于需要形诸文字,在书写时就不会像口语表达那样随意,而是严谨简约。这样一来,书面语便需要斟酌思量,甚至咬文嚼字。这种字斟句酌的特点,正可以充分展示书写者的文字功夫和知识含量,从词语的使用、句式的变化、词汇的丰富性,以及辞藻的华丽与否等方面,展现书写者的文化修养。

古代思想界,似乎从未断绝过复古潮流。从老子始,就有"虽有舟舆,无所乘之,虽有甲兵,无所陈之,使民复结绳而用之"③。这种对已经过去的时代的向往,元代刘玉汝在《诗缵绪》中有"世道既衰,人心不古"④之语。在文学领域,这种复古思潮似乎表现得更为明显。南北朝时,复古便初露端倪,"晋氏以来,文章竞为浮华,魏丞相泰欲革其弊。六月,丁巳,魏主飨太庙,泰命大行台度支尚书领著作苏绰作《大诰》,宣示群臣,戒以政事;仍命'自今文章皆依此体'"⑤。虽然针对的是华艳文风,但是其所崇尚的尚书文风,足可见其复古意识。隋唐的一批文人,不断提出问题进行改革,尤其是韩愈、柳宗元的"古文运动",反对骈文,提倡先秦及汉朝的散文。明清的复古倾向尤甚,几乎弥漫整个时代,"前七子""后七子""唐宋派"等派别,分别提出不同的复古主张,"桐城方苞以古文为时文"⑥,学习模仿前人之风尤胜。

---

① 郭锡良:《汉语史论集》,北京:商务印书馆1997年,第306页。
② 郭锡良:《汉语史论集》,北京:商务印书馆1997年,第315页。
③ 老子:《道德经》卷下,《独立第八十》,四库全书本,《文渊阁四库全书》上海:上海人民出版社1999年版。
④ (元)刘玉汝:《诗缵绪》卷,四库全书本,《文渊阁四库全书》上海:上海人民出版社1999年版。
⑤ (宋)司马光:《资治通鉴》卷一百五十九,北京:中华书局2019年版,第6584页。
⑥ 《清史稿》志九十选举三,四库全书本。

长时期复古潮流的影响,在语言的使用上则表现为重视文言,不重通俗口语。代表着官方意志的文体,几乎皆为文言,二十五史就是全部用文言写成的。中国自古就对祖先前辈怀有崇拜敬重之情,而统治中国思想界两千余年的儒家思想,尤重尊师崇祖,模仿前人似乎成为一种学识渊博的表现。"江山代有才人出",在漫长的历史长河中,总有耀眼的成就在闪烁,后人在对先贤的不断学习和借鉴中,取得更大的进步。其次,文言本身就具有简约凝重的特点,并且具有音乐上的美感,它古朴、典雅、庄重的风格,非常适用于官方正式文体。再加上科举制度的需要,使大批文人从接受教育之初,就熟习文言。在他们心目中,文言的地位已经远远高于日常口语,因此在需要公之于众的创作中,一般会首选文言。长此以往,文言便成为文人身份的象征。

文言文本地位的崇高,对语言文字的表述便有更高的要求。加之语言表述上的凝练简洁性,便需要互文这种协调位置结构的修辞方式来满足文本建构的需求。

5. 合叙与互文修辞

在汉语的修辞手法之中,还有一种被称为合叙的修辞手法,与互文修辞有着很大的近似性。

(1)合叙辞格

所谓合叙,指的是将两件或者两件以上相关的事置于一个句子里来表达,表示两个或者两个以上不同的意义。在表述之时,句子前后的事件分别形成各自的对应关系,将原来用两句话叙述的内容合并为一个句子来表达。例如,欧阳修《醉翁亭记》有语句曰:"野芳花而幽香,佳木秀而繁阴,风霜高洁,水落石出者,山间之四时也。""风霜高洁",从字面意义上来理解很难讲得通,实际意义应为"风高霜洁",译为天气高爽,霜颜色洁白。其中,"风"对应"高","霜"对应"洁",将"风霜高洁"合叙为一。又如诸葛亮的《出师表》曰:"侍中侍郎郭攸之、费祎、董允等,此皆良实,志虑忠纯,是以先帝简拔以遗陛下。"郭攸之、费祎二人为"侍中",董允为

"侍郎",如果按照字面意义去理解,那么这三人皆为侍中,亦皆为侍郎,与历史事实不相符。《出师表》一文中出现了多处合叙修辞的运用,除上文的例子之外,还有"若有作奸犯科及忠善者,宜付有司论其刑赏,此句应分开来理解,"作奸犯科者"应该"论其刑","忠善者"应该"论其赏"。文中将"作奸犯科者"与"忠善者"合并叙述,而后文中的"论其刑""忠善者"同样也是合并叙述,二者合叙为一。

(2)合叙类型

合叙从使用规律来看,可以分为单句形式与复句形式两种类型。

第一,单句式合叙。单句式合叙指的是在单句之中,上下文之中两个或者两个以上事物前后相应。例如:"时上方乡学,郑宽中张禹朝夕入说《尚书》《论语》于金华殿中。"①句意为,郑宽中"朝入"于金华殿说《尚书》,张禹"夕入"金华殿说《论语》。"郑宽中"与"朝""《尚书》"相对应,"张禹"与"夕""《论语》"相对应。又如"齐、楚遣项它、田巴将兵随市救魏。"②句意应为,齐国派遣项它,楚国派遣田巴。"齐"对应"项它","楚"对应"田巴"。以上举例均为单句之中对于合叙修辞的运用,一句话中的前后词语分别对应句子的后半部分词语,一般情况下,单句之中前后相互对应的词语都有一定的固定次序,句子前半部分出现的两个或者两个以上的词语排列次序,与句子后半部分出现的两个或者两个以上的词语,往往存在一一对应的关系。

第二,复句式合叙。复句式合叙指的是在复句之中,上下文之中两个或者两个以上事物前后相应。如《史记》中有语句曰:"山东郡县少年苦秦吏,皆杀其守尉令丞反,以应陈涉,相立为侯王……"③句意为,山东的少年们不堪忍受秦吏之苦,将他们的郡守郡尉和县令县丞都杀掉了,来响应陈涉起义。"郡"对应的是"守"与"尉","县"对应的是"令"与"丞"。再如唐代杜牧所写的《阿房宫赋》中也有复句合叙修辞的用法:

① (汉)班固:《汉书》卷一百上,北京:中华书局 1999 年版,第 3080 页。
② (汉)班固:《汉书》卷三十,北京:中华书局 1999 年版,第 1445 页。
③ (汉)司马迁:《史记·秦始皇本纪》,北京:中华书局 1999 年版,第 191 页。

　　　五步一楼,十步一阁;廊腰缦回,檐牙高啄;各抱地势,钩心斗角。盘盘焉,囷囷焉,蜂房水涡,矗不知其几千万落!

(《阿房宫赋》)

　　此句所描述的为阿房宫的壮美之态,五步一楼,十步一阁,走廊、飞檐都建造得精美无比,依托地势,形成钩连对凑之姿,高高矗立,不知有几千万座。句中"廊腰缦回"与"各抱地势""盘盘焉""蜂房"相互对应;"檐牙高啄"与"钩心斗角""囷囷焉""水涡"相互对应,通过合叙的修辞手法,形象地再现了廊腰与檐牙的姿态。合叙修辞出现于复句之中,也并没有使文章句式混乱无章,前后词语仍然依据一定的规则进行排列,根据文意的实际需要,用较少的文字来传达出较丰富内容。

　　(3)合叙与互文修辞的异同

　　单纯从句式结构来看,合叙和互文有很大的相似性。上下文之间都为平行对举关系,将事物分开来表达,但是互文句仅仅从字面上理解的话,往往语义不通,而合叙句从字面上来理解往往有一定的合理性。不论是合叙还是互文,都需要将上下文结合在一起理解,才能实现语义的完整表达。互文,是分开来写,合起来理解;合叙,是合起来写,分开来理解。这两种句式,译为现代汉语之时时容易出现错误,要注意识别,该分则分,该合则合。

　　首先,运用源起不同。互文修辞的运用是为了满足文言诗文对韵律节奏的需求。中国古代的诗文从诗经、楚辞、汉赋、骈文、词一直到曲,都和音乐或多或少有着关联性,所追求的往往是节奏和韵律之美,受到韵律、字数以及对仗的限制较多。由于文言表达的特殊需求,对于韵律要求不是特别高的文言散文,在一些语句表达的时候也极为讲求节奏和字数。例如,"不以物喜,不以己悲"(《岳阳楼记》);"酿泉为酒,泉香而酒洌;临溪而渔,溪深而鱼肥"(《醉翁亭记》);"负者歌于途,行者休于树"(《醉翁亭记》)等,均为文章文辞的优美,意境的玲珑而采用了互文修辞手法。

而合叙出现的前提则是为了适应文言诗文作品对语言凝练含蓄而又富于变化的需求。分开叙述会使文辞繁杂累赘，但是合起来叙述不仅可以节省文辞的使用，而且还能够达到语言简洁明晰、句式变化灵动的效果。例如"近古之世，桀纣暴乱而汤武征伐。"（《韩非子·五蠹》），分开叙述则为夏桀暴乱，商汤讨伐他；商纣王暴乱，周武王讨伐他。这样来表达，显然极为啰唆，降低了文章的美感。

其次，出现语境不同。互文修辞起到了协调韵律的作用，因此多出现于诗词韵文之中。如"迢迢牵牛星，皎皎河汉女"（《古诗十九首》）；"主人下马客在船，举酒欲饮无管弦"（《琵琶行》）；"烟笼寒水月笼沙，夜泊秦淮近酒家"（《泊秦淮》）等，在这些对格律要求严格的文本之中，互文修辞的出现解决了协韵以及字数问题。而合叙这种修辞手法，更多地出现于文言散文之中。如"夫庸知其年之先后生于吾乎？"（《师说》），此外如《出师表》《水经注》《醉翁亭记》等，运用合叙修辞都是为了满足凝练叙事的需求，而往往不是为了韵律的协调。即便出现在韵文之中的合叙更大的作用仍是简练文字，如"嘈嘈切切错杂弹，大珠小珠落玉盘"（《琵琶行》），"嘈嘈"是指声音的粗重，"切切"是指声音的细小，"嘈嘈切切错杂弹"用来形容琵琶的两种不同乐声，下句将两种不同乐声比喻为"大珠"落玉盘声和"小珠"落玉盘声。如果两种乐声和两种比喻分别展开叙述，诗文的字数很难合乎形式要求，而合叙修辞的出现却精简了文辞字数。

再次，修辞效果不同。因为互文修辞有协调韵律的作用，因此使用互文修辞往往能提升诗文的形式之美，精致化诗文营造的意境，传达出更为丰富完整而又蕴藉幽深的艺术效果。仍以欧阳修《醉翁亭记》为例，"酿泉为酒，泉香而酒洌"一句，用了互文修辞，下文中"临溪而渔，溪深而鱼肥"句，与上句对仗，使文章形式整饬协调，如果直陈句意，而不适用互文修辞，则会影响整体文章风格，打破了意境的优美。合叙修辞的效果则不同，最大的修辞功用便是能够使文章语词简约，结构紧凑。例如"吾师道也，夫庸知其年之先后生于吾乎？"（《师说》）句子的意思是说，我向他学习的是道理，哪里管他的生年比我早还是比我晚呢。将生年晚于我和生

年早于我,两层意义合在一起进行叙述。如若分开叙述,将句式改为"吾师道也,夫庸知其年之先于吾乎,后生于吾乎?"则颇显烦琐,而且也会导致句子结构上的松散,从而影响了文章的表达效果。由此对比来看,互文修辞与合叙修辞在具体的应用之中,起到的修辞作用有着明显的不同。

二、互文修辞应用的延续性

互文修辞手法早在先秦时期的文献之中就得到了广泛的应用。在"互文"这一概念提出之前,古人已经在有意识地利用互文修辞来调整文本建构。对互文修辞应用颇为频繁的文本,较早的当属《诗经》。除了上文所举例证之外,《诗经》之中还有很多互文修辞运用的诗篇。举例如下:

《周南·葛覃》:"薄污我私,薄澣我衣。"《孔疏》:"合之云'烦撋澣濯其私衣'。"《孔疏》:"南涧言'滨',行潦言'彼',互言也。"

《卫风·硕人》:"齐侯之子,卫侯之妻,东宫之妹,邢侯之姨,谭公维私。"《孔疏》:"妻之姊妹同出为姨。女子谓姊妹之夫为私。孙炎曰:'同出,具已嫁也。'私,无正亲之言,然则谓吾姨者,我谓之私,邢侯、谭公皆庄姜姊妹之夫,互言之耳。"

《小雅·伐木》:"伐木许许,酾酒有藇。既有肥羜,以速诸父。宁适不来,微我弗顾。於粲洒埽,陈馈八簋。既有肥牡,以速诸舅。宁适不来,微我有咎。"《孔疏》:"〈公食大夫礼〉:'上大夫八簋。'此天子云八簋者,据待族人设食之礼。上'肥羜'、'酾酒'为燕礼,此是食礼,互陈之也。上句为燕,下句为食;燕言'诸父',食言'诸舅',互文相通也。"

《小雅·采芑》:"方叔率止,钲人伐鼓,陈师鞠旅。"《毛传》曰:"伐,击也。钲以静之,鼓以动之。鞠,告也。"《郑笺》:"钲也,鼓也,各有人焉。言'钲人伐鼓',互言尔。二千五百人为师,五百人为旅。此言将战之日,陈列其师旅誓告之也。陈师告旅,亦互言之。"

《大雅·假乐》:"千禄百福,子孙千亿。"《郑笺》:"干,求也。"陈奂《诗毛氏传疏》:"禄、福同义,于禄言'干',于福言'百',互词也。"

《大雅·生民》:"诞寘之寒冰,鸟覆翼之。"《毛传》:"大鸟来,一翼覆之,一翼藉之。"《孔疏》:"经因鸟有二翼,互其文以见此义耳。"

······

可见,在较早的诗歌形式中,互文修辞就已经起到了很大的协律作用。《诗经》原本是配乐演唱的,和音乐关系紧密,互文修辞的产生也是为了满足这种诗歌形式需求。作为诗歌,受到诗句之中字数多少、音律节奏等的制约,为了协韵、语言精省,因此对互文修辞大量运用。

除了诗歌,先秦散文作品之中也往往会大量运用互文修辞。相传春秋末年左丘明所作《左传》中有记载:

> 公入而赋:"大隧之中,其乐也融融。"姜出而赋:"大隧之外,其乐也泄泄。"
>
> (《春秋左传正义·隐公元年》)

庄公走进地道去见母亲武姜,赋诗:"大隧之中相见啊,多么和乐相得啊!"其母走出地道,赋诗:"大隧之外相见啊,多么舒畅快乐啊!"从此,他们恢复了从前的母子关系。"公入而赋"与"姜出而赋",意义互相补充,互相解说,构成了互文关系。

《周礼注疏》卷六:"凡式贡之馀财,以共玩好之用。凡邦之赋用取具焉。""式"与"贡"构成互文关系。对此郑玄注曰:"言式、言贡、互文。"贾公彦疏曰:"式谓九赋,贡谓九贡及万民之贡。"[1]"九赋",指的是周朝的九种赋税,"以九赋敛财贿:一曰邦中之赋,二曰四郊之赋,三曰邦甸之赋,四曰家削之赋,五曰邦县之赋,六曰邦都之赋,七曰关市之赋,八曰山泽之赋,九曰币馀之赋。"[2]"九贡"是指诸侯向王朝所献的贡品,"以九贡致邦国之用。一曰祀贡,二曰嫔贡,三曰器贡,四曰币贡,五曰材贡,六曰货贡,

---

① 《十三经注疏·周礼注疏》卷六,上海:上海古籍出版社,第678页。
② 《十三经注疏·周礼注疏》卷二,上海:上海古籍出版社,第646页。

七曰服贡,八曰斿贡,九曰物贡"①。"式"与"贡"二词在意义上并无关联性,在此运用互文修辞手法将意义合并。

先秦散文著作中,如《周礼》《仪礼》《礼记》《尚书》等,多处出现互文修辞的运用。在文字使用的较早阶段,互文修辞很好地改善了上古汉语运用的某些局限性。在没有更加科学便捷的文字承载物出现的条件下,文字的铺排展开叙述并不利于传播,因此言简义约是上古汉语最佳的表达方式。互文修辞是推动上古汉语表达方式的有效途径,减少了汉字书写量,却能够表达远超文字之外的意蕴。

上古汉语中互文修辞的出现基本是为了满足文本构建的意义需求,在语言文字进一步完善的过程中,互文修辞得到了广泛的运用。后世的散文作品中,延续了互文修辞节约语言文字的特点。诸如贾谊《过秦论》中:

> 于是六国之士,有宁越、徐尚、苏秦、杜赫之属为之谋,齐明、周最、陈轸、召滑、楼缓、翟景、苏厉、乐毅之徒通其意,吴起、孙膑、带佗、倪良、王廖、田忌、廉颇、赵奢之伦制其兵。
>
> (《过秦论》)

此段文字涉及了多个人物,宁越、徐尚、苏秦、杜赫、齐明、周最、陈轸、召滑、楼缓、翟景、苏厉、乐毅、吴起、孙膑、带佗、倪良、王廖、田忌、廉颇、赵奢,他们共同"为之谋""通其意""制其兵"。如果将这么多的人物名字连在一起叙述其所为,文句便显得繁赘啰唆,大大降低了行文气势。尽管后世散文对于互文修辞的使用没有先秦文献那么频繁,比重也有不同程度地降低,但互文作为一种修辞手法逐渐稳固下来。

互文修辞在诗词韵文之中起到的作用远远大于散文。散文如果不适用互文修辞依然可以成文,能够将意义表达出来,但是诗词韵文却往往更

---

① 《十三经注疏·周礼注疏》卷二,上海:上海古籍出版社,第648页。

为以来互文修辞。如前文多举《木兰辞》示例中,诗篇之中对于互文修辞有多处运用,任何一处都无法将互文修辞进行替换,否则不仅影响了韵律的和谐,而且诗篇的意义也很难准确表达。尤其在格律诗出现之后,对互文修辞的依赖则更为明显。如杜甫诗《客至》:

> 舍南舍北皆春水,但见群鸥日日来。
> 花径不曾缘客扫,蓬门今始为君开。
> 盘飧市远无兼味,樽酒家贫只旧醅。
> 肯与邻翁相对饮,隔篱呼取尽余杯。

(《客至》)

全诗平仄情况如下:

> 仄平仄仄平平仄,仄仄平平仄仄平。
> 平仄仄平平仄仄,平平平仄仄平平。
> 平平仄仄平平仄,平仄平平仄仄平。
> 仄仄平平平仄仄,平平平仄仄平平。

此诗为七言律诗,首句入韵,韵脚为平调。第二、四、六、八句押平水韵的十灰,"来""开""醅""杯"属于一个韵部,可谓一韵到底。而且平仄间隔,也符合七律要求。用韵之所以如此工整,"花径不曾缘客扫,蓬门今始为君开"句的互文修辞起到了很重要的调节作用。诗句意义为,因为客人不曾造访,花径没有打扫,蓬门也没有打开,因为客人到访才特意打扫了花径,打开了蓬门。以此来体现对来客的重视和主人的好客之情。如果不用互文修辞,意义表达未必可以如此丰富,最重要的是七言律诗的形式限制便很难满足。

互文修辞不仅可以协调篇章结构,调整诗词格律,而且可以增强文字表现力,美化诗文意境,因此,在长久以来互文修辞的使用过程中,便产生

了大量带有互文性的词,一直沿用至今。主要有以下几种类型:

动补型,例如"求全责备","求"与"责",均有要求、求得之意,"全"与"备",均有完备、完全之意,构成互文关系,可以互相解释。

动宾型,例如"引经据典","引"与"据"意义相近,有引用、依据之意,"经"与"典"意义相近,有经典之意,同样可以互相解释,用了互文修辞。

主谓型,例如"峰回路转""燕舞莺啼""国破家亡"等,第一个字与第三个字意义相近,第二个字与第四个字意义相近,相互注解,相互解释,结合起来理解词汇意义才能够完整。

定中型,例如"残兵败卒",残,即不完整的;败,即输。词语意义是指,战败后剩余的兵卒或者军队。前词与后词构成互文关系。

诸如此类的词语还有很多,如:

千奇百怪　千方百计　朝晖夕阴　五颜六色　南征北战　龙飞凤舞

南来北往　鬼使神差　风调雨顺　经天纬地　人困马乏　眉清目秀

傍花随柳　寻花问柳　销魂夺魄　心狠手辣　咬牙切齿　油腔滑调

轻描淡写　拨雨撩云　朝歌暮舞　耳濡目染　东食西宿　吞云吐雾

披星戴月　鳞次栉比　摧枯拉朽　兽聚鸟散　拔山扛鼎　背信弃义

包羞忍耻　背井离乡……

此类互文性的词语,一般为四个字为一词,有的源于古代诗文或者历史故事演化而成的成语,而有些是在人们长期使用过程之中固定下来的现代汉语词汇。其共同特点便是具有书面语语体色彩,且带有一定的古语词色彩。互文性词语的沿用,增强了现代汉语的表现力,同时起到了美化文辞的作用。

三、互文修辞的接受心理

互文修辞的出现,所体现的是汉字文字符号对意义记录的有效性,这种文字符号的组合之所以能准确传达出言外之意,与中华文化的特征及接受心理有着很大的关联。

1. 审美的含蓄性

美,是事物和谐发展的客观属性与人类的心理机制共同作用的产物,能够给人们带来精神的愉悦和享受。审美是一种无功利的、形象的、情感的掌握世界的方式,是理智与情感、主观与客观的相互交融过程。作为文学作品,审美是其必备属性,正是因为其审美性的存在,才使文本具有了艺术价值。而文本传达艺术价值的媒介便是语言文字。语言文字的建构方式,是直接影响审美的关键因素。

文本通过文字的组合,给阅读者提供了广阔的想象空间,在这个想象空间中,阅读者可以真真切切体会到对象的真实性,这就决定了对文本进行的审美活动既具有文体的纯感悟性体验,又有着相对客观的理性体现因素。阅读者在阅读活动过程中,对文本的感知不是直接的,而是通过文字的信息传输,在阅读者头脑中先形成一系列具有相关性的意象或者意象组合,通过这些意象或者意象组合传达给阅读者,对阅读者的精神境界造成影响,使其产生喜怒哀乐等多种不同情感体验,从而实现审美愉悦。

"意境"是中国古代文论独有的理论范畴,所谓"意境",包括"意"与"境"两个部分,"意"是主观的,是情与理的统一;"境"是客观的,是形与神的统一。意境理论的形成有着很深的历史渊源,张文勋在《儒道佛美学思想探索》一书中指出:"儒道佛三家的学说的相互渗透和交融,是意

境理论形成的主要来源。"①儒释道三家思想的融合,为意境理论的形成创造了良好的土壤。作者并没有去刻意创造意境,而意境却客观地存在于作品之中。意境理论较早地应用于诗歌作品,成为品评诗歌的一项重要指标。很多关于意境理论的论述出现于诗歌理论著作之中。王昌龄较早地对意境理论进行了详尽地论述,他在《诗格》中谈道:"诗有三境。一曰物境,欲为山水诗,则张泉石云峰之境,极丽绝秀者,神之于心,处身于境,视境于心,莹然掌中,然后用思,了然境象,故得形似。二曰情境,娱乐愁怨,皆张于意而处于身,然后驰思,深得其情。三曰意境,亦张之于意而思之于心,则得其真矣。"②意境是更高层次的境界,是超越于物境与情境之上的,主观情思与客观情境交融在一起,产生艺术美感,方能生成意境。

2. 思维的直觉性

如何利用语言文字将心中所想要营造的意境传达给读者并非易事。古人们很早就对"言"与"意"之间的关系展开了讨论,并成了中国古代文学理论批评中的一个十分重要的理论问题。庄子在《庄子·天道》中言道:"世之所贵道者,书也。书不过语,语有贵也。语之所贵者意也,意有所随。意之所随者,不可以言传也,而世因贵言传书。"庄子已经体会到了语言与意义之间的距离,指出了言不尽意。到了魏晋六朝之时,言意理论颇为盛行。王弼在《周易略例·明象》中曰:

> 夫象者,出意者也;言者,明象者也。尽意莫若象,尽象莫若言。言生于象,故可以寻言以观象;象生于意,故可以寻象以观意.意以象尽,象以言著.故言者,所以明象,得象而忘言,象者,所以存意,得意而忘象。③

（《周易略例·明象》）

---

① 张文勋:《儒道佛美学思想探索》,北京:中国社会科学出版社 1988 年版,第 160-161 页。

② 张伯伟:《全唐五代诗格汇考》,南京:江苏古籍出版社 2002 年版,第 172 页。

③ （魏）王弼:《周易注（附周易略例）》,北京:中华书局 2011 年版,第 414 页。

在魏晋玄学思想的影响之下,王弼认为"象"是很难用"言"去描述清楚的,"得象而忘言","得意而忘象"。此外,刘勰在《文心雕龙》中也对言意关系进行了论述:"形而上者谓之道,形而下者谓之器,神道难摹,精言不能追其极。"①提出形而上的"神""道"很难用语言去描摹。刘勰还言道:"思表纤旨,文外曲致,言所不追,笔固知止……意授于思,言授于意,密则无际,疏则千里。"②意,是精微杳渺的,而言则是客观记录的符号组合,二者之间存在着不对称性。"言"与"意"的关系论辩,成为魏晋玄学家们讨论的重要话题,对后世影响深远。

"言""意"之辩是中国哲学思维方式的体现。这种直觉思维,加之汉字的表意性,便会使文辞的表述,出现意象跳跃与组合。余卫国先生在其文章中提道:"只有'极心之全体'即思维主体的知情意,全身心地专注和投入,才能达到'性与天道合一'和'独与天地精神往来'的人生境界。而这种'置物心中'的'大心''内省''反观''体认'的直觉主义方法,正是基于对语言符号功能同形上本体之间的矛盾的深刻认识和理性超越的结果。"③这种基于汉字表意体系特性基础之上的直觉思维,直接影响到了对文字符号意义解读的方式。文字背后深含的意蕴,需要在文字符号之外合成意象,发掘意象背后的内容,如此一来,为了达到表达的特定目的,可以跳跃性组合文字符号而不违背语言使用的规律。

第二节　叙事理论上的互文概念

西方互文性理论最早提出者是法国后结构主义批评家茱莉亚·克里

---

① 詹英:《文心雕龙义证》,上海:上海古籍出版社 1989 年版,第 1373 页。
② 詹英:《文心雕龙义证》,上海:上海古籍出版社 1989 年版,第 973 页。
③ 余卫国:《"言意之辩"与中国传统哲学》,《南通师范学院学报(哲学社会科学版)》2004 年 12 月。

斯蒂娃,认为"文学语词不是一个'点'(一种固定意义),而是多重文本的'平面交叉',是多重写作的对话"。20世纪六七十年代,西方结构主义和后结构主义学者利用互文性理论试图打破人类话语界限,将人类话语置于同一空间。20世纪70年代以后,法裔学者法泰尔更加注重读者对本文解读的影响。英国理论家、语言学家诺曼·费尔克拉夫,认为结合霸权理论对互文性理论进行研究,更利于诠释和解读文本和话语的真实意义。

一、互文理论的源起

互文性理论从多维视野去描描画语言结构,从各种不同层次、关系、系统的关联性,建构了新型的学科范式。这一理论以符号学为基点,跨越了文学、语言学、心理学、政治学等诸多学科领域,对多门学科都具有很强的研究实践启示和方法论意义。

1. 互文理论的提出

互文性理论是在20世纪由法国学者茱莉亚·克里斯蒂娃(Julia Kristeva)提出。1965年,克里斯蒂娃进入了法国索邦大学社会科学高等研究院中的戈尔德曼(Goldman)和罗兰·巴特(Roland Barthes)的研究班。在罗兰·巴特的鼓励之下,克里斯蒂娃在巴赫金理论的基础之上,提出了互文性理论。她的观点最早体现在1966年发表的论文《词语,对话和小说》(*Word, Dialogue and novel*)与1969年发表的论文《封闭的文本》(*The Bounded Text*)之中。在《词语,对话和小说》(*Word, Dialogue and novel*)一文中,克里斯蒂娃首次对互文性理论进行了阐述:

> "文学语词"不是一个"点"(一种固定的意义),而是多重文本的"平面交叉",是多重写作的对话。书写者包括作者、读者(或角色)以及当下或过去的文化背景。

在阐述中,明确了文本的多重对话性,并且将作者、读者以及不同时期的文化背景纳入文本概念之中,凸显了文本的复杂特性。此外,克里斯蒂娃在《封闭的文本》(*The Bounded Text*)中又进一步阐述道:

> 文本是一种生产力(productivité),这意味着:①文本与其所处的语言之间是(破坏—建立型)再分配关系,因此,逻辑范畴比纯粹语言手段更便于解读文本;②文本意味着文本间的置换,具有互文性(intertextualité):在一个文本的空间里,取自其他文本的若干陈述相互交会和中和。①

克里斯蒂娃肯定了文本与文本之间互相置换的关系,提出了某一个文本是其他多种文本的交叉融合。这两篇论文是克里斯蒂娃对互文性理论阐释的经典之作,文中提出的观点是构成互文性理论的基础。

2. 互文理论的学术渊源

互文性理论的提出,是在多种学术理论相互交融的基础之上提出的,是结构主义语言学、解构批评、文化研究、女权主义、新历史主义等理论观点相互影响的产物。

(1)索绪尔的结构主义语言学

索绪尔结构主义语言学的理论是克里斯蒂娃互文性理论的基础之一。索绪尔认为语言是具有非指涉性的,符号之间存在着差异性,符号是所指和能指的结合体。索绪尔论述道:"就拿所指和能指来说,语言不可能有先于语言系统而存在的观念或声音,而只有这个系统发出的概念差别和声音差别,一个符号所包含的观念或声音物质不如围绕着它的符号所包含的那么重要。"②符号如果没有被赋予某种内涵或者指称,本身并没有任何意义,语言符号亦是如此。语言符号的能指与所指,都是以人类社会的存在为根本的,离开人类的社会互动,语言符号也便是失去了其功

---

① [法]克里斯蒂娃(Kristeva,J.)著,史忠义等译:《符号学:符义分析探索集》,上海:复旦大学出版社 2015 年版,第 51 页。

② [瑞士]费尔迪南·德·索绪尔:《普通语言学教程》,北京:商务印书馆 1980 年版,第 22 页。

用。语言符号并非直指现实世界,而是直面语言系统。从此视角来看,文本与符号存在紧密关联。文本由符号建构而成,文本的指涉性,源于文本之间的关联,文本的意义在于各种文本之间的互相指涉,离开了互相的指涉,文本便失去了其承载意义的可能。

索绪尔的结构主义语言学给予了克里斯蒂娃很大的启迪。索绪尔认为文字符号会因为顺序的改变而产生别的意义,从这个角度出发,克里斯蒂娃展开了各位广阔深入的研究。索绪尔的结构主义语言说成为互文性理论的来源之一。

(2)巴赫金的对话理论

巴赫金的对话理论是克里斯蒂娃互文性理论的另外一个重要来源。巴赫金推翻了文本的静态解读,用动态的模式去解构文本。他认为文学话语不仅仅是一个静态的意义,而是以对话的方式完成的多重写作的交叉。克里斯蒂娃在其论文《词语、对话和小说》中对巴赫金的理论做了如下介绍:

巴赫金将词语的地位界(statut du mot)说为最小的结构单位,并把文本置入历史和社会当中;历史和社会本身也被视为作家所阅读的文本,作家通过重写文本而将自己嵌入其中。于是乎,历时转化为共时,而在这种变化中,线性的历史呈现出抽象化。作家参与历史的唯一方法就变成了通过"书写—阅读"而背离这种抽象化,亦即一种意义结构与另一意义结构产生相关或相反关系的实践。历史和伦理在文本的基础结构中被书写和被阅读。多价的、多元定位的诗性语词有一种超越性,它超越了编码化的语言逻辑,而这种逻辑只有在主流文化的边缘才能得到充分发展。①

以此理论为基础,克里斯蒂娃提出了文本的对话性,认为文本总是指向其他文本的,而不是独立绝缘的单独存在。

巴赫金的理论之中并没有明确地提出互文性的概念,但是在其著作

---

① [法]克里斯蒂娃(Kristeva, J.)著,史忠义等译:《符号学:符义分析探索集》,上海:复旦大学出版社2015年版,第86页。

《陀思妥耶夫斯基诗学问题》和《弗朗索瓦·拉伯雷的创作与中世纪和文艺复兴时期的民间文化》之中,提出了"复调""狂欢"等理论,成为互文性理论的主要来源。"复调"理论主要是针对陀思妥耶夫斯基所创作的复调小说而提出的。复调原本是一个音乐术语,指的是乐曲中的声音按照各自的声部行进,相互层叠,从而构成了一种复调体的音乐形式。复调式小说和独白式小说是相对的两个概念,独白式小说指的是小说中塑造的人物形象都统一在作者的意志支配之下,即使这些人物形象有其独特性格与思维,也不过是经过小说作者意识过滤之后被赋予的。复调式小说则不同,作品中所塑造的人物形象有各自独立的意识,和作者的意识平行共存于作品之中,每个意识都是单独的主题,并没有对象化,作者和小说人物之间是对话关系,充分表现出小说的对话性。巴赫金的这些观点成了克里斯蒂娃提出互文性理论的基础。

(3) 弗洛伊德的精神分析理论

克里斯蒂娃在进行符号学研究之时也运用了精神分析学理论,弗洛伊德的观点也成为互文理论的基础之一。克里斯蒂娃论述了弗洛伊德思想对其理论的影响:

> 弗洛伊德提出的假设认为,意识的语言下面有着无意识的潜伏,由此而连接起两种表现(représentation)方式:即超语言的、无意识的表现,以及语言的、有意识地表现。我将无意识及分裂主体(subjectivité)的理论引进我的语言学观念,即语言是一个意指作用(signifiance)的过程,由此生发出这一过程的两种方式——这也是语言与逻辑内部的对话。第一种方式,我们把它称为"符号方式"(le sémiotique);第二种方式则是"象征方式"(le symbolique)。[①]

人类的阅读行为以及对于文本的解读过程,与心理学有着密不可分

---

① 转引自刘斐:《中国传统互文研究》,上海:上海财经大学出版社2019年版,第24页。

的关系,克里斯蒂娃用弗洛伊德无意识以及分裂主体的理论来研究语言学,成了其互文性理论的重要渊源之一。

二、互文理论的发展

互文性理论提出之后,成了先锋派文论家们的重要批判武器,但在当时并未成为主流话语。巴特在《文本理论》之中的论证,为互文性理论赢得了正统地位。后经过众多学者的论述,互文性理论逐渐由模糊性发展为精确性、系统性。发展趋向主要分为两个方面:其一是广义上的互文理论,趋向于对此理论的宽泛而模糊的解释,思考文学的特性,主要包括解构批评和文化研究;其二为狭义上的互文理论,倾向于对互文性的精确细致界定,用此理论对文学现象进行研究,主要涵盖了诗学和修辞学。

1.克里斯蒂娃的互文性理论

克里斯蒂娃打破了文本的静止性和封闭性,而是将文本作为能够勾连作者、读者、历史、社会等多维度的载体。文本与文本之间相互交叉影响才能生发出原文本的意义,文本是一个动态概念。克里斯蒂娃在论述文本这个概念时谈道:

> 文本不是语法所规范的交际言语,它不满足于再现,不满足于指意真实。凡是它表意的地方,从它再现时展现的差动效果中,它即参与自己在非封闭状态下捕捉到的真实之运动和变化。换言之,它并非汇聚——模拟某种固定的真实,而是建构该真实之运动的活动舞台,它贡献于该运动,又是它的表征。①

文本这种动态性,就使得文本的融合性成为可能,文本就成了一种生

---

① [法]克里斯蒂娃(Kristeva,J.)著,史忠义等译:《符号学:符义分析探索集》,上海:复旦大学出版社2015年版,第6页。

产力,将各种不同的冲突和话语汇聚于一身。文本不再是孤立的个体,而是各种文化、历史的汇集。

克里斯蒂娃认为文本是生产力。"文本的生产力是文学(文本)固有的衡量尺度,然而它并不是文学(文本)本身,如同每种劳动是一种价值固有的衡量尺度却不是价值本身一样。"[①]文本是由语言符号构成的,而同时文本为了某种意义的表达会对语言符号进行破坏和重组,文本会通过强制性的表意手段而进行工作,从而产生一定的意义链条去完成其话语构建。这一理论的提出就意味着,文本是不同于遵循语法规范的日常口语交际所构成的言语体系,也不满足于通过符号去再现现实世界或者表达现实情感的意义。作为生产力的文本,不再是一成不变的言语符号的堆积,它构建出了活动的舞台,融入历史与现实,并且参与到这种融入之中,去体现社会真实和历史真实的不断变化。

此外,在克里斯蒂娃的互文理论中,还提出了主体观。她将主体分为言说主体和发音主体。言说主体是思考的主体,发音主体是叙述行为的主体。如某个诗人应景写下了一首诗歌,读过这首诗歌的某位读者,在相近场境之中突发感叹,借鉴诗人的诗篇吟诵来表达内心的情感,那么诗人便是言说主体,而这位读者便是发音主体。在此理论基础之上,克里斯蒂娃提出了词语的双重主体性。克里斯蒂娃提出:"于是词语的地位取决于a)横向轴:文本中的词语同时属于写作主体和读者,b)纵向轴:文本中的词语指向的或共时层面的文学文本集合。"[②]这就意味着词语并不仅仅是意义的记录符号,它还承载着更为丰富的内容。纵向轴与横向轴的结合便揭示出一个重要事实,"即每一个词语(文本)都是词语与词语(文本与文本)的交汇;在那里,至少有一个他语词(他文本)在交汇处被读

① [法]克里斯蒂娃(Kristeva,J.)著,史忠义等译:《符号学:符义分析探索集》,上海:复旦大学出版社2015年版,第192页。
② [法]克里斯蒂娃(Kristeva,J.)著,史忠义等译:《符号学:符义分析探索集》,上海:复旦大学出版社2015年版,第87页。

出"①。从这个意义来看,文本的主体性是他指的,即包含了文本自身的主体性,同时也包含了文本外的主体性。

2.互文性理论的发展

互文性理论在提出之初,一直处于边缘地带,并未形成成熟的理论体系。经过罗兰·巴特进一步的发挥和阐释,互文性理论得到了进一步的发展。

(1)罗兰·巴特的文本理论

作为克里斯蒂娃的导师,罗兰·巴特对互文性概念进行了大力宣传,但是他的理论更倾向于对读者层面的研究。他认为:"作者在书籍之前存在,他为书籍而思考,而忍受,而活着,他与其文本之间有着一种父亲与子女般的先后关系。"②这段论述,肯定了作者对文本的创造性,同时也意味着文本的个体独立性。

罗兰·巴特认为,在文本中,作者并不能主宰或者垄断文本传达的意义,作者仅仅是利用文字符号去勾连组合成一定的意义结构,构成的意义结构传达什么意义是由符号与符号的组合、碰撞而产生的。在此论断基础上,他提出了:"作者步入他自己的死亡,写作也就开始了。"③这就意味着文本的作者仅仅是创作了文本,而文本本身有着自己的蕴含,这种蕴含不受作者控制。作者就像一个生产者,而文本就是作者生产出来的产品。在巴特的互文性理论中,作者的主体性被降到了最低,文本成了第一性。通过文本之间的互文性,文本之间相互阐释、相互补充,形成多维空间的组合,每一个文本都成了多文本的交织物。

---

① [法]克里斯蒂娃(Kristeva,J.)著,史忠义等译:《符号学:符义分析探索集》,上海:复旦大学出版社2015年版,第87页。

② [法]罗兰·巴特,怀宇译:《罗兰·巴特随笔选·作者之死》,天津:百花文艺出版社1995年版,第303页。

③ [法]罗兰·巴特著,怀宇译:《罗兰·巴特随笔选·作者之死》,天津:百花文艺出版社1995年版,第304页。

罗兰·巴特在互文性理论的基础上,探讨了作品与文本的关系。他认为:"文本与作品不应该相互混淆,作品是一件完成了的,可以估量的,占据一定空间的(例如,放置在图书馆的书架上)的物品。文本是一个方法论的场域。因此,我们无法对它进行计量,至少传统的方法无法奏效。我们全部能说的只是某部作品中有(或没有)文本。作品可以握在手中,而文本存在于语言中。"①他将作品的具象性与文本的抽象性做出了明确地区分。文本是一个语言符号构成的能自给自足的场域,是具有动态变化功能的。而作品并不具备意义的扩散性和增殖性。此理论的提出,为文本的多元化解读提供了理论上的可能性。

(2)德里达的互文性理论

德里达的互文性理论是建立在他的语音中心主义基础之上的。他认为语言是没有具体意义的,之所以能够传达出各种不同意义,是语言的能指不断地相互交织、影响的产物。

德里达提出了"异延""踪迹"等话语概念,去解读互文性理论。他认为:"异延是差异的本源,差异的产生,差异的游戏,乃至差异的差异……是充盈宇宙之间而无所不在的一股异己力量,是一种非本原的本原……它渗入每一种实在,每一种概念之中,通过无声地颠覆一种实在和概念的既定结构来显现自身的存在。"②"异延"的论断,所指出的是符号所生发的意义的临时性和暂时性。符号与符号之间始终存在着不可泯灭的差异性,符号意义的获取需要借助于同其他的符号对比,在符号的区别之中产生意义。如此一来,符号若想实现其指称功能,便需要将自己置于众多符号的关系网络之中,在彼此的差异对举之中获取意义。这便意味着符号意义的不确定性和不固定性。对于符号网络而成的文本而言,文本意义的获取也需要借助于其他的文本,文本与文本之间是相互说明,相互关

---

① Roland Barthes, "Theory of the text", in *Unitying the Text: A Post-structuralist Reader*, Robert Younged. London: Routledge and Kegan Paul, 1981, p. 39.

② 朱立元主编:《当代西方文艺理论》,上海:华东师范大学出版社 1997 年版,第 309 页。

涉的。

"踪迹",德里达认为,是"异延"的结果。他认为:"踪迹意味着永无被确证的可能,读者所见的只能是意义的似是而非或似非而是的'踪迹'。"①德里达的理论肯定了文本间性的存在,踪迹便是关联符号区别的线索,将符号之间的关联建立起来,在符号差异中寻求意义的生发,从而打破了文本的稳固结构。

3. 互文性理论的成熟

互文性理论在多名学者的阐述与论证中,逐步建立起了完备的理论体系,引起了学术界的普遍重视,学者们更深入地思考与论述,使互文性理论得到了更为广泛的运用。

(1)保罗·德·曼的互文性理论

保罗·德·曼是比利时解构主义批评的代表人物,他的互文性理论主要围绕修辞而展开。他首先肯定了修辞对于文学的重要性,认为修辞是文学最基本的特点,这也是文学性语言最基本的特征。构成修辞的语言符号往往意指的不是意义表面,而是通过修辞表达另外层面的意义,正是因为这种特性,使得修辞本身便具有了互文性,修辞所构建的文本,所指向的是另外一个文本。修辞运用的存在,更为凸显出了符号与意义之间的矛盾关系,修辞所用的语言符号与传达出的意义之间便呈现出来矛盾对立性。如此一来,语言符号的意义表达便带有明显的不确定因素,这种不确定因素直接影响到了读者对于文本阅读之后的多重解读。保罗·德·曼在其论文《盲视与洞见》中谈到:"阅读行为……是一个真理与谬误纠缠在一起的无止境过程。"②因此,文本之中便一直会存在着语言符号与文本意义之间的相互调解、相互融合的动态过程。

---

① 朱立元主编:《当代西方文艺理论》,上海:华东师范大学出版社 1997 年版,第 371页。

② [比利时]保罗·德·曼:《盲视与洞见》,转引自朱立元主编《当代西方文艺理论》,上海:华东师范大学出版社 1997 年版,第 313 页。

（2）热拉尔·热奈特的互文性理论

热拉尔·热奈特是法国结构主义新批评的代表人物,在其著作《隐迹稿本》(*Palimpsests*)中,提出了"跨文本性"(transtextuality),将跨文本性分为五种类型。

第一类为互文性(intertextuality)。热奈特认为:"我把它称作'跨文本性',并把严格意义上的'文本间性'(自克里斯蒂娃以来的'经典'意义)包括在内,这里的'文本间性'是指一文本在另一文本中的忠实(不同程度地忠实,全部或部分忠实)存在。"①从狭义上对互文性理论进行了论述,并且提出了引语、寓言、剽窃都为典型的互文性。

第二类为副文本性(Paratextuality)。副文本延长了文本概念,并在文本中充当结构成分、评价文本和跨文本,包括了作品的序言、跋以及插图等。"副文本如标题、副标题、互联型标题;前言、跋、告读者、前边的话等;插图;请予刊登类插页、磁带、护封以及其他许多附属标志,包括作者亲笔留下的还有他人留下的标志,它们为文本提供了一种(变化的)氛围,有时甚至提供了一种官方或半官方的评论,最单纯、对外围知识最不感兴趣的读者难以像他想象的或宣称的那样总是轻而易举地占有上述材料……我们由此可以看出,副文本尤其可以构成某种没有答案的种种问题之矿井。"②

第三类元文本性(Metatextuality),指的是一部分文本与它所谈论的另一部文本,即一种评论关系。

第四类承文本性(Hypertextuality),指的是联结文本(承文本)与前文本的攀附关系,联结文本是在前文本的基础上嫁接而成的。

第五类原互文性(Architextuality),是指一种纯粹的类属关系,将一个文本视为某一(或某些)文本的一部分所形成的关系,文本同属一类。

---

① [法]热拉尔·热奈特,史忠义译:《热奈特文集》,天津:百花文艺出版社2001年版,第82页。

② [法]热拉尔·热奈特,史忠义译:《热奈特文集》,天津:百花文艺出版社2001年版,第71—72页。

这五种类型之间相互影响,相互交叉,并非封闭的范畴。

(3)里法泰尔、孔帕尼翁与珍尼的互文性理论

米歇尔·里法泰尔(Michael Riffaterre)是著名的法国文学评论家和理论家,他的互文性理论主要是对读者的阅读内在机制的探讨研究。他认为互文性是:"读者对一部作品与其他先前的或后来的作品之间关系的感知。"①读者成了勾连互文性关系的重要媒介。读者对作品的感知变成为了文本文学特性的重要因素。里法泰尔从文学符号学的角度,将文本之中留有的互文性痕迹作为了读者头脑当中的印记,通过这种印记的触发,去完成文学作品的解读。这一理论所谈到的互文性,将所有文学材料进行了汇聚,利用各种不同的文学效果,促成文学符号能指性的产生。

安东尼·孔帕尼翁(Antoine Compagnon)是哥伦比亚大学和巴黎索邦大学的教授,曾是克里斯蒂娃的学生。他的互文性理论主要是针对引文互文性的研究。他认为引文是一段话语在另外话语中的重复,是被重复的和重复着的表述。此外,孔帕尼翁还提出,写作就是复写,一个文本的完成,就是将材料整理和组织的过程,是现有要素的联结,引用和拼贴是一切写作行为的雏形。拼贴指的是绘画之中的技巧,用在文本创作之中便是引用之意。作者将自己之前的文本或者他人的文本,移植到一个新文本之中,便构建出了新的文本。每一个文本都有其他痕迹。

洛朗·坚尼(Laurent Jenny)的互文性理论主要分析谈论了文本被再次使用过程中的变换形式。他认为从原文中借用的文字,被作为范式应用到另外一段文字之中的时候,才会产生互文性。他将互文性分为了六种类型,分别是叠音连用、省略、发挥、夸张、语序颠倒、改变词义深度。我们就可以将具有互文性的内容进行替换,互文性的片段并没有特殊之处,它是文本构成的一部分。他提出了互文性是一种引导我们阅读的方式,让我们不再线性地阅读文本。

---

① 转引自黄永红,申民,周萍:《跨文化符号学研究》,哈尔滨:黑龙江大学出版社 2014年版,第 284 页。

三、互文性理论在中国的影响

互文性问题的相关研究,从 20 世纪 70 年代以后引入我国,并逐步引起学界重视,取得了较为可观的成就。

1. 互文性理论在中国的传播

互文性理论是克里斯蒂娃于 60 年代提出的,罗兰·巴特的《文本理论》被翻译成中文进入中国之后,互文性理论逐步引起了学术界的关注。1987 年,张寅德将《文本理论》翻译后发表于《上海文论》第 5 期,使互文性理论得以在中国传播开来。紧接着,汪耀进、武佩荣于 1988 年翻译了罗兰·巴特的《恋人絮语:一个解构主义的文本》,成为最早进入我国的互文性理论相关的著作,由上海人民出版社出版发行。

随着对互文性理论的关注,到了 20 世纪 90 年代,关于互文性理论介绍和讨论的论文逐渐增多。此外,朱立元在 1993 年出版的《现代西方美学史》之中,用大篇幅对互文性理论进行了介绍,互文性理论得到了较为全面的诠释。1998 年,钱中文主编的《巴赫金全集》由河北教育出版社出版,介绍了互文性理论的理论背景,巴赫金的理论得到了更广泛的传播。

最早对克里斯蒂娃的互文性理论进行介绍的是朱立元,1997 年出版的《当代西方文艺理论》中《法国派女权主义批评》对克里斯蒂娃进行了介绍,较早对克里斯蒂娃的理论进行了研究和探讨。王文融于 1990 年翻译了吉拉尔·热奈特(Gerard Genette)的著作《叙事话语·新叙事话语》,由中国社会科学出版社出版,随后对互文性进行研究的其他学者的著作也逐渐被翻译而传入我国。互文性理论研究逐步迈入繁荣期。

张新木在 2001 年翻译了克里斯蒂娃的著作《恐怖的权力·论卑贱》,由生活·读书·求知三联书店出版,此后,克里斯蒂娃的著作被大量翻译成中文。2012 年,祝克懿将克里斯蒂娃的著作《词语,对话和小说》翻译为中文,国内学术界对互文性理论有了更为深入和系统的了解。随后,诸多互文性理论的专著被介绍到中国。如,屠友祥翻译的《S/Z》

《文之说》,史忠义翻译的《热奈特论文集》,邵伟翻译的法国蒂费纳·萨莫瓦约的研究专著《互文性研究》等,这些著作在互文性理论研究史上,都具有重要的地位。

对于互文性理论的提出者克里斯蒂娃理论的研究,随着互文性理论的传播,在国内逐渐出现。2002年,由罗婷撰写的《克里斯蒂娃》出版,成为第一部介绍克里斯蒂娃的专著,2004年罗婷又出版了《克里斯蒂娃的诗学研究》,系统性地介绍了克里斯蒂娃的诗学理论及思想。围绕罗婷、秦海鹰、辛斌、祝克懿形成了三条对互文性研究的主要路径。分别从克里斯蒂娃的理论研究、互文性理论的翻译及研究、运用互文性理论分析解读文本这三个视角,展开了互文性理论研究的热潮。

2. 互文性理论在中国的发展

互文性理论引入中国之后,在学术界出现了大量对此理论进行研究的论文,从不同方面对互文性理论进行了深入探讨。

第一,翻译研究领域。

对于翻译而言,正是不同文本的语言符号的替换,更充分体现出了文本间性。翻译不仅仅是语言层面的语码转换,更是一种传递文化信息的跨文化转换,而翻译的实质即在于后者。翻译的可能性建立在文化的共性上,翻译的局限性建立在文化的个性上。不同文化的共性与个性为翻译提供新的译语语言及文化参照,推动翻译语境的变化与发展,从而构建了更加合理完备、广泛公认的翻译语境,使翻译成为可能。因此,在跨语际研究方面,互文性理论得到了广泛应用。

首先,文学翻译方面,如蒋骁华1998年发表的论文《互文性与文学翻译》中,探讨了文学翻译的语义问题,他认为,一个词语的互文性越强,该词语的文化含义越容易成为一种集体无意识,高度凝聚着民族文化精神。因此,在翻译中应注意互文性对词义内涵的影响。刘琦的论文《互文性理论对文学翻译的意义》从翻译批评的角度探讨了互文指涉性对文学文本翻译的影响。此外,互文性理论也涉及了诗歌的翻译,例如李玉洁《中国古典诗歌英译的互文性解读》、罗选民《衍译：诗歌翻译的涅槃》、胡伟丽《外显互文性与诗歌翻译》等。还有些论文运用互文性理论，对具体文学作品的翻译进行了研究探讨。

其次，实用性文体的翻译方面。互文性理论不仅仅应用于文学文本的翻译，在一些实用性文体翻译之中，也同样得到了广泛应用。例如对广告语翻译互文性的研究，在研究翻译互文性的同时，将广告语这种类型文本互文性的问题也进行了探讨。张瑞雪《广告翻译中的互文性研究》中便提出了互文性是广告语篇的重要特征之意，认为翻译广告的过程是一种再创作的过程。又如张文娜《互文性理论视域下的广告翻译探究》一文中，认为翻译广告是做到吸引消费者并引起共鸣才能达到广告目的，关键因素便是互文性。再如龙江华的《互文性理论与公示语的汉英翻译》，强调了互文性理论在公示语翻译中的重要性。互文性理论为实用性文体的翻译提供了全新的视角和方法，为实用性文本的翻译开辟了新的路径，通过互文性理论的使用，实现了实用性文本的实效价值。

最后，互文视角下的翻译主体方面。翻译过程中，原著和译本之间的关系，映射出的也是翻译主体与作者的关系。对于此类相关问题的探究，置于互文性视域之下，对二者的关系有了更为深入的认识。罗枫、沈岚在其《从互文性视角看译者的身份》一文中提出，互文性理论的应用，颠覆了传统翻译理论中原作者至高无上的地位，赋予了译者三重身份，分别是读者、阐释者和作者。又如夏家骊《从互文性角度看翻译的文本解构和重构过程》，朱军《互文性与翻译的过程》，秦文华《翻译主体定位的互文性诠释——由"话在说我"引发的思考》等，对翻译的主体、客体，以及原文本与译本之间的关系等做了深入地探讨和论述。

互文性的概念运用于翻译之中，是文本再创作的一种有效形式，能够帮助原文翻译得更加准确、贴切。译者在翻译过程中要充分运用互文性的相关技巧对文本进行再释义，使翻译结果更加符合读者的需求，也使翻译真正起到文化桥梁的作用。

第二，语言文学研究领域。

互文性理论被引入语言学以及文学领域之后,学者们从不同视角深化发展了互文性理论,并将其应用于文学批评之中。武建国、冯婷将互文性理论用于语用学的解读,其论文《篇际互文性生成动机的语用学诠释》通过例证详细分析了语言使用者在顺应物理世界、社交世界和心智世界中的具体现象,加深了读者对篇际互文性的认识。再如,李丽在《基于系统功能语言学理论的语篇互文性与对话性分析》一文中,提出了基于系统功能语言学理论的语篇互文性与对话性分析方法,更为深入地分析了语篇的互文性与对话性。

互文性理论还被用于解读文学作品,为文学作品解读提供了新的视角。有很多学者对利用互文性理论解读文学作品的方式进行了多方位的探讨。如罗杰鹦《布鲁姆的"互文性"和〈曼斯菲尔德公园〉》、张海榕《〈漫漫回家路〉的互文性解读》、于红慧《〈聊斋志异〉与传统文学作品的互文性研究述评》、曹金合《论莫言小说情节的互文性表征》等。将文本中的引用和改造作为研究的重心,讨论其文本间性,拓宽了文学理论批评的视野,论证了互文性在文学创作中存在的必然性和重要性。

第三,教学应用方面。

互文性理论在教学方面也得到了广泛应用,主要体现在中文作品讲解分析、外国文学作品讲解分析,以及英语翻译教学方面。对于中文作品讲解的互文性分析,主要体现于中小学教育之中。例如,林冬梅《互文性阅读在小学古诗文教学中的应用》、王小兰《初中古诗文群文阅读教学设计及应用研究》、李思园《浅谈互文性理论就在阅读教学中的应用》等等。在外国文学的讲解之中,也涉及了互文性理论。董慧《互文性理论在英美文学教学中的应用》一文中,探讨了互文性理论在高校英美文学教学中的应用及价值,论文提出了互文理论的应用能够使文学阅读的思想性、趣味性增强,加深学生的文学素养。还有一些论文研究了互文性理论在翻译教学中的作用,例如,闫苏《互文性理论在商务英语翻译教学中的应用》一文,认为互文性理论以其独特的思考方法和实践角度,为商务英语翻译教学带来了全新的操作方法。此外,邢嘉锋、罗耀慧、杨鹏鲲等,都探讨了互文性理论在翻译教学中的作用和影响,并分析了互文性与翻译教学之间的关系。

西方互文性理论自法国后结构主义批评家茱莉亚·克里斯蒂娃提出之后,对于多重文本的'平面交叉'、多重写作的对话等问题,逐步成为研究热潮。20世纪六七十年代,西方结构主义和后结构主义学者利用互文性理论试图打破人类话语界限,将人类话语置于同一空间。20世纪70年代以后,法裔学者法泰尔更加注重读者对本文解读的影响。英国理论家、语言学家诺曼·费尔克拉夫,认为结合霸权理论对互文性理论进行研究,更利于诠释和解读文本和话语的真实意义。以上情况表明,西方互文性理论提出之后,涉及了多个领域,存在着广阔的探索空间,对于文学文本的研究也由互文辞格逐渐转向了文本叙事层面。

第三节　修辞互文与互文性叙事之间的关系

互文性理论在引入中国之时,被翻译为"互文"一词,这与中国传统修辞中的互文修辞手法的名称相同。这两种互文,实际上本为两种不同的事物,理论含义和理论范畴有着各自不同的特点。但是,同称为互文,并非只是翻译上的巧合,互文修辞手法与西方互文性理论之间,存在着紧密的联系和一定的相近性。

一、互文修辞手法与互文性理论的区别

作为修辞手法的互文与互文性理论之间的区别是显而易见的,从理论的源起到理论涉及的范畴都有着较大的差异。

1. 互文修辞手法与互文性理论的源起差异

互文修辞手法在先秦的诸多文献之中都有出现,古人在使用这一修辞手法的时候,并没有修辞的意识。汉语,尤其是古代汉语的表达方式,

加之中国古人的思想观念影响,使古代汉语具有了很大的含蓄隐约特性,这为互文性修辞的应用提供了可行性土壤。到了汉唐时期,随着经学研究的学术化程度提高,大量先秦典籍被深入解读。在这种"尚书"两个字,便可以解读出来近十万字的时代,互文修辞的应用规律得到了发现和总结。郑玄、贾公彦等经学家,明确了互文性修辞的应用,在注疏经文古籍之时,对互文修辞的用法也有了具体的论述,作为修辞手法的互文便被逐步确定下来,并应用于各种文学文本的创作之中,起到了言简意赅、构建意境的文本修饰效果。

西方互文性理论是克里斯蒂娃对传统文学观念的反叛,她质疑文学文本的原创性,并且反对作者对于文本的主导性。她认为文本是语言符号的组合,文本是被生产出来的,并不是作者主观意志的倾注。基于这种理论观念,克里斯蒂娃以语言学、符号学,以及心理学为基础,提出了互文理论。互文性理论从一个崭新的角度勾勒出了语言符号结构的多维视野,开拓了认知维度的多元化,创立了结构主义的新的范式。

2. 互文修辞手法与互文性理论范畴的差异

互文性修辞,作为修辞手法的一种,互文修辞能够调整韵文的格律,实现韵文文本的形式和谐。它可以让两个独立的语言单位之间,通过字、词或者句子之间的互相关涉,而生发出更为完整的意义,从而实现用有限的语言文字,去表达出更为丰富完整的意义。这种修辞效果的出现,也只有表意体系之中的汉字才有实现的条件。这种用法,是对语言结构的调整,就像语义结构的装饰物一样,让文字符号的组合更加整饬而又合乎约定俗成的规范。

西方互文性理论主要是围绕文本与文本之间的关系进行的探讨,从全新的角度对文本进行解读,通过对文字符号功能的考察,在静态的微观视域中展示文本世界,具有多元性、系统性,彻底改变了以往对于文本的认知,在打破传统知识结构框架的前提之下,提供了一种新的认识维度和学科范式。互文性理论的研究范畴不仅仅局限于文学层面,在语言学、心理学、符号学、政治学、女性主义等方面皆有所涉及,体现出其强大的多领域性。

由此可见,中国诗文中出现的互文修辞手法与西方互文性理论在所涉及的理论范畴方面差异较大,作为修辞手法的传统互文主要体现在文学领域,体系范畴较为狭小,西方互文性理论体系在更为庞大,涉及领域复杂多样。

二、互文修辞手法与互文性理论的关联性

作为修辞手法的传统互文与西方互文理论之间,尽管有着其各自的差异性,但是二者之间也不乏相近特征。

1. 词源层面的相近性

互文的“文”,段玉裁在《说文解字注》中曰:“错画者。错当作逪。逪画者交错之画也。考工记曰青与赤谓之文。逪画之一端也。逪画者,文之本意。文章者,文之本意。意不同也。黄帝之史仓颉见鸟兽蹏之迹,知分理之可相别异也。初造书契,依类象形,故谓之文。”[①]汉字的“文”有图画之意,字形起源与鸟兽蹏迹有关,这种相互交织的线条,组合在一起构成一个表意符号,便成了“文”。因此,汉字“文”是用象形的造字方法创造出来的,具有很强的图画性。

互文性理论所谓的“互文”本为一个法语词,是克里斯蒂娃提出互文性理论之时创造的生造词,即“intertextualité”。这个单词由前缀“inter”与词根“text”构成,“inter”表示“在……之间”“相互”之意。“text”,即文本、文档、文稿之意。从词源上来看,“textile”与“text”为同源词,他们拥有共同的词根“text”。“textile”意为“纺织品”,“texture”意为“质地、纹理”。作为词根的“text”,等同于“weave”,即,编织、织法。法国文艺理论

---

① (汉)许慎撰,(清)段玉裁注:《说文解字注》,上海:上海古籍出版社 1981 年版,第 425 页。

家巴特认为"一切文本都是过去的引文的新织品"①,这与汉字的"文"从词源学角度来看,有着几乎相近的意义。纺织品像图画的勾勒一样,也需要一丝一线编在一起,图画用的线条的符号,而纺织品用的是实际存在的丝线。不论是抽象的符号,还是实际的事物,他们都有一个共同特点,由线编织成一个完整的结构,都不能忽略编织这一过程。

汉字"文"作为象形字,是由线条勾画出图像来表达一定的意义,随着象形字符号化越来越明显,图画性越来越被弱化,但是它用线条或者笔画来表达事物特征的性质并没有改变。而这一点,就像是古人受到鸟兽蹄迹交错的画面而被启迪一样,能够表达一定意义的符号,经过不同方式的组合,才能产生出特定的意义。这与西方互文性理论所提出的文本与文本之间的关系,文本间性,存在很大的近似性。"文"这个汉字,便是用不同的符号构造出来的,单独拆解任何一个笔画都会影响其意义。而"文"作为象形字,它对意义的指代也需要各个笔画的相互勾连,这与互文性理论的核心主体内容具有高度的吻合性。而用象形方式创造出来的"文"这一汉字中,所组合的笔画以及线条,往往也会出现在其他汉字之中。而在西方互文性理论体系中,一个特定的文本会在多个其他文本中存在,每一个文本都并非是一个孤立的绝缘体。在这一点上,二者有着高度的相近性。

2. 理论内涵的相近性

对于修辞手法的中国传统互文,实际上是一种文字省略方式,为了文章的凝练及形式和谐所采用的文字技巧,后来逐渐成了训诂学上的术语,用来对古籍进行注疏。从字词的互文、句子的互文,一直到段落的互文,其实都或多或少地存在着文本间性。

以唐诗"秦时明月汉时关"(王昌龄《出塞二首·其一》)为例,这是

① [法]罗兰·巴特著,屠友祥译:《文之悦》,上海:上海文艺出版社 2002 年版,第 95 页。

典型的字词间互文,秦汉时的明月,秦汉时的关隘。"秦时明月汉时关"是文本中的一部分,也有上下文之分。此句的上文我们可以理解为一个文本,下文我们也可以理解为一个文本,上下文本之间通过相互关涉才能产生完整意义,本质上体现出了西方互文性理论的特点。正如克里斯蒂娃在《词语、对话和小说》一文中所言:"诗性语言的最小单位至少是双重的(不是能指、所指的二元分立,而是'一者'与'他者'的双重性),它使人们想到,诗性语言是以列表形式(modé le tabulaire)运作的,表中的每个"单位"都以一个包含多重因素的交汇制高点(sommet)来发挥作用。"①词语是文本的最小单位,这个最小单位之间的相互影响、相互解释,与互文理论中谈到的文本与文本之间的紧密关系,本质上是一致的。字词互文如此,那么扩大到句子与句子之间、段落之间的互文修辞现象,也同样与互文性理论具有相通性。

从更深层面来看,对于互文修辞的理解,包括和互文修辞非常近似的合叙修辞的理解,都必须建立在已知相关文本基础之上。例如,"当窗理云鬓,对镜帖花黄"(《木兰辞》)。这句运用了互文修辞,应当将前后两句结合起来理解,意思是对着窗前的镜子整理发型,贴上花黄这种饰品。如果想要准确解读诗歌的意义,首先要理解上文与下文分别指的意思是什么,在此基础之上,才能将二者的意义进行融合从而准确把握文本的意义。如此一来,其实就出现了二次解读。对上下文的初次解读是第一层面,这个层面便是把握文本的最初意义,在第一层面解读之后才能在第二个层面的理解上完成解读。这个解读上的时间差,便是西方互文性理论的体现。

此外,互文用于训诂之中,体现了文本内部符号要素之间的关系。从训诂角度来看,互文可以补充上下文的不足,实现你中有我、我中有你的表达效果。这种上文中隐藏着下文中的词语,而下文中又隐藏着上文中的词语,本身就是一种文本交互现象,体现着文本之间的密切关联。古人

---

① [法]克里斯蒂娃(Kristeva, J.)著,史忠义等译:《符号学:符义分析探索集》,上海:复旦大学出版社 2015 年版,第 92 页。

在注疏典籍之时,就已经从训诂的角度发现了古汉语的这一特征。古人在著述之时,往往省去上文或者下文中的部分词语,注释古籍需要将其意义补充完整,否则容易对文意理解产生偏差。《左传·隐公元年》中记载:"公入而赋:'大隧之中,其乐也融融!'姜出而赋:'大隧之外,其乐也泄泄!'遂为母子如初。"①显然,只有将上下两个文本拼合在一起才能对此段文字准确解读。通过上下文本的结合而产生的意义,便构成一个新的文本。索莱尔斯在谈及互文性功能之时,曾经论述道:"每一篇文本都联系着若干篇文本,并且对这些文本起着复读、强调、浓缩、转移和深化的作用。"②互文作为训诂术语,在解读文本方面起到的作用,与西方互文理论的功能如出一辙。

3. 中国传统的互文意识

西方互文理论与最为修辞手法的互文,尽管理论含义上有着巨大的差异,但是中国传统互文的出现,从根源上来看,是西方互文理论意识的体现。尽管在古汉语中,没有明确的文本与文本之间关系问题的理论,但是在互文修辞的应用中却表现出明显的互文理论的意识。"云随夏后双龙尾,风逐周王八马蹄。"(李商隐《九成宫》)"幻世如泡影,浮生抵眼花。"(白居易《对酒》)"居庙堂之高则忧其民,处江湖之远则忧其君。"(范仲淹《岳阳楼记》)等,这些诗文中互文修辞的使用,都是在利用上下文之间的关系实现完整意义的表达。古人这种作文的思维方式,顾炎武在《日知录》中曾经有过论述:

> 古人之文,有广譬而求之者,有举隅而反三者。今夫山,一卷石之多,今夫水,一勺之多。天地之外复言山水者,意有所不尽也。《坤》也者,地也,不言西南之卦。举六方之卦而见之也,意尽于言矣。

---

① 李梦生:《左传译注》,上海:上海古籍出版社 1998 年版,第 3 页。
② [法]蒂费纳·萨莫瓦约,邵炜译:《互文性研究》,天津:天津人民出版社 2003 年版,第 5 页。

　　古人在写文章的时候,并不是采用直线思维,一叙到底,而是用委婉曲折的方式,将意蕴传达给读者。这种写作思路的形成,与《易经》的哲学思维颇为相近。有不少学者在讨论西方互文理论之时,都提出这种观点。比如,王琦就在其《中西"互文"比较研究的现状与反思》中论述道:"克氏(克里斯蒂娃)所受惠的正是中国《易经》的思维方式,克氏从中国易经的思维方式中获得了突破西方结构主义逻辑思维的阿里阿德涅之线。"①此外,克里斯蒂娃自己也曾说过:"东西方有两位学者都指出了运用亚里士多德式的逻辑来分析语言时产生的缺陷,这绝非偶然。一位是20世纪中国哲学家张东荪,提出了一种语言学范畴(即表意字)。在那里,阴—阳'对话'取代了上帝。""出乎意料,同时也属必然,我的互文视角把我引向中国文化的某些独特的思维方式。"②这种中国文化的独特思维方式,不仅仅影响到了克里斯蒂娃,更多地影响到了中国的文人,使中国传统的互文修辞与西方互文性理论之间,实现了理论思维上的相通性。

---

① 　王琦:《中西"互文"比较研究的现状与反思》,《社会科学论坛》2018年4月。

② 　[法]克里斯蒂娃(Kristeva,J.)著,史忠义等译:《符号学:符义分析探索集》,上海:复旦大学出版社2015年版,第93页。

第二章　文本意象的互文性

中国古典文学文本中,多有意象的出现,通过意象来传达语言符号本身所无法表达出来的含义。而这些附加于意象而出现的涵义,是建立在他文本意义之上的,是以文本间性的存在为基础的。

第一节　意象与审美

意象,是一个美学概念,意象与审美是分不开的。意象如果离开审美性,便成了没有意义的客观物象,意象是审美主体主观情绪和认知的体现。

一、意象的含义

意象,乃是意义所构成的物象。所谓的"意",指的是人的意念、情感。许慎在《说文解字》中说:"意,志也。从心察言而知意也。"①作为修饰"象"的意,源于心。而心,在古人眼中是意志情感的来源。心,从造字法角度来看,属于象形字,甲骨文中的心字,就像画了一颗心脏的样子,即"♡",后来逐渐演变为"♥""♥"。心脏位于人体中心的位置,在阴阳五行之中属土,而土位居五行中央,可见古人们已经意识到了心脏在人体之

---

① （汉）许慎:《说文解字》,北京:中华书局 2013 年版,第 216 页。

中的重要性。《孟子·告子上》中言道:"耳目之官不思,而蔽于物,物交物则引之而已矣。心之官则思,思则得之,不思则不得也。此天之所与我者。"①在古人看来,人是用心在思考的,心是思维、思考的器官,只有用心才能看到事物的本真。因此,"意"的获得,需要有心,需要用心。这充分体现出意的主观能动性。

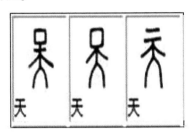

甲骨文"天"的写法

对于"象"而言,在中国哲学范畴之中,"象"被视为客观世界的外在表现,甚至被认为是上天意志的体现。每个民族在创世之初,原始先民们都有着不同的智慧。中国是个古老、神秘而又充满着智慧的民族,我们的原始先民将自己当作上天的宠儿,认为总有那么一股神秘的力量在时刻关注着自己。在遇到自然灾害的时候,这个被称为"天"的神秘力量便可以给他们赐福,帮助他们度过灾难;在风调雨顺的时候,他们便虔诚地顶礼膜拜,感谢"天"的恩赐,并且祈求避免灾害的再次降临。那么"天"到底为何物? 甲骨文的"天"字有三种写法,字形都较为相似,上半部分是个方框的形状,第三种写法应该是前两种写法的简化体,下半部分像个人的形状,两臂张开,双腿站立,一副"天人合一"之相。从文字的形状可以看出先民们的意识当中,自身和头顶上的这片茫茫苍天早已融为了一体,他们的命运和天息息相关。《尚书·尧典上》载曰:"钦若昊天,历象日月星辰,敬授民时。"②意思是劝告百姓要敬顺天的意愿,注意日月星辰的变化,遵守时令。先民将自身与"天"建立起了紧密的关系,与当时原始生

① 金良年:《孟子译注》,上海:上海古籍出版社 2020 年版,第 246 页。
② (清)孙星衍:《尚书今古文注疏》,北京:中华书局 1986 年版,第 11—12 页。

产力的低下有很大关系。物质基础决定上层建筑,客观生产力的状况,决定了先民的思想意识。先民维持生存的最大来源就是生产劳动,在技术条件缺乏的情形之下,天气气候的变化成为影响生产的重大因素。风调雨顺则可丰衣足食,自然灾害或者恶劣天气则会带来灾荒。自然条件的巨大威力,使先民将其神化、人化,认为掌控这些自然变化的力量,像他们一样,是有着人类的情感的。"钦若"这一神秘力量,才能满足他们的生存需要。而"象"是天给予人类的暗示。《说文解字》中对于"示"字解释时,言道:"天垂象,见吉凶,所以示人也。从二,三垂、日、月、星也。观乎天文以察时变,示,神事也。"[①]从汉字符号创造伊始,古人观念中就已经将"象"之中融入了对世界的认识,"象"已经不再单纯地是物象本身,而是中国古代朴素哲学观念之中的物象。

古人通过"象"来判断未来的吉凶,通过对"象"的分析,去发现事物表象背后的本质。这一思想的源头从《周易》而来,《周易》之中包含着深刻的意象观念,随着儒家思想主流地位的确立,这种意象观念影响了整个中国古典文学领域。因为,有能力进行文学创作的,只能是拥有一定文化知识的读书人,而读书人在中国古代社会都有一个走向仕途、治国平天下的神圣理想和使命,而这一理想和使命又是积极入世的儒家思想所给予的。在这种情况影响之下,《周易》作为五经之一,它的哲学思想,对于世界的认知方式,都影响到了中国古代的知识分子。尽管受到影响的程度,会因为政治、军事等复杂因素的干预而有所不同,但是《周易》中暗藏的思维方式和认识方式已经渗透到了中华文化的根基之中。通观《周易》全书,都是通过各种不同符号营造出来的卦象来解读世界的。"是故《易》者,象也。"[②]《周易》将自然界中的各种不同物象,通过阴爻和阳爻的有序排列来传达事物发展的趋势,正如王夫之所说:"天下有象,而圣人有《易》……汇象以成《易》,举《易》皆象也,象即《易》也。"[③]《周易》通

---

① (汉)许慎:《说文解字》,北京:中华书局 2013 年版,第 1 页。

② 黄寿祺,张善文:《周易译注》,上海:上海古籍出版社 2001 年版,第 579 页。

③ 王夫之:《船山全集·周易外传》,长沙:岳麓书社 2011 年版,第 1039 页。

过创立的各种不同符号将实际物象抽象成了一定的意义。

所谓的"象"并非是自然物象原本面貌的呈现,它包含着中国传统的哲学观念。《周易》中记载:"古者包牺氏之王天下也,仰则观象于天,俯则观法于地,观鸟兽之文,与地之宜,近取诸物,于是始作八卦。"①象,是古人在观察万物之后,从万物之中提取的符号。《道德经》第四十一章中说"大象无形",象,不再是具体化的自然万物,而成了一种哲学思想的体现。

二、意与象的关系

意与象,在中国哲学观念之中,是紧密交融不可分割的,意是象的本源,而象则是以意的存在为前提的。《周易》之中记载了孔子对于"象"与"意"关系的观点:

> 子曰:"书不尽言,言不尽意。"然则圣人之意,其不可见乎? 子曰:"圣人立象以尽意,设卦以尽情伪,系辞焉以尽其言,变而通之以尽利,鼓之舞之以尽神。"②

既然"立象"是为了"尽意","意"便是"象"所要表达的哲思义理。王弼《周易略例·明象》中说:"尽意莫若象。""象"成了能够最大限度表达"意"的最佳方式。象,所承载的是人们认知事物之时所获取的直观印象,这个直观印象的形成是建立在主观感知基础之上的。而"意"中还包含了道的概念,所体现的是人们对于整个自然的朴素感知。而所谓"道",是超越万物实体之上的,是人们对于万事万物运行规律的把握。老子对"道"的解释充满了玄幻意识,"道可道,非常道;名可名,非常名。无,名天地之始;有,名万物之母。故常无欲,以观其妙;常有欲,以观其

---

① 黄寿祺,张善文:《周易译注》,上海:上海古籍出版社 2001 年版,第 572 页。
② 金景芳,吕绍纲:《周易全解》,上海:上海古籍出版社 2005 年版,第 566 页。

徼"①。老子肯定了"道"作为客观规律的存在。"有"与"无"的关系,也就是"象"与"意"的关系。"有"与"象"都是客观可见的自然万物,而"无"与"意"则是在人们主观意识干预之下对于自然万物的感知内容。《老子·二十一章》中曰:"道之为物,惟恍惟惚。惚兮恍兮,其中有象。"②"象",又是存在于"意"之中的,也就是说"象"必须遵循"意"的规律去运行。"意"与"象"的结合才是自然万物的本相。

正是因为意象具有动态的特点,意象中的美与意象本身之间往往很难达到完全一致。正如上文提到的"言"与"意"的关系,"意"与"象"的关系也存在着一定的辩证性。在解读易学的过程中,王弼对二者的关系有过阐述:

> 夫象者,出意者也。言者,明象者也。尽意莫若象,尽象莫若言。言生于象,故可寻言以观象;象生于意,故可寻象以观意。意以象尽,象以言著。故言者所以明象,得象而忘言;象者,所以存意,得意而忘象。犹蹄者所以在兔,得兔而忘蹄;筌者所以在鱼,得鱼而忘筌也。然则,言者,象之蹄也;象者,意之筌也。是故,存言者,非得象者也;存象者,非得意者也。象生于意而存象焉,则所存者乃非其象也;言生于象而存言焉,则所存者乃非其言也。然则,忘象者,乃得意者也;忘言者,乃得象者也。得意在忘象,得象在忘言,故立象以尽意,而象可忘也;重画以尽情,而画可忘也。③

意从象中而生,象又借意而显现出来。观"象"的目的是得"意","意"得之后要忘"象"、忘"言"。在言、象、意三者的关系之中,"言"与"象"都成了取得"意"的途径,获得"意"之后,就可以忘记"象"与"言"的

---

① 《老子》,北京:中华书局2006年版,第2页。
② 《老子》,北京:中华书局2006年版,第53页。
③ (魏)王弼撰,楼宇烈校释《周易注:附周易略例》,北京:中华书局2011年版,第414页。

存在了。在王弼的理论之中，象是没有独立价值的，是附属于意而存在的，二者的关系存在不平衡性。在心中所形成的象，往往蕴含着丰富的意指，我们很难用语言文字将象所含有的意都表达殆尽，只能去无限接近它。索绪尔在其著作《普通语言学教程》之中对此论述说："从心理方面看，思想离开了词的表达，只是一团没有定型的、模糊不清的浑然之物……没有符号的帮助，我们就没法清楚地、坚实地区分两个观念。思想本身好像一团星云，其中没有必然划定的界限。预先确定的观念是没有的。在语言出现之前，一切都是模糊不清的。"①人们心中的想法需要用语言传达出来，无论在审美活动之中产生了什么样的体验，离开了语言，这种体验便无法成象了。"象"是否能够"尽意"，与语言的介入是密切相关的。

三、意象的美学意义

所谓的美学，是人类以主观情感对客观世界的审美体验，是一种精神层面的活动。美学的概念是由德国哲学家亚历山大·戈特利布·鲍姆嘉通提出的，称其为"Aesthetic"，翻译为感性学。这也就意味着，美学本身就是人类主观情感的体现，有着很强的自主意识。黑格尔在其《美学》一书中谈道："我们已经把美称为美的理念，意思是说，美本身应该理解为理念，而且应该理解为一种确定形式的理念，即理想。一般说来，理念不是别的，就是概念，概念所代表的实在，以及这二者的统一。……其所以美，只是由于它(理念)和适合它的客体性相直接结成一体。"②美学其实体现的是人们对于客观世界的态度，依据主观情感在这种态度之中介入的程度多少，美学家们提出了各自不同的观点，讨论了美学主观性与客观性之间的关系。而对于美的体验便是审美，是人类用一种感性的方式去感知世界，这种方式不带有任何的功利性目的，是人类主观情绪的抒发，

① [瑞士]费尔迪南·德·索绪尔著，高明凯译：《普通语言学教程》，北京：商务印书馆1980年版，第157页。
② [德]黑格尔著，朱光潜译：《美学·第一卷》，北京：商务印书馆1979年版，第135页。

存在着很大的偶然性。

"美",在甲骨文中,是一个站立的人,头上戴着饰品,很显然,这个汉字在创立之初便有美丽、漂亮之意。《说文解字》中解释为:"甘也。从羊从大,羊在六畜主给膳也。美与善同意。臣铉等曰:羊大则美,故从大。"[1]后来,美的意义进一步引申,不仅用于形容外表的漂亮,也用于指品行的高尚等。但是和美学意义上的"美"却是存在一定差异的。美学意义上的"美"并不是指美好,而是带给人们的一种主观情感体验,这种主观体验既包含事物的美好,同时也包含了事物的阴暗面,有时还是悲剧性的体验。因此,美学意义上的"美",是超出于简单的形式之美的,它更多表现的是情感体验的美好和震撼,是人对于世界解读的先验式感受。

意象,本身就带有人类主观情绪,是人类主观情绪对于自然万物的投射,这和审美过程便有了一定的相通性。刘勰在《文心雕龙》中曰:"夫玄黄色杂,方圆体分,日月叠璧,垂丽天之象;山川焕绮,以铺地理之形;此盖道之文也。惟人参之,性灵所钟,是谓三才。为五行之秀,实天地之心,心生而言立,言立而文明,自然之道也。旁及万品,动植皆文。"[2]"万品"皆能成"文",是因为心灵所生所致,没有人类主观能动性的活动,"丽天之象""山川焕绮"也就不存在了。审美活动终须有一个结果,而这个结果便用意象的形式呈现出来。只有人的主观意识去干预自然万物,才能成为审美活动的前提,美的体验是通过主体的感知而实现的。但是,审美对象也需要具有美的价值,这种价值的体现需要依靠人的主观认知的发掘和体悟,而审美对象本身的价值需要与人的主观认知同频共振,这样才能充分体现出美的意义。正如王阳明所说:"你未看此花时,此花与汝同归于寂;你来看此花时,则此花颜色一时明白起来。"[3]所谓的美,是需要人的主观意识与客观物象融在一起才能够产生的。审美主体通过对于美的

---

① (汉)许慎:《说文解字》,北京:中华书局2013年版,第73页。

② 王志彬译注:《文心雕龙》,北京:中华书局2012年版,第3页。

③ (明)王阳明:《王阳明全集·传习录下》,上海:上海古籍出版社1992年版,第107—108页。

物象的感知产生快感,满足身心的愉悦。而审美对象经过审美主体的感悟和创造,物我融会一体便形成了意象。

意象是审美主体的主观能动性所创造的,体现出审美主体的美学判断。意象并不是二者的简单组合,而是审美主体想象力、创造力的成果。物我的融汇以及意与象的组合,都是在审美体验的基础之上,充分调动审美的判断和感悟而产生的。由于审美主体的个体差异,对同一物象的体认便会不同,意象便呈现出丰富的可解读的空间,使其源源不断地产生美学内涵。意象是美的具体再现,因此,便具有了多变的特性。对于意象的分析解读,也便成了一种动态的过程。而美,也就溢于这种感性的意识流动之中。美并不是任何形态的实体,它需要借助于意象而表现出来。比如,自然界中某一个瞬间,这个瞬间本身并非意象,如果有人在观察到此意象之后,引发了一定的情感,那么这个瞬间便具有美学意义,就成了意象。意象实际上是审美活动的结果,美是意象中的精神升华。意象之美,需要语言去描述,去表达,语言描述得是否到位,直接决定了"象"中所含之"意"的传达,也会进一步影响到意象的美学意义。

第二节　文化意象的互文性

审美主体的感知能力受到多方面的影响。从内部因素来看,审美主体所接受到的教育,性格方面的感性程度,都能够影响到审美主体对于审美物象的敏感度。而外部因素的影响在审美活动之中起到的作用更为明显。审美主体所处的文化圈层,所接收到的社会思潮,甚至社会的经济、政治因素等,都会对审美主体造成不同的影响,使审美对象被意象化之后,深深地打上民族、文化、时代的印记。这些不同的印记,所承载着的一定区域或者一个民族的历史,这些印记在不断地传承过程中,便成了具有固定意蕴的意象,通过意象的形式去传播背后丰富的内容。被语言符号固定下来的意象,便成为一种独特的文化文本,去记录最为广阔的内容。

一、水意象的互文性叙事

水,被视作生命之源,它在中国文化之中也被赋予了多种内涵。作为自然界最常见物质之一,水本身没有任何意义,仅仅是客观物质,之所以能够成为一种意象,与中国古人的传统思维方式有着密切关系。早在原始宗教文化时期,原始先民便赋予了自然万物人的意识,葛兆光先生在其《中国思想史》中谈道:"中国古代思想世界一开始就与'天'相关,在对天体地形的观察体验与认识中,包含了宇宙天地有中心与边缘的思想……对天地的感觉与想象也与此后中国人的各种抽象观念有极深的关系。"[1]这种"天人合一"的思想很容易将自然万物与人类活动联系在一起,赋予这些事情某种特殊的象征意义。此外,认识自然的具象思维特点,也是实物具有特殊意象性的原因之一。《周易·系辞下》曰:"古者包牺氏之王天下也,仰则观象于天,俯则观法于地,观鸟兽之文,与地之宜,近取诸身,远取诸物,于是始作八卦,以通神明之德,以类万物之情。"[2]八卦符号的产生是伏羲氏观察了物象之后创作出来的,用以通达神明,这是较早的具象思维之体现。汉字为表意体系文字,较早创制出的汉字多为象形文字,还有指事字、会意字,后两种造字法是以象形为基础的。通过有规律的、约定俗成的符号来表示一定的意义,如此一来,符号本身便具有了强大的意指功能。因此,中国文化多崇尚含蓄之美,古典诗词也多通过意象言情表意。作为地位历来不高的古典小说作品,并没有逃离传统文化的晕染,尤以《红楼梦》为甚。"小说只有文字一种表达媒介,读者必须调动脑中的信号系统和知识储备,将抽象的语言符号转换为具体的人物情节。"[3]文本中出现的意象,便是激发读者进行符号转换的催化剂。它的无尽解读性正是得益于多种意象性文字及事物,借助"水"意象所凝聚的他文本

---

① 葛兆光:《中国思想史》第一卷,上海:复旦大学出版社 2001 年版,第 19 页。
② 郭彧译注:《周易》,北京:中华书局 2010 年版,第 304 页。
③ 陈超:《在场·聚焦·观照:论〈红楼梦〉"边缘"女性形象的叙事功能》,《红楼梦学刊》2018 年 04 期。

的含义,去表达超越于意象本身的深刻意蕴,以《红楼梦》为例,略述"水"意象在《红楼梦》中体现出其叙事张力。

1. 水意象与爱情叙事文本的互文性

"水"与爱情自古以来便有着神秘的关联性。最早的诗歌总集《诗经》之中便有大量爱情题材的诗歌涉及"水"。《郑风·溱洧》所描绘的便是一幅青年男女水边恋爱的画面:

　　溱与洧,方涣涣兮。士与女,方秉蕳兮。女曰观乎? 士曰既且。且往观乎? 洧之外,洵訏于且乐。维士与女,伊其相谑,赠之以勺药。

　　溱与洧,浏其清矣。士与女,殷其盈矣。女曰观乎? 士曰既且。且往观乎? 洧之外,洵訏于且乐。维士与女,伊其将谑,赠之以勺药。

(《诗经·郑风·溱洧》)

上巳之日,青年男女手执兰草,于水边禊除不祥,程俊英先生认为,"这首诗就是描写郑国这一节日的盛况,传神地再现了一群青年男女趁此机会相聚相乐,互表衷情的热闹场面。"[1]上巳节是一个与水相关的节日,于水边庆祝祈福,青年男女互赠芍药以表爱慕之情。《周礼·春官》载曰:"女巫掌岁时祓除、衅浴。"[2]上巳之日的活动是由女巫专门负责的,赋予了这一节日原始宗教文化色彩。而在《礼记·月令》中记载:"仲春之月……玄鸟至。至之日,以大牢祠于高禖,天子亲往,后妃帅九嫔御。乃礼天子所御,带以弓韣,授以弓矢,于高禖之前。"[3]高禖乃是主宰子嗣之神,天子帅嫔妃所举行的这一仪式带有浓郁的性巫术意味。《溱洧》中少男少女水边嬉戏求祥的同时,也在乞求爱情婚姻、子嗣。除《溱洧》外,《诗经》中与"水"相关的爱情诗多达三十余首。

①　程俊英,蒋见元:《诗经注析》,北京:中华书局1991年版,第260页。
②　(清)孙诒让:《周礼正义》,北京:中华书局1987年版,第2075页。
③　《十三经注疏·礼记正义》,上海:上海古籍出版社1997年版,第1361页。

　　水意象与爱情的关联性,同原始先民的生殖崇拜密不可分。《史记·殷本纪》载曰:"殷契,母曰简狄,有娀氏之女,为帝喾次妃。三人行浴,见玄鸟堕其卵,简狄取吞之,因孕生契。"①殷商的先祖便是其母"行浴"后所生。我国母系氏族时期出土的大量陶器上多见鱼形纹饰,据赵国华先生考证后认为:"原始先民的以鱼为神,象征着以女阴为神,实质是生殖崇拜,以祈求人口繁盛。"②此外,李泽厚先生在其《美的历程》中也谈道:"像仰韶期半坡彩陶屡见的多种鱼纹和含鱼人面,它们的巫术礼仪含义是否就在对氏族子孙'瓜瓞绵绵'长久不绝的祝福?"③鱼多籽,也意味着子嗣众多。鱼的生命力源于水,因此古代诗歌中多有描绘鱼在水中嬉戏来预示男女爱情。如汉乐府《白头吟》曰:"竹竿何袅袅,鱼尾何簁簁。"钓鱼竿摇摆,鱼儿跳跃于水中,喻指男子求偶,男女相悦。而鱼离不开水,为了含蓄表达的需要,"水"便与爱情有了意义的关联。在传统文化的积淀过程之中,水作为一种文化文学意象,便被赋予了情爱内涵。水这一物象,便成了情爱内涵的承载文本,当被借用于其他文本之中时,这种被赋予的意义无须在其他文本之中做出过多的诠释,成了固定的意义符号。

　　《红楼梦》出现于文化积淀深厚的古代社会末期,对各种意象的巧妙运用使得这部作品蕴藉丰富而深刻。作品开篇伊始便用神话来营造小说的神秘意味,其一便是绛珠仙草还泪的故事。"西方灵河岸上三生石畔,有绛珠草一株,时有赤瑕宫神瑛侍者,日以甘露灌溉,这绛珠草始得久延岁月。后来既受天地精华,复得雨露滋养,遂得脱却草胎木质,得换人形,仅修成个女体,终日游于离恨天外,饥则食蜜青果为膳,渴则饮灌愁海水为汤。"为报答神瑛侍者之恩,"把我一生所有的眼泪还他,也偿还得过他了"。(《红楼梦》第一回)"泪"是水意象叙事的升华,有了情感的介入才会有"泪"。绛珠仙子所饮为"愁海水",则"泪"便是因愁而生,还泪的神

① (汉)司马迁:《史记·殷本纪》,北京:中华书局1999年版,第67页。
② 赵国华:《生殖崇拜文化略论》,《中国社会科学》1988年01期。
③ 李泽厚:《美的历程》,北京:生活·读书·新知三联书店2009年版,第16页。

话故事所营造出的与水相关的意象,便为宝玉、黛玉的爱情埋下了悲剧性基调。水意象的出现,在还泪的神话故事之中,暗示给读者神瑛侍者与绛珠仙草落入红尘之后注定了会有一段缠绵悱恻的姻缘。"还泪"的神话为黛玉情痴的形象进行了浪漫诠释,将其塑造为"情情"之人。因此在《红楼梦》中,黛玉笼罩于水意象之下,与水息息相关。秋爽斋结诗社取别号,探春道:"当日娥皇女英洒泪在竹子成斑,故今斑竹又名湘妃竹。如今他住的是潇湘馆,他又爱哭,将来他想林姐夫,那些竹子也是要变成斑竹的。以后都叫他作'潇湘妃子'就完了。"居所为"潇湘馆",别号为"潇湘妃子",用娥皇女英之典影射还泪之说,强化了黛玉情痴之性格。《山海经》、屈原《九歌》、汉代刘向《列女传》、晋代张华《博物志》等诸多典籍之中都有关于二女的故事,二女为舜帝之妃,得知舜帝亡故便投湘水而亡,成为湘水之神,泪洒竹子之上而成斑。娥皇女英与绛珠仙子一样,都有着对于纯美爱情的执着,这两则神话故事的精魂借助眼泪与水传递到了林黛玉这一形象身上,营造出这一情痴女子人生的悲剧意蕴。

　　《红楼梦》直接写"雨"之处并不多,但落雨之时往往会加入钟情情节。如第三十回"宝钗借扇机带双敲;龄官划蔷痴及局外"写宝玉看到龄官在地上用金簪画了有几千个"蔷"字,"外面的不觉也看痴了","伏中阴晴不定,片云可以致雨,忽一阵凉风过了,刷刷地落下一阵雨来。宝玉看着那女子头上滴下水来,纱衣赏登时湿了。"而宝玉自己却忘了也被雨淋了,跑回怡红院时,还一直记挂着女孩子没处避雨。一场伏天急雨,联系起两个痴心之人,虽然二人各有所痴情之处,然都避不开一个"痴"字。宝玉开始误以为是有痴女子也如黛玉般葬落花,可见龄官之痴与黛玉之痴多有相近之处。第四十五回也写到雨,"不想日未落时天就变了,淅淅沥沥下起雨来……兼着那雨滴竹梢,更觉凄凉"。宝玉着蓑衣来探望黛玉,黛玉笑言:"哪里来的渔翁!"宝玉说要将这套蓑衣也送黛玉一套,黛玉笑道:"我不要他。戴上那个,成个画儿上画的和戏上扮的渔婆了。"说完便觉不妥,渔翁渔婆正般配,于是"羞得脸飞红"。庚辰本来批曰:"使黛玉自己直说出夫妻来,却又云'画的''扮的',本是闲谈,却是暗隐不吉

之兆。所谓'画儿中爱宠'是也,谁曰不然?"将此番言谈设置于雨中,倍增伤感,与还泪之说遥相呼应。"水",化而为"泪""雨",暗示出痴情而不得,意趣相投的情缘未必有圆满的结局。

2. 水意象互文叙事的时空性

水意象在传统文化中有着丰富的内涵,因此,叙事文学在引入水意象之时,便完成了叙事的特定文化功能,使叙事情节或者人物塑造具有了文字之外的某种意蕴。在古人的多处文献之中,将水与时空观念紧密关联在一起,来表达古人的时空之感。早在《论语·子罕》中便出现了将水的流逝来比拟时间流逝之:"子在川上曰:'逝者如斯夫! 不舍昼夜。'"①诗词之中的此类比拟更为多见:"人世几回伤往事,山形依旧枕江流"(《西塞山怀古》);"人生代代无穷已,江月年年只相似。不知江月待何人,但见长江送流水"(《春江花月夜》);"大江东去,浪淘尽,千古风流人物"(《念奴娇·赤壁怀古》);"世事漫随流水,算来一梦浮生"(《乌夜啼·昨夜风兼雨》),等等。流水这一自然物象便成了时光逝去的象征。

一部《红楼梦》贯穿始终的便是人生无常,人生的有限性与自然物象无限性之间的矛盾是无法调和的,此种深沉而寥廓的宇宙意识通过"水"的意象化渗透到文本之中。索绪尔在其《普通语言学教程》中说:"语言符号连接的不是事物和名称,而是概念和音响形象。后者不是物质的声音,纯粹物理的声音,而是这声音的心理印迹,我们的感觉给我们证明的声音表象。它是属于感觉的,我们有时把它叫作'物质的',那只是在这个意义上说的,而且是跟联想的另一个要素,一般更抽象的概念相对立而言的。"②"水"作为文字符号,通过久远的文化积淀见证的是心理印迹和人们的感觉,其作为时间流逝的纵向性叙事媒介,借助文字符号的抽象概念转化为横向性叙事媒介,从而完成了空间叙事,表达出《红楼梦》这一

---

① 《论语》,北京:中华书局 2006 年版,第 126 页。
② [瑞士]费尔迪南·德·索绪尔著,高名凯译:《普通语言学教程》,北京:商务印书馆 1980 年版,第 101 页。

文本冷静而深刻的时空观念。贾宝玉多次提到希望自己死后能用众女孩儿的眼泪葬他，如第三十六回宝玉说道："比如我此时若果有造化，该死于此时的，趁你们在，我就死了，再能够你们哭我的眼泪流成大河，把我的尸首漂起来，送到那鸦雀不到的幽僻之处，随风化了，自此再不要托生为人，就是我死的得时了。"宝玉所期许的青春永存、美好永存，他自己很清楚是不可能实现的，既然如此，便退而求死得其所得永恒，趁着女孩儿们都在的时候，用她们流成河的眼泪来葬他，使他能够随时光一同流逝，这样也无须计较时光是否等人的问题了。黛玉葬花是一幅唯美而感伤的画面，路过梨香院听到曲文唱道："则为你如花美眷，似水流年……"便如痴如醉起来：

　　　　站立不住，便一蹲身坐在一块山子石上，细嚼"如花美眷，似水流年"八个字的滋味。忽又想起前日见古人诗中有"水流花谢两无情"之句，再又有词中有"流水落花春去也，天上人间"之句，又兼方才所见《西厢记》中"花落水流红，闲愁万种"之句，都一时想起来，凑聚在一处。仔细忖度，不觉心痛神痴，眼中落泪。

（《红楼梦》第二十三回）

　　通过词曲的勾连，加之文本中时令的变化，将时间的流逝和空间的转化依托于水的意象之中，黛玉这一人物形象的塑造便置于这一时空交叉变换的接点之上，使得文本的哲思意味颇为浓郁。水意象成了表现宝玉与黛玉心意相通、志趣相投的关键。自然界中水是不可逆流的，人世之中时间是单向流逝的，二者的相似性使其能够融合为一而生发出艺术张力，既节省了叙事笔墨，也深化了小说文本。凋零的花瓣落入流水之中，增添了叙事故事空间的唯美意境，实际上也是在营造宝、黛二人心理空间的诗化美，宝、黛二人对时空的诗化感知正是作者生命观的深刻体验。

　　水意象的时空叙事功能还通过文本中的韵文来体现。如第五回宝玉梦游太虚幻境之时，听到有女子唱歌曰："春梦随云散，飞花逐水流。寄

言众儿女,何必觅闲愁。"从整个文本来看,第五回的内容有着提纲挈领的作用,宝玉梦中所见所闻无一处虚笔,暗示着故事中重要人物的命运和结局。文本初始,自然不能直言道出结局如何,因此诗文的含蕴便在故事叙事之中起到了辅助作用。中国古典诗词的蕴藉之美在于各种意象的营造,现于叙事文本之中的诗词韵文也不例外,通过寥寥数语便可伸展开来多种意义。"飞花逐水流"出现于宝玉刚入太虚幻境之时,通过水意象与时间流逝的关联性意义来提点宝玉人生无常,也是叙述者暗示给读者的个人生命体验。龙迪勇认为:"意象包括'物象'和'事象',主要由外在世界中具体物和事在心灵中的影像构成。……意象基本上是空间性的:'物象'是空间性的具体之物在心灵中的影像;'事象'之'事',也涉及空间性的场景。"①因此,文本叙述者为了更好地叙述故事,同时寄予文字符号更多的言外之意,便需要通过时间性的叙述去构造具有空间性的意象。水,本身在文化传承过程中所沉淀的意义,对于《红楼梦》这一小说文本而言,便能够起到构造空间性意象的作用。除了第五回宝玉梦境中的诗词之外,故事中的重要人物所作诗词同样涉及水意象。薛蟠生日宴上,宝玉唱道:"滴不尽相思血泪抛红豆,睡不稳纱窗风雨黄昏后,忘不了新愁与旧愁,咽不下玉粒金莼噎满喉,照不见菱花镜里形容瘦。展不开的眉头,捱不明的更漏。呀!恰便似遮不住的青山隐隐,流不断的绿水悠悠。"宝玉深谙少女的心事,此也为黛玉之愁,愁绪如流水一般无尽,却是人生苦短。叙述者将心中所思借故事人物传达于读者,媒介便是"水"所暗藏的意象,水意象在此成为连接时空的枢纽。

水的流逝与时空转换被融为一个意象,流逝便意味着离散而不可追,水这一事物的特质使其还具有阻隔的功能。诗词中很早便用"水"的这种特质来表达爱而不得。"蒹葭苍苍,白露为霜。所谓伊人,在水一方。溯洄从之,道阻且长。溯游从之,宛在水中央。"(《诗经·蒹葭》)两汉乐府诗曰:"河汉清且浅,相去复几许!盈盈一水间,脉脉不得语。"(《迢迢

---

① 龙迪勇:《空间叙事学》,北京:读书·生活·新知三联书店 2015 年版,第 80 页。

牵牛星》)宋词有"我住长江头,君住长江尾。日日思君不见君,共饮长江水。"(《卜算子·我住长江头》)。绵绵情义似水深,然而情义却常被阻隔,水便成为阻隔的媒介,深情与阻隔同时渗透于水意象之中,在文本中承担起审美之任。在叙事文本中,水意象的此层意蕴将叙事空间扩大化,来增加叙事情节的曲折度。《红楼梦》第五回写宝玉的梦境,既然是梦,便有舒醒之时,舒醒的契机则关乎文本的叙事。弗洛伊德在《梦的解析》中说:"我们运用这项技能进行研究,会发现梦其实是一种富含深意的心理结构,即便清醒时,也在我们的心理意识活动中独占一隅。"①叙事文本涉及梦境的情节,必然是关乎故事情节或者人物心理的,是叙事的重要方式。叙事者在设计从虚幻的梦境回到现实的情节之时,必然是围绕文本蕴藉而展开的。宝玉游历过太虚幻境之后,与可卿携手出去游玩,遇一黑溪挡路,警幻仙子追来,回答道:"此即迷津也。深有万丈,遥亘千里,中无舟楫可通,只有一个木筏,乃木居士掌舵,灰侍者撑篙,不受金银之谢,但遇有缘者渡之。尔今偶游至此,设如堕落其中,则深负我从前谆谆警戒之语矣。"(《红楼梦》第五回)宝玉被夜叉水鬼拖下迷津而梦醒,水,意味着茫茫无知和不确定性,成了悟与沉迷的分解线,迷津则成为红尘与太虚幻境的阻隔,借浩渺幽深之水来隐喻执迷不悟。

3. 水意象与文化叙事的互文性

水作为意象存在于叙事文本之中,其意象的蕴藉便会自然地融合于字里行间,产生言之不尽的艺术张力。"中国叙事文学是一种高文化浓度的文学,这种文化浓度不仅存在于它的结构、时间意识和视角形态之中,而且更具体而真切地容纳在它的意象之中。"②水之意象性并非是单一的,它是中华民族深刻生命体验的凝结。孔子曰:"知者乐水,仁者乐

---

① 〔奥〕西格蒙德·弗洛伊德著,郭亦译:《梦的解析》,北京:台海出版社 2016 年版,第 7 页。
② 杨义:《中国叙事学》,北京:人民出版社 1997 年版,第 267 页。

山;知者动,仁者静;知者乐,仁者寿。"①老子赋予了"水"独特的品格,"上善若水。水善利万物而不争,处众人之所恶,故几于道"②。水,不仅具有了高尚的品格,而且成为智慧的化身。庄子在《庄子·德充符》篇引孔子语曰:"人莫鉴于流水而鉴于止水,唯止能止众止。"③用"止水"喻指不被世俗扰乱的内心,乃道家清静之德。

在《红楼梦》中,水意象的多重文化意蕴与女性形象的塑造融为一体,赋予女性形象中华文化积淀下来的独特品格。贾宝玉将女儿等同于"水","女儿是水作的骨肉,男人是泥作的骨肉。我见了女儿,我便清爽;见了男子,便觉浊臭逼人。"(《红楼梦》第二回)水本身便可洗净浊臭,还万物清洁,从这方面来讲,水意味着洁净,贾宝玉见了女儿便觉清爽,正是因为女儿如水般纯洁,不沾染世俗的尘埃。与水意象融合的女儿,成为超凡脱俗而远离世俗功利的象征。宝钗辈如若劝诫宝玉仕途经济之言,宝玉便道:"好好的一个清净洁白女儿,也学的钓名沽誉,入了国贼禄鬼之流。这总是前人无故生事,立言竖辞,原为导后世的须眉浊物。不想我生不幸,亦且琼闺绣阁中亦染此风,真真有负天地钟灵毓秀之德!"(《红楼梦》第三十六回)女儿的世界,是自然山水的世界;男子的世界,是功名利禄的世俗世界。在《红楼梦》中用水喻女儿已远远超越了性别界限,而是成为两种价值观念的分界线。女儿的世界是世外桃源,如自然山水般不受人世之污浊,因此宝玉梦游太虚幻境之时,众仙子曰:"何故反引这浊物来污染这清净女儿之境?"(《红楼梦》第五回)用水意象之"洁"比拟女儿之"洁",从而营造大观园之"洁",这样一个诗化生存的理想国是出于淤泥而不被沾染的。

《红楼梦》中出现的水意象,已经与作为物质的水之特性脱离,抽象化为一种精神境界,而这种境界与道家思想有着相通之处,通过意象化叙事,构建一种艺术化生存状态。"难怪贾宝玉常有青春期的烦恼,时刻

---

① 《论语》,北京:中华书局 2006 年版,第 80 页。
② 《老子》,北京:中华书局 2007 年版,第 20 页。
③ 《庄子》,北京:中华书局 2007 年版,第 95 页。

'无故寻愁觅恨'，他拒绝成长，幻想留住岁月，诗意栖居。"①这种诗意栖居的追求，是无功利性的，并不能与现实世界融合为一。水意象所倾注的道家思想，在《红楼梦》所营造的诗意世界中，通过情节的设置与女性形象的塑造得以展现。第二十三回"西厢记妙词通戏语；牡丹亭艳曲警芳心"，贾宝玉携了一套《会真记》坐到沁芳闸桥边桃花树底下一块石头上从头细看，风吹落树上桃花，落得满身满书皆是，"宝玉要抖将下来，恐怕脚步践踏了，只得兜了那花瓣，来至池边，抖在池内。那花瓣浮在水面，飘飘荡荡，竟流出沁芳闸去了"。而黛玉对待落花却是另外一种方式，"宝玉一回头，却是林黛玉来了，肩上担着花锄，锄上挂着花囊，手内拿着花帚"，宝玉让黛玉将落花扫起来，撂在水里，而黛玉却说："撂在水里不好。你看这里的水干净，只一流出去，有人家的地方脏的臭的混倒，仍旧把花糟蹋了。那畸角上我有一个花冢，如今把他扫了，装在这绢袋里，拿土埋上，日久不过随土化了，岂不干净。"宝玉出于博爱之情，将落花抖落于水中，任其随水流逝，在他看来大观园中的"水"是洁净的，足以承载非世俗化的向往。但是在黛玉看来，清净的水流出大观园之后便遭到了俗世污物的浸染，落花也难保清洁，反而不如葬身于大观园之中，尘归尘土归土。由此可见，所谓"女儿是水做的骨肉"之"水"也必然是清澈洁净之水，并非污浊俗世之水。女儿一旦出嫁便如洁净之水流出了大观园，难免会被"脏的臭的"沾染，若想"质本洁来还洁去"便遥不可及。由"水"参与的唯美意境，是文本作者精神境界的情节化，是一种诗化价值观念的具体体现。周汝昌先生在《红楼梦新证》中谈道："雪芹自幼所受是经书，尤其是程、朱派宋代儒学思想，但他私心所喜，却在'杂学'，却在老庄，尤其庄子。……当然又不仅仅是指'文好'，而是十分喜欢庄子为人的才华、气质；既有头脑，又有诗人艺家的特殊禀赋，在先秦文字中，庄子最富有诗的笔法与境界，这对雪芹也大有影响。"②庄子认为万物与我为一，反对为了

①　赵建忠：《大观园创作构思与曹雪芹的人生诉求》，《明清小说研究》2018 年第 2 期。
②　周汝昌：《红楼梦新证》，北京：中华书局 2016 年版，第 13 页。

世故而改变人性,向往自然,曹公通过水意象将此思想意识物化于文本之中,水一方面成了具有青春自然之美的女性的化身,而另一方面成了远离世故流俗的洁净象征,而此二者融合为对诗意生存的向往和追求。此向往和追求的迷惘以及同现实的格格不入,加剧了《红楼梦》的悲剧性。

水遇冷便化为雪,雪之色为白,白即洁净,同时白也意味着空与无,正如贾宝玉梦游太虚幻境之时所听《红楼梦》十二支曲之末唱词:"好一似食尽鸟投林,落了片白茫茫大地真干净!"(《红楼梦》第五回)《红楼梦》中提到雪之处颇多,一类是双关,如宝钗判词曰:"金簪雪里埋";《红楼梦》十二支曲《终身误》曰:"空对着,山中高士晶莹雪;终不忘,世外仙姝寂寞林"(《红楼梦》第五回);"雪"是薛宝钗之"薛"谐音,喻指所言宝钗,除此双关意之外,雪是在极冷之时由水所成,薛宝钗既有了大观园中女儿的共性(水做的骨肉),也显出其特性,即冷情的一面。而雪作为自然现象,是极易消逝融化的,曲名《终身误》正是说宝钗与宝玉的婚姻,虽然有开始拥有的欢乐,但是却难以幸福终老。另一类是实写自然之雪。第四十九回与第五十回写众女子在大雪之时于芦雪庵起诗社,后又随贾母赏雪:

> 一看四面粉妆银砌,忽见宝琴披着凫靥裘站在山坡上遥等,身后一个丫鬟抱着一瓶红梅。众人都笑道:"你们瞧,这山坡上配上他的这个人品,又是这件衣裳,后头又是这梅花,象个什么?"众人都笑道:"就象老太太屋里挂的仇十洲画的《双艳图》。"贾母摇头笑道:"那画的那里有这件衣裳?人也不能这样好!"一语未了,之间宝琴背后转出一个披大红猩毡的人来。贾母道:"那又是那个女孩儿?"众人笑道:"我们都在这里,那是宝玉。"

(《红楼梦》第五十回)

这是一幅难以描画的景致,红与白形成了鲜明对照,美艳无双。薛宝琴在第四十九回出场,通过宝玉之口描述其容貌:"更奇在你们成日家只说宝姐姐是绝色的人物,你们如今瞧瞧他这妹子,更有大嫂嫂这两个妹子,我竟形容不出了。老天,老天,你有多少精华灵秀,生出这些人上之人来!"探春也说:"据我看,连他姐姐并这些人总不及他。"(《红楼梦》第十九回),可见,宝琴外貌是在众女儿之上的。史湘云看到她穿着贾母给的孔雀毛斗篷,说:"可见老太太疼你了,这样疼宝玉,也没给他穿。"并告知宝琴一些人情世故,宝钗笑道:"说你没心,却又有心;虽然有心,到底嘴太直了。我们这琴儿就有些像你。"而宝琴的诗才也不在黛玉之下,可见,薛宝琴形象虽然着墨不多,但是却是众女子的化身,宝琴立于雪中的画面是具有意象性的,隐喻着众女子尽管如雪般高洁,但终免不了极易融化消逝的结局。

二、植物意象的互文性叙事

中国文化是重含蓄而轻张扬的,在诗词韵文之中,往往善于将情交融与景物,在反复引发共鸣之后,景物所蕴含的情感便会成为固定的意象,以此来传达出特定的含义。被固定的意象用于不同文本之中,意象潜台词的功能便彰显了出来,同一意象彰显出的潜台词都是相近的。法泰尔在讨论诗歌语言与普通语言之时,曾经提道:"无论在什么情况下,诗性符号的生产都是由潜台词的派生来决定的:一个词或一个短语只有在涉及一个前在的词群时(如果是短语,那就是在它仿造一个前在的词群时)才能被诗话。潜台词已经是一个至少包含着某种意思的符号体系,它可能有文本一样大的范围。"①这个"潜台词"是暗藏在意象背后的。中国传统美学之中的"美",很多时候是用植物意象来构建的。

1. 植物意象的渊源

诗歌是较为古老的文学文本,它承载着先民们最为朴素而真挚的情

① [法]米歇尔·里法泰尔:《诗歌符号学》,美国印第安纳大学出版社1978年版,第23页。

感。由游牧生活方式转为农耕生活方式,是社会的一大进步,开启中国社会长达几千年的农耕文明。人与自然之间的紧密关系,更多地突显在了植物上。当人们开始有意识地用审美的方式关照自然万物的时候,植物便成了人们寄托情感的对象。植物对于大自然的点缀,总能给人们带来感官与心灵的审美体验。

(1)《诗经》中的植物意象

《诗经》中的诗歌,是目前所知较早的具有相对成熟形式的作品。诗中营造出大量的植物意象来传达丰富的情感。《诗经》中出现的很多植物意象被后世的文学文本吸收运用,成为特定的意义表达符号。先秦时期,自然对于人类的生存状态起着更大的作用,人们对自然的依赖也表现得更为显著。《诗经·大雅·行苇》中有诗句曰:"敦彼行苇,牛羊勿践履。方苞方体,维叶泥泥。"诗中提到了芦苇这种植物,芦苇刚刚长成,叶子也很有光彩,不要让牛羊去踩踏。体现出来诗人对于芦苇的重视和在意,在有意识地保护植物的生长。此外,《诗经》中还出现了一些药用植物,比如,"参差荇菜,左右采之"(《诗经·周南·关雎》);"采采卷耳,不盈顷筐。嗟我怀人,置彼周行"(《诗经·周南·卷耳》);"采苓采苓,首阳之巅"(《国风·唐风·采苓》)等,荇菜、卷耳、苓都是可以入药的,都是药材。先民们对于植物生长的爱护,以及对于药用植物的采摘,都写入诗歌之中,体现出这些植物对于先民们的生活而言,参与度是相当高的,也体现出先民们对于生命重视和尊重的价值观念。

《诗经》中涉及的植物数量繁多,但是并不意味着这些植物都成了意象。能够稳固为意象的植物,它所涵盖的意义与植物之间不是随意变化的,在不同的诗歌文本之中,所建立起来的植物与审美活动的关系链条十分牢固。即使一个植物可以表达多种不同意蕴,要想成为意象,也必然会有一种意蕴是固定的。所谓的固定,其实是植物在文本之中所传达出来的意义,能够被普遍接受,具有一定范围内的社会约定俗称性。这就如同汉字符号,一个汉字所传达出来的意义在被特定社会群里共同认可之后,才能成为文字。此外,除了文本之间的共时关系之外,还需要文本之间在历时关系之中,保持某个意象所表达的意义的一致性。例如,萱草这种植物,对于它所表达的审美意义基本能够确定下来,是可以给人化解忧郁的植物。《诗经·卫风·伯兮》中写道:"焉得谖草?言树之背。愿言思伯。使我心痗。"一个独守家中的女子,思念远征在外的丈夫,伤心成病,希望能找到萱草,一解自己心中的伤痛。此外,《诗经·鄘风·载驰》中也写到了萱草:"视尔不臧,我思不闷。陟彼阿丘,言采其蝱。"其中"蝱",所指便是萱草。这首诗写得也有伤怀之情,是诗人对于已经灭亡的祖国的吊唁之词。诗人在抒发忧伤情感之时,也希望出现一颗能让人忘记烦恼的萱草,也就是忘忧草。萱草是否真的让人忘记忧伤烦恼吗?张华在《博物志》记载:"萱草,食之令人好欢乐,忘忧思,故曰'忘忧草'。"李时珍在《本草纲目》中言道:"萱草味甘而气微凉,能去湿利水,除热通淋,止渴消烦,开胸宽膈,令人心平气和,无有忧惧。"《毛诗正义》曰:"谖草令人忘忧。"①《中国植物志》中对萱草做了如下介绍:"别名有鹿葱、川草花、忘郁、丹棘等。《花镜》中还记载了重瓣萱草,并指出它的花有毒,不可食用。"②可见,萱草这种植物确实有能够使人快乐的成分。将它的这种特性置于文学文本之中,便逐步营造出了萱草这一种意象,用来表达人们对幸福快乐情感的向往。在《诗经》之后的文学文本之中,萱草这一植物都成为了"忘忧"的代名词。在后世诗词中多有出现,例如:"芳草比君子,诗人情有由。只应怜雅态,未必解忘忧。积雪莎庭小,微风薜砌幽。莫言开太晚,犹胜菊花秋。"(唐·李咸用《萱草》)"萱草朝始开,呀然黄鹄嘴。仰吸日出光,口中烂如绮。纤纤吐须鬖,内冉随风哆。朝阳未上轩,粲粲幽闲女。美女生山谷,不解歌与舞。君看野草花,可以解忧悴。"(宋·苏辙《萱草》)此外,韦应物、苏轼、姚鼐等众多诗人都曾经将萱草入诗。萱草在众多文本之中所表达的忘忧的意义被符号化,成为一种特定意义的象征。

---

① 《十三经注疏·毛诗正义》,上海:上海古籍出版社 1997 年版,第 327 页。

② 中国科学院中国植物志编辑委员会:《中国植物志》第十四卷,北京:科学出版社 1980 年版,第 57 页。

由于植物的特性存在多样性特点,同一种植物的意象意义也会被引申出新的意义。仍以萱草为例,除了表达忘忧之意外,萱草也成了思念母亲的象征。孟郊在《游子》中写道:"萱草生堂阶,游子行天涯。慈亲倚门望,不见萱草花。"①这首诗中,萱草与对母亲的思念联系在了一起,增加了萱草这一植物新的意象内涵。如果仅仅是孟郊这一位诗人运用萱草的这一象征意义,便无法成为一个新的象征意义的添加。元代诗人王冕同样将萱草与母亲置入同一文本之中:

> 今朝风日好,堂前萱草花。持杯为母寿,所喜无喧哗。东邻已藤蔓,西邻但桑麻。侧闻义士招,我辈鬓已华。世事既如此,不乐将奈何?
>
> (《今朝》)②

在这首诗的序言部分有文字曰:"四月廿五日堂前萱花试开,时老母康健,因喜之。"在这里,萱草花的盛开在堂前,预示着母亲的康健。萱草这一植物意象中同样含有了母亲的爱意,成为母爱的象征。《毛诗正义》对《诗经·卫风·伯兮》中的"背"字,注解为:"背,北堂也。"③北堂在古代一般都是主妇的居所。后世便将"萱堂"作为了母亲居室的代称。萱草便与母爱、母亲组合在一起,增添了新的意象含义。近期流行的通俗歌曲《萱草花》便借用了萱草母爱象征的意义,谱写了歌词:"高高的青山上,萱草花开放;采一朵,送给我,小小的姑娘;把它别在你的发梢,捧在我心上……"用一位母亲的视角,通过萱草的意象运用,来表达对女儿深挚的爱。

再如桃花这一植物的意象,从《诗经》伊始便和爱情联系在了一起。《周南·桃夭》诗曰:

---

① 《全唐诗》,北京:中华书局1980年版,第十一册,第4197页。
② (元)王冕著,寿勤泽点校:《王冕集》,杭州:浙江古籍出版社1999年版,第116页。
③ 《十三经注疏·毛诗正义》,上海:上海古籍出版社1997年版,第327页。

桃之夭夭,灼灼其华。之子于归,宜其室家。

桃之夭夭,有蕡其实。之子于归,宜其家室。

桃之夭夭,其叶蓁蓁。之子于归,宜其家人。

起兴,是《诗经》最常用而擅长的艺术手法,所谓"兴",是指某种事物触动了诗人的情感,这种事物未必和诗歌内容紧密相关,但是却与诗人情绪的抒发有着关联性,正是这种关联性,成了起兴物象所蕴含的意义。《桃夭》这首诗中,桃花便是触发诗人情感的物象。用桃花喻出嫁新娘,桃花盛开在初春时节,象征着新的开始,桃花娇艳的色彩与女子新婚的欢欣热闹场景,从审美角度来看,也颇为契合。随着《诗经》在后世的广泛传播,桃花便与爱情、女子建立起了关联。清人方玉润在《诗经原始》中曰:"桃夭不过取其色以喻之子,且春华初茂,即芳龄正盛时耳,故以为比,非必谓桃夭时,之子可尽于归也。"[①]《诗经》之后的文学作品中,对于桃花在《桃夭》中被赋予的意义进行了吸收运用。如唐代崔护诗《题都护城南庄》:"去年今日此门中,人面桃花相映红。人面不知何处去,桃花依旧笑春风。"桃花这一物象,与心中所思念的丽人融为一体,桃花作为诗中的意象便有了爱情的意义。与此相类的诗词颇多,如柳永的《满朝欢》、石孝友的《谒金门》、陆游的《钗头凤》、萨都拉《蕊珠宫》等。一旦物象与某种意义的联系具有了社会约定俗成性质,这种特性便很难出现大的改观。

由于儒家思想在中国古代社会中的重要地位,作为儒家典籍之一的《诗经》便被奉为圭臬,诗中的植物也被视为意象性的存在。诗中的花花草草如同具有了生命一般,活跃于不同的文本之中,成了某种特定意义的代名词。以白茅这种草本植物为例,《诗经》中涉及它的诗篇有《召南·野有死麕》《小雅·白化》《邶风·静女》《卫风·硕人》等:

---

① (清)方玉润:《诗经原始》,北京:中华书局 1986 年版,第 82 页。

野有死麕，白茅包之。有女怀春，吉士诱之。林有朴樕，野有死鹿。白茅纯束，有女如玉。舒而脱脱兮！无感我帨兮！无使尨也吠！

（《召南·野有死麕》）

白华菅兮，白茅束兮。之子之远，俾我独兮。英英白云，露彼菅茅。天步艰难，之子不犹。

（《小雅·白华》）

静女其娈，贻我彤管。彤管有炜，说怿女美。自牧归荑，洵美且异。匪女之为美，美人之贻。

（《邶风·静女》）

硕人其颀，衣锦褧衣。齐侯之子，卫侯之妻。东宫之妹，邢侯之姨，谭公维私。手如柔荑，肤如凝脂，领如蝤蛴，齿如瓠犀，螓首蛾眉，巧笑倩兮，美目盼兮。

（《卫风·硕人》）

荑，指的便是白茅，《诗经原始》中释曰："荑，茅之始生者。姚氏炳曰：荑，茅也。古茅所以藉物，《易》曰：'藉用白茅'。此茅其藉彤管者欤？"[1]以上四个和白茅有关的文本之中，除了《卫风·硕人》之中"柔荑"所取的是植物的形象，其他三个文本中的白茅都有意象意义，是男女相悦的象征。《毛诗正义》对于《召南·野有死麕》中"白茅"的解释是："白茅，取絜清也。笺云：乱世之民贫，而强暴之男多行无礼，故贞女之情，欲令人以白茅裹束野中田者所分麕肉为礼而来。"[2]白茅，便更为隐晦地代表了男女相悦。《邶风·静女》中"自牧归荑"句，《毛诗正义》曰："本之于荑，取其有始有终。笺云：洵，信也。茅，洁白之物也。自牧田归荑，其信美而异者，可以供祭祀，犹贞女在窈窕之处，媒氏达之，可以配人君。"[3]通过《诗经》中这几个文本的指代内容叠加，白茅的意象内涵逐渐丰富起

---

① （清）方玉润：《诗经原始》，北京：中华书局1986年版，第149页。
② 《十三经注疏·毛诗正义》，上海：上海古籍出版社1997年版，第292页。
③ 《十三经注疏·毛诗正义》，上海：上海古籍出版社1997年版，第311页。

来,在男女两情相悦的基础意义之上,生发出爱情的忠贞、纯洁,此外还有男女之间的爱欲等等,使植物在文本之中彰显出多重含蓄的蕴藉。

《诗经》通过运用触物兴词的艺术手法,将大量植物置于诗歌之中,由于所涉及的植物特性与诗人的情感之间存在着高度吻合的关系,极易引发读者的情感共鸣,实现了审美趋向的一致。随着接受群体范围的逐步扩大,这些植物的意象所关涉的情感因素便被更大的社会群体所接受,社会群体不仅仅限于共时范围,随着文本在后世的流传,植物所蕴含的内容也便得到了最大限度的认可。古代学者对于《诗经》之中出现的植物早有研究,陆玑《毛诗草木鸟兽虫鱼疏》、蔡卞《毛诗名物解》、许谦《诗集传名物钞》、赵佑《草木疏校正》等,对于《诗经》中较早出现的植物意象做出了不同角度的探讨,为后世文本中植物意象的嵌入开启了源头。

(2)香草美人传统

《诗经》比兴手法的运用,对文学影响很大,屈原在此基础上,始创了香草美人的传统,给予植物美学上的意义。所谓"香草美人"传统,包含了三个方面的意义,其一,象征君臣遇合,将对美人的爱恋与追求,作为一种意象符号,去记录臣子与君主的关系,借以表达臣子渴望被君主重用和赏识的迫切需求。单纯从这一方面来看,"美人"这一意象的符号化特征并不是很明显。用对"美人"的渴慕爱恋,去隐喻臣子对于君主的效忠,象征层面是较为浅显的,不需要去反复解读。其二,香草与美人之间的意义同性。这与《诗经》中植物意象的形成是相同的。都是由植物本身的某种特质而引发人类情感的波动,将被触发的情感赋予植物形象。其三,香草作为意象,在"香草美人"的传统之中,是有群体性质的。也就是说,香草的种类并非单一,而是成了一种类型,它们的共同点便是都会在意义上指向美好与美德。在这一层象征意义里边,远比两类关系的类比象征引发的审美活动要复杂。然而,将两种意象的象征意义组合在一起,嵌于同一文本之中,便出现了三种文本的互文性,"香草"与"美人"的意象交融于同一文本,文学意蕴更为深刻丰富。

"香草美人"这一传统意象,是承载着楚地巫文化元素的。楚辞中的

作品比如《九歌》《招魂》《大招》等都涉及巫文化,带有非常浓郁的巫文化色彩。《国语·楚语下》记载:"古者民神不杂,民之精爽不携贰者,而又能齐肃衷正……,如是则明神降之,在男曰觋,在女曰巫。是使制神之处位次主,而为之牲器时服,而后使先圣之后之有光烈,而能知山川之号、高祖之主、宗庙之事、昭穆之世、齐敬之勤、礼节之宜、威仪之则、容貌之崇、忠信之质、禋洁之服,而敬恭明神者,以为之祝。"①对于巫术的崇奉成为楚地文化的特征。楚地独特的地理位置,植物种类繁多,香草成了楚人与神灵沟通的重要媒介。如《九歌·山鬼》中塑造"山鬼"这一神灵形象之时,运用了大量的香草:薜荔、女萝、辛夷、石兰、杜衡、三秀、杜若等。香草和神灵融合在一起,衬托出了神灵的美丽和神秘。《楚文化史》中也谈到了楚人崇奉巫术的特点:"楚国社会是直接从原始社会中出生的,楚人的精神生活仍然散发出浓烈的神秘气息。对于自己生活在其中的世界,他们感到又熟悉又陌生,又亲近又疏远……至于楚人,则巫风更盛。"②巫风对楚人的审美影响很大,他们将香草作为取悦神灵的礼物,并且在祭祀活动中也会用到香草。楚人生活在南方烟瘴丛林之地,如楚人自己所言:"昔我先王熊绎,辟在荆山,筚路蓝缕,以处草莽。跋涉山林,以事天子,唯是桃弧、棘矢以共御王事。"③处于此种生活环境之中,巫术成了改变生活状态的精神寄托,生活环境中颇为熟悉的植物,被赋予了美好的意义,用来应和巫文化。生存环境使得楚人变得敏感,将风吹草动都解读为是神灵的意志,对巫术的依赖变得越来越强烈,巫术反过来又强化了楚人的感性浪漫。将这种情感符号化到文本之中,用植物意象来传达楚地的文化特质。仅《离骚》一诗,植物种类便有 19 种,涉及香草的诗句多达四十多句。

　　"香草美人"传统在楚辞之后得到了广泛的流传。意象范围也逐渐扩大,不仅仅只局限于香草,文人们将各种能生发出特定意蕴的植物纳入

---

① 《国语》,北京:中华书局 2013 年版,第 621 页。
② 张正明:《楚文化史》,武汉:湖北教育出版社 2018 年版,第 91 页。
③ 杨伯峻:《春秋左传注》,北京:中华书局 2016 年版,第 1485 页。

文本,借此来表达自己的爱憎,指向性更为鲜明,文本的承载功能得到进一步强化。如曹植《洛神赋》以"桂木""玄芝""芙蕖""幽兰"等喻指洛神之美,用植物意象营造出唯美的情感体验,洛神也成了意象化美人。唐诗宋词用"香草美人"营造出一个又一个内涵丰富的文本世界,将诗词的含蓄之美完美地再现出来。如陈子昂《感遇·其二》:

> 兰若生春夏,芊蔚何青青。
> 幽独空林色,朱蕤冒紫茎。
> 迟迟白日晚,袅袅秋风生。
> 岁华尽摇落,芳意竟何成?

(《感遇·其二》)

诗中通过对香兰与杜若这两种香草的描述与赞扬,表达出诗人难酬壮志的苦闷心情。兰与若皆为诗人自喻,借物象而感怀。兰与若是诗人屈原在楚辞里极为赞赏的植物,是对自己不得楚怀王信任重用、难以报效故国的失落情绪的抒发。这两种植物都是诗人的自比,兰与若的清秀雅静,就像自己品行的高洁,也意味着自己对于君主和故国的耿耿忠心。时空的跨越,并没有改变这两种植物意象的喻指,确切地说,是陈子昂借用了楚辞中的意象,用在了自己的文本之中,通过非第一次的借用,原始文本之中意象的意蕴出现在新的文本之中,处于新文本之中的艺术张力便被扩大了。新文本之中,能够解读出原始文本同一意象的意义,被借用之后,新文本的意义里又叠加了原始文本的意义,意蕴更为深远丰富,这边是意象所起到的作用。词也同样如此,如苏轼《蝶恋花·春景》:

> 花褪残红青杏小。燕子飞时,绿水人家绕。枝上柳绵吹又少。天涯何处无芳草。
>
> 墙里秋千墙外道。墙外行人,墙里佳人笑。笑渐不闻声渐悄。多情却被无情恼。

(《蝶恋花·春景》)

植物意象的指代性非常明显。"枝上柳绵吹又少。天涯何处无芳草。"既是实写春景,也是暗有所指。芳草,在这首词之中指的便是美女,是"香草美人"传统在词作之中的体现。

不仅是诗人之中,这一传统还影响到小说的创作。著名文言短篇小说家蒲松龄,便是将楚辞的"香草美人"传统用在了文言小说的创作上,为文学的世界增加了新的诗化的美人形象。《葛巾》《荷花三娘子》《黄英》《香玉》等,这些幻化人形的植物,通过小说作品情节的打造,成了某种哲理意蕴的象征。诗词韵文中的植物意象基本上都是静态的,但是在《聊斋志异》之中,这些植物意象成了动态,用他们的言行举止去彰显意象的含义。

"香草美人"的传统,已经不仅仅是意象被固化之后被其他文本借用,而是一种意象营造方式的固化。用相同的思维逻辑模式,将自然物象与某种特定意义结合在一起,这种结合的方式成为固定模式,就像是数学公式一般,后人在借鉴某种意象之时,可以更为灵活地去变化自然物象或者所象征的意义,从而更加贴合自己的文本需求。"香草美人"的传统由于模式的固化,因此在文本之间的融合交叉上表现得更为广泛,不论是诗词韵文,还是篇幅较长的叙事文学,对于这种模式多有借鉴。

(3)梅兰竹菊的文化意象

在长久的文化积淀之下,植物的意象便被赋予了更多的文化元素,梅兰竹菊这四种植物,由于其各自的特性,深受中国文人推崇,分别成了某种文化特质的代表,具有极强的文化意象性,在文本之中,表现出了明显的互文性。

文本中关于竹子的记载较早,《尚书·禹贡》中记载:

"篠簜既敷,厥草惟夭,厥木惟乔。厥土惟涂泥。厥田唯下下,厥赋下上,上错。"……郑康成曰:"簜,大竹也。"……尔雅释草云:"篠,竹箭。"说文作"筱",云:"箭属,小竹也。"引此文。云"簜,大竹"者,尔雅释草文。书疏引孙炎云:"竹阔节者曰簜。"又引李巡云:

“竹节相去一丈日篿。”①

这是竹子这种植物出现于文本之中的较早记载。竹子,枝干笔直,像不屈服于权势的耿直之士,枝干上的竹节,象征着文士的气节,而它外形的青绿之色,雅致清丽,宁直不弯。这些自然物象的特征,被情感化解读之后,便慢慢成了雅致、耿直的品格。早在汉代的文人诗中便有了竹子的意象:“冉冉孤生竹,结根泰山阿。与君为新婚,菟丝附女萝。”(《冉冉孤生竹》)用竹子孤生帽,来诉说对于爱人的思念,诗歌末句“君亮执高节,贱妾亦何为?”既然远行在外的爱人对爱情是如此坚贞,那么思夫的女子也只有在相思的哀怨之中期待重逢之时。竹子,在这里除了表达孤单的心境,同时也预示了爱情的坚贞不变。竹子的文化品格已经有了一定程度地呈现。南北朝时期吟咏竹子的文学作品中,竹子的文化品格则变现得非常明显。例如:

> 窗前一丛竹。青翠独言奇。南条交北叶。新笋杂故枝。月光疏已密。风来起复垂。青扈飞不碍。黄口得相窥。但恨从风萚。根株长别离。
>
> (谢朓《咏竹》)
>
> 竹生空野外,梢云耸百寻。无人赏高节,徒自抱贞心。耻染湘妃泪,羞入上宫琴。谁人制长笛,当为吐龙吟。
>
> (刘孝先《竹》)

都将竹子的坚贞不屈、高洁坚毅等品格作为了赞颂的内容。此后,竹子便以其高洁君子的形象更多地出现于文学文本之中,如唐代李峤的《咏竹》、唐令狐楚《郡斋左偏栽竹百余诗》、唐许浑《秋日白沙馆对竹》、唐李商隐《初食笋呈座中》、唐郑谷《咏竹》、宋苏轼《霜筠亭》、宋杨万里

---

① (清)孙星衍撰:《尚书今古文注疏》,北京:中华书局1986年版,第160页。

《新竹》、宋陆游《咏东湖新竹》、明岳岱《新笋歌》、清郑燮《竹石》等,不胜枚举。诗中竹子这一植物所变现出的品格几乎都是相同的。这与其他植物意象有所不同,其他植物意象(如上文所举萱草、桃花)往往有着两种以上的意义解读,而竹子的品格在众多文本之中都是一致的,体现出文化品格的稳固性。

兰,这种植物在文本之中出现得也比较早,在先秦时期,兰就被赋予了雅致浪漫的审美因素。孔子就曾将兰来喻君子德行:"君子博学深谋而不遇时者,众矣,何独丘哉?且芝兰生于深林,不以无人而不芳;君子修道立德,不为穷困而败节。为之者,人也;生死者,命也。"①兰花处于幽谷而自芳的特性,与君子博学修德相结合,较早给定了兰的品质定位。在《中国植物志》中,命名上与"兰"相关的植物名目就有两千二百多种,在古典文本之中出现的兰,也并不尽相同。如在《诗经》中,《郑风·溱洧》有诗句曰:"溱与洧,方涣涣兮。士与女,方秉蕑兮。"其中,"蕑",毛诗注曰:"蕑,蘭也。"②蘭的简化字即"兰",兰为草书字体,借来作为"蘭"的简化字,是汉字简化方式中的草书楷化。《简化汉字字体说明》中载曰:"兰(蘭)——约定俗成字。习惯上它也是"蓝"的简体。"③诗中,士与女手持的便是兰草。朱熹在《诗集传》中解释道:"蕑,兰也,其茎叶似泽兰,广而长节,节中赤,高四五尺。……郑国之俗,三月上巳之辰,采兰水上,以被除不祥。"④兰,在这里还被赋予了吉祥的意义,用兰草来祛除不吉祥,迎来一年之中新的美好开端。楚辞之中,兰作为香草的一种,也被赋予高洁的意义。"扈江离与辟芷兮,纫秋兰以为佩。汨余若将不及兮,恐年岁之不吾与。"(《离骚》)屈原将佩戴兰草作为自己高尚节操的象征。此后,兰博取了越来越多文人雅士的喜爱,作为清雅的意象出现于诗文之中,以示品行的高尚。唐代李白的《兰花诗》、宋代苏轼的《浣溪沙》、明代刘伯温

① 王国轩,王秀梅译注:《孔子家语·在厄》,北京:中华书局2011年版,第256页。
② 《十三经注疏·毛诗正义》,上海:上海古籍出版社1997年版,第346页。
③ 陈光垚:《简化汉字字体说明》,北京:中华书局1956年版,第36页。
④ (宋)朱熹:《诗集传》,北京:中华书局2011年版,第72页。

的《兰花》等,兰的文化意象在一代又一代的文人推崇之下,被逐渐地固定下来。

　　梅,是中国土生土长的古老树种,梅子也是重要的食物。《尚书·说命下》记载:"尔惟训于朕志,若作酒醴,尔惟红蘗;若作和羹,尔惟盐梅。尔交修予,罔予弃,予惟克迈乃训。"古人已经将梅子作为食物来做羹汤了,但是这只是单纯对于食物功用的记载,还并没有作为某种精神的象征。《诗经》也有观乎梅的诗篇:

> 摽有梅,其实七兮。求我庶士,迨其吉兮。
> 摽有梅,其实三兮。求我庶士,迨其今兮。
> 摽有梅,顷筐塈之。求我庶士,迨其谓之。
>
> （《诗经·召南·摽有梅》）

　　此时的梅,仅仅是作为诗歌起兴的凭借,也没有被赋予文化意蕴。诗歌借梅子的纷纷落地,来感叹时光的易逝。而此种抒情功能,其他具有相近特性的植物也可以胜任,梅子更多表现出的是意象的普遍性,而不是其特有的独特性。《诗经》中的《曹风·鸤》《陈风·墓门》等诗歌中,也写到了梅这一植物。梅花在严寒中盛开,此时的百花早已凋零,唯独梅花以其顽强的毅力与严寒抗争,盛开出高洁顽强之美。南北朝诗人陆凯《赠范晔诗》中诗句曰:"折花逢驿使,寄与陇头人。江南无所有,聊赠一枝春。"此时的梅,不再是指梅子,而是指梅花。梅花的独特性在此诗之中尽管表现得并不明显,也可以被其他植物代替,但是作为花的意象已经在文本中出现。何逊诗《咏早梅·扬州法曹梅花盛开》中便借用了梅花凌寒的特性,诗曰:"兔园标物序,惊时最是梅。衔霜当路发,映雪拟寒开。枝横却月观,花绕凌风台。朝洒长门泣,夕驻临邛杯。应知早飘落,故逐上春来。"将不畏风霜,不惧严寒这一特征,逐渐在梅花诸多的意象之中凸显出来,被后世更多的文人借用以抒情言志。赏梅、咏梅也逐渐成了一种雅趣。诸多诗文大家如苏轼、王安石、秦观、范成大等都有咏梅名篇留

存后世。林逋的名句"疏影横斜水清浅,暗香浮动月黄昏。"(《山园小梅》)成为咏梅绝唱。梅的凌霜、高洁,不同于流俗的意象便在文化传承之中稳固定型。

菊花,不仅具有观赏价值,而且还有药用价值,古人在重阳节之时,会有饮菊花酒的习俗。《西京杂记》记载:"九月九日,佩茱萸,食蓬饵,饮菊华酒,令人长寿。菊华舒时,并采茎叶,杂黍米酿之,至来年九月九日始熟,就饮焉,故谓之菊华酒。"①因为菊花的实用价值,古人们将其酿制成酒,在节日之时饮用,将其作为了一种祈求健康长寿的仪式。正因如此,古人的诗文之中在写到菊花之时,也会提到其实用性,例如"老冉冉其将至兮,恐修名之不立。朝饮木兰之坠露兮,夕餐秋菊之落英"(屈原《离骚》);"酒能祛百虑,菊解制颓龄。如何蓬庐士,空视时运倾"(陶渊明《九日闲居》)等。在菊的意象中,最开始是被赋予实用内容的。而实用内容在文本之中的艺术价值并不高,因此,菊的意象流传更为广远的是它的孤傲与清高之气。菊花的意象被稳固下来,陶渊明的诗歌创作起到了很大的推动作用。魏晋六朝是一个文化自觉的时期,在玄学思想的影响下,魏晋六朝的文士们更加向往自然山水,对生存状态的审美性追求比任何一个朝代都更为明显。陶渊明在这样一种思想氛围之中,创作出了大量的田园诗。而菊花这种植物,盛开在秋季,植物在春夏时期是最为茂盛的。秋,是万物逐渐开始凋零的季节,秋天过后便是寒冷的冬季,因此菊花便被赋予了傲对寒霜的特征。当其他的花朵都凋谢之时,菊花傲然怒放,孤独地开在风霜之中,这是菊花的第二个特质,顽强而不同于流俗。"芳菊开林耀,青松冠岩列。怀此贞秀姿,卓为霜下杰。"(陶渊明《和郭主簿》)菊花被誉为了霜下的豪杰。此外,菊花还有第三个特质,那就是它的清雅香气。菊花之香,没有玫瑰的浓烈,而是若有若无的淡淡清香,与古代文人的独特情怀极为相似。不论是儒、释还是道,有一个共同点便是不张扬,低调柔和、温柔,达可以兼济天下,穷便独善其身。菊花的清香正

---

① (汉)刘歆等撰:《西京杂记(外五种)》,上海:上海古籍出版社2012年版,第26页。

是在儒释道逐渐合流趋势下，文人自身含蓄中庸品格的体现。陶渊明诗"结庐在人境，而无车马喧。问君何能尔？心远地自偏。采菊东篱下，悠然见南山。"（《饮酒·其五》）远离世俗的喧嚣，留一份清雅于田园之中，得到心灵的慰藉，菊花出现在这种情感基调之中，演绎的其实是文人的品格。后世文人对菊花的题咏赞美，都是围绕这三种品格而展开的，如"零落黄金蕊，虽枯不改香。"（梅尧臣《残菊》）"飒飒西风满院栽，蕊寒香冷蝶难来。"（黄巢《题菊花》）"斗万花样巧，深染蜂黄。"（吴文英《惜黄花慢·菊》）。都将菊花的清香、傲霜、孤高等品格融入意象。

梅兰竹菊，这四种植物的品格与儒家思想的道德标准有着很高的吻合度。中国自古便有天人合一的哲学观念，认为万物皆有灵性，表现在文学之中，便建立起了文本与物象的双向审美模式。一方面，自然物象触发了作者的情感，引发了作者内心情绪的变化，情绪的变化促使作者产生了将情绪外化的愿望，便借用文字符号将其表达出来。而另一方面，文本之中自然万物被符号化，符号化的自然万物是融汇有主观感知因素的，因而表现出自然万物的意象性，通过意象将某种主观体验传达给读者，读者在自己经验的基础上与意象所传达的内容发生碰撞或者交叉，从而给读者带来不同的审美体验。基于这种审美模式，梅兰竹菊四种植物身上很容易被赋予主流的思想倾向。儒家思想创立了一套"君子"的标准，将其作为道德的典范，引导世人去追奉、去模仿。概括一下，"君子"身上所包含的品质主要包括了德、义、让、学。德，指的是修养品行，孔子曰："修己以敬。"（《论语·宪问》）用严谨的态度来提高自身修养，是成为君子非常重要的一步。"仁者安仁，知者利仁。"（《论语·里仁篇》）仁，是德的核心内容，是为他人的付出与宽容。对于梅兰竹菊而言，梅与菊，不同流于繁花，用其傲霜雪的精神，独自开放在秋冬季节，兰，生于幽谷，默默无闻地超脱于世，而竹子，笔直的枝干，虚怀耿直的形象，这些特征与儒家所提倡的君子形象是吻合的。对于"义"而言，义气、礼义、仁义，都可称之为"义"，这其中还包含了气节。梅兰竹菊这四种植物，从其习性及物种特征上来看，都可以对"义"进行诠释，梅兰菊，坚强地面对各自的生存环境

和生存条件,不畏惧条件的恶劣,不屈服于困难,竹子扎根于岩石之中,尚且挺拔高耸,保持着耿直的气节,植物的这些特性与儒家所讲的"义"也同样存在一致性。《周易》"谦"卦曰:"谦:亨,君子有终。"象曰:"谦,亨,天道下济而光明,地道卑而上行。天道亏盈而益谦,地道变盈而流谦,鬼神害盈而福谦,人道恶盈而好谦。谦尊而光,卑而不可踰,君子之终也。"①此外,孔子也说:"君子无所争。"(《论语·八佾篇》)梅与菊都是开在大部分花朵都凋零的季节,兰花开得清秀而不张扬,竹子更是没有华美的外表,这四种植物从生长特性上来看,不与艳丽的繁花争夺春光,宽厚谦忍,与君子品格极为相近。

这四种植物的文化意义是在逐步发展过程之中稳固下来的,它们最初出现于文本之中并非都是君子形象的代表,而是各自有着自己的独特象征意义。自宋代以后,梅兰竹菊逐渐成了"君子"内蕴符号外化的意象代表。宋代思想更趋向于理性,审美趣味也大异于前人,"与唐人相比,宋代文人的生命范式更加冷静、理性和脚踏实地,超越了青春的躁动,而臻于成熟之境。宋代的诗文,情感强度不如唐代,但思想的深度则有所超越;不追求高华绚丽,而以平淡美为艺术极境。这些特征都植根于宋代文人的文化性格和生活态度"②。在此种审美趋向影响下,静态的植物形象更能传达出平淡雅致之美。在宋代出现了大量的植物谱录,梅兰竹菊四种植物的谱录数量尤其之多。诸如范成大编的《石湖梅谱》《菊谱》,赵时庚编撰的《金漳兰谱》,王学贵的《王氏兰谱》,刘蒙的《菊谱》,史正志的《史氏菊谱》,元代李衎《竹谱详录》等。梅兰竹菊越来越受到文人的关注和喜爱,这四种植物正迎合了宋代以后士大夫的审美心理,逐渐成了"君子"高尚品行的意象化概念,被符号化为特定文化的代表。

2. 植物意象的互文性叙事

植物意象逐步在文化血脉传承之中稳固下来,成了某种特定意义的

---

① 郭彧译注:《周易》,北京:中华书局 2010 年版,第 67 页。
② 袁行霈主编:《中国文学史·第三编》,北京:高等教育出版社 2005 年版,第 8 页。

符号,这种符号便可以看作是一种特殊的文本。克里斯蒂娃在对文本这个概念进行解释之时论述道:

> 我们把文本(le texte)定义为一种重新分配了语言次序的贯穿语言之机构,它使直接提供信息的交际话语(parole communicative)与已有的或现时的各种陈述语(énoncé)产生关联。因此,文本是一种生产力(productivité),这意味着:(1)文本与其他所处的语言之间是(破坏—建立型)的再分配关系,因此,从逻辑范畴比从纯粹语言手段更便于解读文本;(2)文本意味着文本间的置换,具有互文性(intertextualité);在一个文本的空间里,取自其他文本的若干陈述相互交会和中和。①

意象的形成是用文字符号给读者提供信息,需要读者借用已有的情感体验对符号进行重新解读,解读出来的意义便是意象多传达出的实质内容。例如,以"菊"为例,解读出作为"四君子"之一的文化意象意义,需要熟悉中国古代文化环境,读过陶渊明关于写"菊"的文本,建立在已知经验基础之上才可以解读出"菊"这一意象的文化内涵。因此,意象便具有了文本的功能,构建出了一个有限的文本空间,去实现文字符号功能的再分配。

(1)植物意象互文叙事的符号化

意象作为文本出现于叙事文学之中,便将呈现出互文性的叙事方式,通过较小文本的嵌入,来强化整个叙事文本的艺术张力。此互文性叙事传统,早在先秦时期便已有之。以《诗经》为例,《诗经·郑风》中《溱洧》一诗:

---

① [法]克里斯蒂娃(Kristeva, J.)著,史忠义等译:《符号学:符义分析探索集》,上海:复旦大学出版社2015年版,第51页。

　　　　溱与洧,方涣涣兮。士与女,方秉蕳兮。女曰观乎? 士曰既且。且往观乎? 洧之外,洵訏且乐。维士与女,伊其相谑,赠之以勺药。

　　　　溱与洧,浏其清矣。士与女,殷其盈矣。女曰观乎? 士曰既且。且往观乎? 洧之外,洵訏且乐。维士与女,伊其将谑,赠之以勺药。

(《诗经·溱洧》)

　　少男少女临别互赠"勺药",隐有即将分别与再次约会双重意蕴。"崔豹古今注曰:'勺药一名可离,故将别赠以勺药。犹相招则赠以文无,文无一名当归也。'……笺云:'其别则送女以勺药',其义即本韩诗。又云'结恩情'者,以勺与约同声,故假借为结约也。"①《溱洧》一诗,便是通过一种植物名称,来传达给接受者一个言外之意,从而引发接受者深思。如此一来,诗歌所要表达的情思就不仅仅只是局限于文字之上了,而是增加了文本的多层次解读。诗歌的此抒情方式被叙事文学所借鉴,便形成了中国古代小说中的独特叙事方式。

　　通过植物意象所蕴含的意义,植入叙事文本之中,作为人物形象性格特征的象征符号,来深化人物性格的塑造。如在《红楼梦》中,结合花卉的特性,赋予主要女性人物形象,来凸显她们各自的性格。《红楼梦》第六十三回"寿怡红群芳开夜宴",众女孩围坐在怡红院给贾宝玉庆祝生日,大家一起抽象牙花名签子取乐。薛宝钗抽到的是牡丹花,签上题着:"艳冠群芳",下面镌刻小字"任是无情也动人";贾探春抽到的是杏花,题着"瑶池仙品",下面小字为"日边红杏倚云栽";李纨抽到的签上"画着一枝老梅",写着"霜晓寒姿",下面题诗曰:"竹篱茅舍自甘心";史湘云抽到的是一枝海棠,题曰:"香梦沉酣",诗曰:"只恐夜深花睡去";麝月抽到的是荼蘼花,题着"韶华胜极"四个字,诗曰:"开到荼蘼花事了";香菱抽到的是并蒂花,题有"连春绕瑞"四字,诗句道:"连理枝头花正开";林黛玉抽到的是芙蓉花,题"风露清愁"四字,诗曰:"莫怨东风当自嗟";袭人抽

---

　　① 　马瑞辰:《毛诗传笺通释》,北京:中华书局1989年版,第290页。

到的是桃花,题为"武陵别景",诗道:"桃红又见一年春"。这次抽花签的游戏,看似寻常,而含蕴颇深。利用植物本身的意象性,去完善人物的性格,同时也通过植物意象,暗示给读者她们的命运。这些植物意象并没有参与故事情节的进展,以静态的方式去散射意象内蕴,将意象文本的功能发挥到《红楼梦》这样一个整体文本之中,将语言符号的能指较大限度展示出来。

植物意象文本与叙事文本的交叉融合,除了强化人物形象的性格之外,还用来预示文本所塑造人物形象的身份。例如清代苏庵主人编撰的白话长篇神怪小说《归莲梦》,以白莲教农民起义为故事背景,讲述女大师白莲岸创教、起义、皈依佛门的故事。小说第一回"降莲台空莲说法"交代白莲岸出生之时,写道白莲岸父亲晚上做梦:"睡到半夜,忽梦见天上降一金甲神人,送一枝莲花来,双山亲手接住,及到醒来,还觉得吞气馥郁。"(《归莲梦》第一回)梦到莲花不久,白莲岸的母亲就了身孕,后来剩下了一女,起名叫莲岸。莲花,生于淤泥之中,却开得高洁雅致,正如周敦颐在《爱莲说》中所说:"予独爱莲之出淤泥而不染,濯清涟而不妖,中通外直,不蔓不枝,香远益清,亭亭净植,可远观而不可亵玩焉。"莲花这种特性,象征佛生于烦恼之中,而又能摆脱烦恼的干扰。因此,佛教将莲花奉为圣花,将袈裟称为"莲服"。《归莲梦》这一个文本之中,其实对"莲花"这一意象进行了双重借用。第一个层次是莲花这种植物的生长特性,出于淤泥而不染,这一特性被佛教所借鉴,因此莲花的意象被神圣化。民间的宗教组织白莲教是源于佛教净土宗的,与佛教渊源密切,因此,莲花意象的第二个层面意义便被《归莲梦》这一文本借用过来,与故事所设计的结局——白莲岸皈依佛门,勾连一体,强化了作为白莲教组织头领的这一人物身份。因此,植物意象的存在,在文本之中起到点睛的作用,它不仅节省了对白莲岸这个人物身份进行介绍的笔墨,使得文本形式上凝练简约,更重要的是,在作品框架结构与情节设置上,都起到了重要的主导性作用,成了引导故事发展进程的标志性符号。

植物意象的介入,还有助于刻画所塑造的人物形象的内心世界。再

以《红楼梦》为例,小说中反复出现了桃花。作为"黛玉葬花"这样一个经典的故事情节,桃花的意象意义对于黛玉心理活动的烘托,起到了重要的作用。黛玉葬的是桃花,写的诗《葬花吟》也是桃花。当然,这和桃花盛开的季节有一定的关系,桃花开在春季,也是人生的春季,预示着人的青春年华。桃花的意象上文已经进行了梳理,从《诗经》伊始,桃花便与爱情婚姻的寓意结合在了一起。林黛玉的青春年华,与盛开在春天的桃花交相辉映,"桃花"作为凝聚了特定意义的符号,与文本之中的人物形象进行了深入的交融,将植物意象这一外在文本作为了强化人物形象塑造的重要支撑。黛玉对凋零桃花的埋葬,便是对自己爱情婚姻的埋葬,如《葬花吟》诗中所言:"怪奴底事倍伤神,半为怜春半恼春;怜春忽至恼忽去,至又无言去未闻。……侬今葬花人笑痴,他年葬侬知是谁?试看春残花渐落,便是红颜老死时。一朝春尽红颜老,花落人亡两不知。"(《红楼梦·第二十七回》)黛玉对于自己爱情婚姻的悲观预测,通过"桃花"这一植物意象,用唯美含蓄的方式传达给了读者。植物意象的丰富内涵,也映照出了叙事文本所塑造的人物形象的内心世界。

(2)植物意象互文叙事的情节化

植物意象还能够参与叙事文本情节的设计,体现其叙事的互文性。意象符号用来建构叙事文本,而符号背后的意蕴却是超越符号本身的,在叙事之时将带有丰富意蕴的符号化入故事情节,那么故事情节的艺术张力则会更为强大,同时,故事情节之中有了意象符号的介入,情节的进展便能够节省过多的赘文。

在中国古代白话小说之中,便有很多人物形象是被符号化之后进入故事情节进展过程的。如《西游记》第六十四回"荆棘岭悟能努力,木仙庵三藏谈诗",唐僧被十八公掳去吟诗谈诗,风雅无比,唐僧十分沉醉。而后,"只见石屋之外,两个青衣女童打一对绛纱灯笼,后引着一个仙女。那仙女拈着一枝杏花,笑吟吟进门相见。"此仙女被称呼为"杏仙",欲以身相许唐僧,破了唐僧戒律,唐僧"跳起身来就走,被那些人扯扯拽拽,嚷到天明"。直到三个徒弟找到唐僧,才知道十八公的来历。"行者仔细观之,却原来是一株大桧树,一株老柏,一株老松,一株老竹,竹后有一株丹枫。再看崖那边,还有一株老杏,二株腊梅,二株丹桂。"梅与竹是"四君子"中的成员,文人早已赋予其高洁的文化意蕴,松,虽未被列入"四君子",但是却为"岁寒三友"之一。南宋林景熙在《霁山集》中说:"即其居累土为山,种梅百本,与乔松修篁为岁寒友。"①人们已经将不畏寒冷、坚贞傲雪的松、竹、梅赋予了典雅的意趣,使其拥有了儒士温文尔雅的品格。带着这些意象背后的象征意义,他们化身的妖怪便多了很多的诗情画意。这一回的内容对于故事情节的推动,也是具有重要作用的。唐僧出身于书香门第,状元之后,对诗词雅韵自然是喜爱的,植物幻化而成的"十八公",利用自身形象特性的优势,吟诗对韵以取悦于唐僧,诱惑他破除戒律清规,考验唐僧是否经受得住考验。在唐僧需要经历的久久八十一难之中,这是其中之一。叙事文本借用植物意象的功能,延续了情节的进展。

在一些白话通俗叙事文本之中,植物意象的情节化与人物性格塑造是紧密结合的,处处表现出意象的植物特性。例如《醒世恒言》卷四"灌园叟晚逢仙女"头回故事中,写道书生崔玄微隐居于洛东,庭院中遍植花卉竹木,月色之下,独步花丛,"忽见月影下,一青衣冉冉而来",说要借崔玄微家院子暂时歇息,随后便引"一对女子,分花约柳而来"。众女子衣着各不相同,一绿衣服者自称"杨氏",白衣者自称"李氏",绛服者自称"陶氏",有一着大红簇花绯衣的女子,姓石,名阿措。众女子请求崔玄微庇护,崔玄微按照女子要求作朱幡,立于苑东,不久便遇狂风,唯有苑中繁花安然无恙。此时方知,众女子乃繁花幻化而成。而阿措,乃是石榴所化。繁花的特征与所幻化的人形存在着一定的共性,读者通过这种共性的提示去解读所幻化的人物形象。而在人物形象的带动之下,去完成叙事文本的审美使命。

尽管在中国小说之中,文言作品里的植物意象人物数量远远多于白

①　(宋)林景熙:《霁山集》卷四《王云梅舍记》,北京:中华书局 1960 年版。

话文作品,但是由于文本间性的存在,白话小说是无法完全脱离文言文本影响的,对于白话小说而言,植物意象的情节化功能表现得更为明显一些。以白话长篇小说《镜花缘》为例,因武则天在寒冬游御花园要求百花齐放,花神百花仙子顺从了她的命令而被罚下到凡间,连同其他九十九位花神一起托生为一百名女子。这些女人虽然降世为人,但是由于是花神转世,身份便具有了特殊性。植物意象的功能,通过故事情节的巧妙设计,伴随人物形象而得以充分展现。牡丹被视为"百花之王",《镜花缘》在情节设置之时将其置于了不同于其他花卉的地位。百花盛开,唯独牡丹没有按要求开放,武则天大怒,"朕待此花,可谓深仁厚泽。不意今日群芳大放,彼独无花。负恩昧良,莫此为甚!"(《镜花缘》第四回)欲将牡丹连根撅起,公主劝武则天说:"牡丹为花中之王,岂敢不尊御旨。"(《镜花缘》第四回)此后在第五回之中,又安排了"武太后怒贬牡丹花"的情节,将牡丹贬去了洛阳。之所以选中牡丹,正是由于牡丹为"花中之王",正如文中所言:"牡丹乃花中之王,理应遵旨先放。今开在群花之后,明系玩误。本应尽绝其种。姑念素列药品,尚属有用之材,著贬去洛阳。"普通花卉尚且情有可原,但是作为花中之王的牡丹,在其他花卉盛开之后,被炙烤才肯开花,便遭到了被贬洛阳的处罚。植物意象的意义在此直接参与了情节的发展。奉花为神是中华文化的悠久传统,冯应景在《月令广议·岁令》中记载:"女夷,主春夏长养之神,即花神也。魏夫人之弟子花姑亦为花神。"①《淮南子·天文训》中有关于女夷的记载:"女夷鼓歌,以司天和,以长百谷禽鸟草木。"②花神主宰大自然生命之美,民间逐渐形成了对于花神的信仰和崇拜,这是人本性之中对美追寻向往的体现。《岁时广记》"探花使"条记载:"进士杏花苑初会,谓之探花宴。以少俊二人为探花使,遍游名园,若他人先折得名花,则二使皆有爵。""护花铃"条记载:"天宝初,宁王少时好声色,风流蕴藉,诸王弗如也。每春时于后园中,纽红丝为绳,缀金铃,系花梢之上。有鸟鹊翔集,则令园吏掣铃索以惊

---

① (明)冯应景:《月令广议》,明万历壬寅刻本。
② 何宁:《淮南子集释》卷三,北京:中华书局 1998 年版,第 231 页。

之,号护花铃。"①晋代周处在《风土记》中言道:"浙间风俗言春序正中,百花竞放,乃游赏之时,花朝月夕,世所常言。"②花,是人们对于美好生命的向往,早已赢得了古人的青睐,将惜花、敬花作为向往生命之美的方式,逐步演化为了节日民俗的一部分。为纪念百花生日,古人们在二月初春时节会过"花朝节"。对于"花朝节",《中华节日名典》之中有记载:

> 花朝节——简称花朝,俗称花神节、花神生日、百花节、百花生日、花卉生日、赶花会、赶插花节、百草生日、挑菜节。东北、华北、华东、中南等地汉族民间出游赏花古节,旨在纪念百花生日。古谓"花王掌管人间生育",故亦乃生殖崇拜之节。或因地域、气候,节期有异,多在农历二月十五举行,亦有择二月十二、二月初二者。……宋前,一些高雅节俗,仅限士大夫、知识阶层。自北宋始,节俗新增种花、栽树、挑菜(采摘野菜)祭神,以及装狮花、放花神灯等,并渐扩民间。③

在民俗文化影响之下,"花"已经不仅仅只是一种单纯的自然物象了,它承载了诸多人们认识世界的主观情绪和主观认识,将对自然万物的审美关照,以及对于生命的热爱和美好期待,都融入了外表美颜的花卉之上,将花卉变成了文化传承的符号。此文化符号介入文本之后,符号包含的文化内容并没有消散,而是依托新的文本将其深层的蕴藉表现出来,发挥了其作为意象的作用。

---

① (宋)陈元靓:《岁时广记》卷一,上海:商务印书馆1939年版,第9页。
② (晋)周处:《风土记》,四库全书本。
③ 李耀宗编纂:《中华节日名典》,西安:陕西师范大学出版社2018年版,第132页。

第三节　意境意象的互文性

作为意象的文本,除了具体的自然物象之外,意境也可以被意象化。意象化的意境传达出相对稳固的意义,从而成为意象化文本,与所在的主体文本之间,构成互文性关系,来完成空间叙事。

一、意象化意境的思想渊源

审美的含蓄性,是中国古典文学的主流倾向。中国人的审美倾向是建立在原始先民敬天礼神观念基础上的。葛兆光在《中国思想史》中谈道:

> 作为秩序象征的礼仪,实际上有一个很广阔很深厚的背景在支持它,作为它不言自明的依据,这一背景就是古人对宇宙的理解,《诗经》所谓"明明上天,照临下土""明明在下,赫赫在上",宇宙是古代中国思想世界的意义和价值的来源。①

对神灵以及上天的崇敬是通过仪式来表达的,仪式本身便是一种象征。原始先民在生存条件十分低劣的情况下,面对脆弱的生命,他们需要寻求某种强大力量的庇佑和保护。自然力量的强大,使先民们畏惧,风雨雷电、山川河流,在他们眼中都是受到超自然力量支配的,为了寻求更优质的生存条件,先民们便想尽办法去接近他们所谓的天神,只有取悦于强大的神灵,先民们才会获得生存的安全感。弗雷泽在《金枝》中论述道:"如果宗教所包含的首先是对统治世界的神灵的信仰,其次要是要取悦于它们的企图,那么这种宗教显然是认定自然进程在某种程度上是可塑

---

① 葛兆光:《中国思想史》,上海:复旦大学出版社 2001 年版,第 51 页。

的或可变的,可以说服或诱使这些控制自然进程的强有力的神灵们,按照我们的利益改变事物发展的趋向。"①而实际上,这不过就是先民们的一种信仰,正是在此信仰的驱使之下,他们选择的仪式显得尤为重要,从而进一步影响到了人们的思维方式。

先秦时期的很多典籍,都有对于先民们祭祀仪式的描述。被称为史诗的《诗经·大雅·生民》讲述了周部族先祖后稷的出生,后稷发明了农业生产,种植农作物,农作物丰收之后,首先便是拿来祭祀:

> 诞降嘉种,维秬维秠,维穈维芑。恒之秬秠,是获是亩。恒之穈芑,是任是负,以归肇祀。
>
> 诞我祀如何? 或舂或揄,或簸或蹂。释之叟叟,烝之浮浮。载谋载惟,取萧祭脂。取羝以軷,载燔载烈,以兴嗣岁。
>
> 卬盛于豆,于豆于登,其香始升。上帝居歆,胡臭亶时。后稷肇祀,庶无罪悔,以迄于今。

(《诗经·大雅·生民》)

先民们认为粮食作物是"上帝"的恩赐,为了"兴嗣岁",在粮食收获之初,便举行祭祀活动,以特定的仪式来表达对"上帝"的感恩。从仪式的表征之中去揣度意义,逐渐成为思维的一种范式。《礼记》之中记载:"山川神祇有不举者为不敬,不敬者君削以地;宗庙有不顺者焉不孝,不孝者君绌以爵;变礼易乐者焉不从,不从者君流。"②先秦时期已经将祭祀仪式列为政权范围,由最高统治者来监督仪式的履行情况。仪式,在敬天保民的观念与政权的强制实施两个方面共同作用下,成为人们生活中的重要内容,进而深入人心。随着使用的广泛,便被符号化为一种标志,最终成为思想文化的构成元素之一。

此外,道家的哲学思想,对意境理论的产生也起到了重要作用。道家

---

① ［英］J. G. 弗雷泽著,汪培基等译:《金枝》,北京:商务印书馆 2012 年版,第 90 页。
② （清）孙希旦撰:《礼记集解》卷十二,北京:中华书局 1989 年版,第 328 页。

思想认为，有与无的关系，就是道与象的关系，自然万物是外在形态，作为自然界运行规律的道是内在形态。《道德经》第一章曰：

> 道可道，非常道；名可名，非常名。无名，天地之始，有名，万物之母。故常无欲，以观其妙，常有欲，以观其徼。此两者，同出而异名，同谓之玄，玄之又玄，众妙之门。
>
> 《道德经·第一章》

自然万物是有边界、有形式的，而道是没有的，如果想知晓道的奥妙，要通过"名"与"有"这些具体的外在表现。而外在表现都是复杂变化的，如果想探究道的真谛，需要摆脱外在具象的干扰和束缚，克服自身主观意念的干扰，通过"虚""静"，去洞明道的本相。通过一系列的话语论证，引导人们去整合客观形态，体悟无限性的规律。这对意境理论的形成，提供了思想上的途径和依据。

二、意境观的形成与发展

基于中国传统思维的特点，文学的创作、鉴赏被理论化之后，对于意境之美的向往成为众多士人的重要追求。中国的文学作品很少有直抒胸臆者，而往往将情感的表达依托于某些事物。早在《诗经》之中，便通过起兴的艺术手法来引出作者的情感表达。例如，"野有蔓草，零露漙兮。有美一人，清扬婉兮。邂逅相遇，适我愿兮。"（《郑风·野有蔓草》）；"关关雎鸠，在河之洲。窈窕淑女，君子好逑。"（《周南·关雎》）；"燕燕于飞，差池其羽。之子于归，远送于野。瞻望弗及，泣涕如雨。"（《邶风·燕燕》）等。这类作品都是通过起兴的方式，借用物象来渲染出一种氛围，营造出特定的情感环境，将读者带入情景氛围之中，然后再开始感情的抒发。像《秦风·蒹葭》，意境感更为强烈，整首诗歌都是在营造一种苍茫的境遇：

蒹葭苍苍,白露为霜。所谓伊人,在水一方。溯洄从之,道阻且长。溯游从之,宛在水中央。

蒹葭萋萋,白露未晞。所谓伊人,在水之湄。溯洄从之,道阻且跻。溯游从之,宛在水中坻。

蒹葭采采,白露未已。所谓伊人,在水之涘。溯洄从之,道阻且右。溯游从之,宛在水中沚。

《秦风·蒹葭》

所追求的"伊人",本就是个渺茫的存在,再加上道路险阻,阻碍重重,"伊人"可望却难求,依靠水边苍苍的芦苇,将心绪的复杂而又茫然传达出来。望不到边际的茫茫芦苇丛,那个可望不可即的"伊人",加上一位满怀愁丝的诗人,一幅有着淡淡哀伤的画面便被勾勒而成。这种情感的体验需要置身于想象境界之中才能体会真切,远比直白的表达更能扣人心弦。

此外,诗歌中借景抒情手法的运用,也是意境观形成的关键。如"悲秋"主题,早在先秦诗文之中便已出现。屈原在《远游》之中写道:

恐天时之代序兮,耀灵晔而西征。
微霜降而下沦兮,悼芳草之先蘦。
聊仿佯而逍遥兮,永历年而无成。
谁可与玩斯遗芳兮? 长向风而舒情。
⋯⋯

在晚秋时节,夕阳西下,芳草逐渐凋零,萧瑟的景色激发了诗人的情绪,联想到自己被倾轧排挤的经历,他深深地感受到了楚国的末世危机。秋天的自然环境,折射出忧郁的心境。情与景便叠加融合在了一起。宋玉也有悲秋主题的诗文作品:

悲哉,秋之为气也!

萧瑟兮草木摇落而变衰。

憭栗兮若在远行,登山临水兮送将归。

泬寥兮天高而气清,寂寥兮收潦而水清。

······

(《远游》)

秋天万木凋零,萧瑟凄清,引发了诗人的感慨,联想到自己的人生失意,勾起了对世事浮沉变化的感叹。诗情与景色融会在一起,便营造出了被主观化之后的景象,读者在阅读文本之时,很容易进入到场境之中,更有助于读者去体验诗人的情感。

魏晋南北朝是文学自觉的开始,文学理论在这个时期也逐渐体系化,在文学理论著作之中,也涉及有关意境观的论述。尽管"意境"的概念还没有出现,但是通过对于意象的论述,也体现出来古人对于意境的重视。刘勰在《文心雕龙》中的《神思》《隐秀》篇中,论述了"言"与"意"的关系,强调了诗人的主观情感对于物象的渗透,探讨了二者之间的辩证关系。在《隐秀》篇中刘勰言道:

夫隐之为体,义生文外,秘响旁通,伏采潜发,譬爻象之变互体,川渎之韫珠玉也。故互体变爻,则化成四象;珠玉潜水,而澜表方圆。始正而末奇,内明而外润,使玩之者无穷,味之者不厌矣。[1]

"隐"的方法和风格,表现为具有言外之意,犹如珠玉宝石潜在水中一般,虽然没有外露,但是却能够引起方圆不同的波澜,而最后使人百读不厌,回味无穷。这里虽然谈的"隐"这种方法,但是传达出的审美观念与意境观却是完全切合的。象形的传达效果,要远远盛于直白的表达。

---

[1] (南朝)刘勰著,王志彬译注:《文心雕龙》,北京:中华书局2012年版,第452页。

意境理论在唐代以后有了更为深入具体的论述。诗人王昌龄在《诗格》中提出了"三境"说：

> 诗有三境：一曰物境。欲为山水诗，则张泉石云峰之境，极丽极秀者，神之于心，处身于境，视境于心，莹然掌中，然后用思，了然境象，故得形似。二曰情境。娱乐愁怨，皆张于意而处于身，然后用思，深得其情。三曰意境。亦张之于意而思之于心，则得其真矣。①

意境理论的明确提出，受到了佛教境界理论的影响。佛教将时空分为三个层次，称为"三界"，"佛为世尊，过于三界；佛身无漏，诸漏已尽；佛身无为，不堕诸数。"②三界，可以分别看作是较大的空间，每一个空间都是人生所经历的浓缩。每一个空间都是由更小的空间构成，更小的空间便是人生际遇不同片段的呈现。"三境"说是将诗分为了物、情、意三个层次，即三个不同层次的审美空间。通过物境，得到的是"形"；情境，得到的是"情"；意境所得是"真"。"得其真"是审美的最高境界。

此后，有关意境的论述逐渐增多并且深入发展。皎然的《诗式》从崇尚自然之美的角度，对为文而造情的创作初衷进行了批判，在此基础上他提倡诗歌中要通过"自然"去抒发情感。他所说的"自然"指的是在诗人百般锤炼之后、倾注了主观情感的自然，诗人通过构思活动，将形象化的世界呈现给读者，这一过程实际上便是对意境的营造。司空图在老庄思想基础影响之下，将自然看作是超越人的主观情感的存在，他在其《二十四诗品》中，用营造意象的方式谈论诗歌理论，并且明确了深入意境才能体会诗歌之美，例如他在"纤秾"篇中谈道："采采流水，蓬蓬远春。窈窕深谷，时见美人。碧桃满树，风日水滨。柳荫路曲，流莺比邻。乘之愈往，

① 转引自朱立元主编《艺术美学辞典》，上海：上海辞书出版社 2012 年版，第 599 页。
② 高永旺，张仲娟译注：《维摩诘经》，北京：中华书局 2016 年版，第 71 页。

识之愈真。如将不尽,与古为新。"①司空图认为,大自然中的美丽景色无穷无尽,只要用心去体验、观察,就能创造出美好的诗境。

宋元明清时期,意境观念更为发扬壮大。自宋代开始,意境观念便影响到了各个艺术领域之中。随着儒释道三家思想的合流趋势,加之时代的因素影响,宋以后士大夫的审美趣味发生较大的变化,更趋于理性,也更为注重内在的修为,在美学上则表现为规避外界因素的干扰,在内心虚静的情况之下去洞察自然万物的变化,体验自然万物的悠远与韵致。正如谢榛在《四溟诗话》中所言:

> 作诗本乎情景,孤不自成,两不相背。夫情、景有异同,模写有难易,诗有二要,切莫于斯者。观则同于外,感则异于内,当自用其力,使内外如一,出入此心而无间也。景乃诗之媒,情乃诗之胚,合而为诗,以数言而统万形,元气浑成,其浩无涯矣。

情与景恰如其分地交融在一起,才能呈现诗歌艺术之美。这种观念很显然是对意境营造的肯定,意境在诗歌文本之中发挥了汇聚审美价值的核心作用。

三、场境意象的互文性叙事

意境观念是由诗歌而始,而在中国传统的文学观念之中,诗歌一直以来被认为是正统文学,有着较高的社会地位,诗歌之中的意境观念对其他文本自然也会产生一定的影响。中国古代的白话小说在叙事之时,也很巧妙地将意境观念引入到文本之中。场景是小说中必不可少的成分,可以分为社会场境和自然场景。中国古代的白话小说,通过这两种类型的场境描述,完成了它叙事的空间性。

---

① (唐)司空图:《二十四诗品》,杭州:浙江古籍出版社 2013 年版,第 13 页。

1.社会场境

社会场境是指在小说文本之中,为了塑造人物形象的需要,对人物生活环境的描写。这与诗词之中唯美的意境在文本之中所起到的作用是一样的。它作为叙事文本的一个重要组成部分,传达出于原文本相关联的意义内容,本质上来看,相当于一个具有空间性质的叙事文本。文学文本的主题内容不同,场境叙事便有很大的区别。以《金瓶梅》与《儒林外史》为例,《金瓶梅》第九十二回中描述临清县的喧嚣繁华:"船只聚会之所,车辆辐辏之地,有三十二条花柳巷,七十二座管弦楼。"将临清县的市井之气和浓重的利益追逐,展现于短短几十字之中。一幅世俗的名利场画卷,铺展于读者面前。这与《金瓶梅》暴露、批判文学的特质颇为贴切,其中的人物形象更为适合活动于这种场所之中。与《金瓶梅》不同,同样是对一座城市的描述,《儒林外史》则更显清雅:"城里一道河,东水关到西水关足有十里,便是秦淮河。水满的时候,画船箫鼓,昼夜不绝,城里城外,琳宫梵宇,碧瓦朱甍。在六朝时是四百八十寺,到如今何止四千八百寺!大街小巷,合共起来,大小酒楼有六七百座,茶社有一千余处。"(《儒林外史》第二十四回)这段文字是对南京城秦淮河畔的场境描述。不仅在语体风格上与《金瓶梅》差异较大,所描述的内容,传达给读者的审美体验也颇有差异。"无论是在古典小说还是在现代小说里,也无论是在中国叙事传统还是在西方叙事传统中,我们都可以找到通过书写一个特定空间来塑造某个人物形象的典型文本。由于此类叙事文本出色地运用了塑造人物形象的'空间表征法',因此,我们如果要对此类文本中人物形象进行概括和分析的话,只要好好地研究这些足以表征人物形象的'空间意象'就行了。"[1]活跃于文本之中的人物形象,都有着其生活的特定环境,里边充斥着各种复杂的人际关系,还包含了人际关系构建的文化心理因素。这个"空间意象"实际上是内容极其丰富的文本。它融入原

---

[1]　尤迪勇:《空间叙事学》,北京:生活·读书·新知三联书店2015年版,第263页。

文本,和原文本交织在一起,相互碰撞出更多文字符号之外的内容,强化了文本的艺术张力。

场境的空间叙事功能,不仅仅只是体现出文本的主题,有时也是对人物灵魂深处解读的一把金钥匙。客观场景是同样的,但是不同的人带着自己的主观情感去观察这些场景之时,往往会出现不同的体验。《红楼梦》第六回在描述王熙凤的房间布置之时,是借刘姥姥的眼睛来展现的:

才入堂屋,只闻一阵香扑了脸来,竟不辨是何气味,身子如在云端里一般。满屋中之物都是耀眼争光的,使人头炫目晕,刘姥姥此时,惟点头咂嘴,念佛而已。于是来至东边这间屋内,乃是贾琏的女儿大姐儿睡觉之所。……刘姥姥只听见咯当咯当的响声,大有似乎打箩柜筛面的一般,不免东瞧西望的。忽见堂屋中柱子上挂着一个匣子,底下又坠着一个秤砣般的一物,却不住的乱晃。刘姥姥心中想着:"这是个什么爱物儿?有煞用呢?"正呆想时,陡听得当的一声,又若金钟铜磬一般,不妨倒吓的一展眼,接着又是一连八九下。

(《红楼梦》第六回)

这段空间描述已经不是完全客观景象的再现了,是将观察者的情感解读内容也加注到了空间叙事之中,使得这段文字成为被主观化了的观感描述,以附加文本的方式插入原文本之中,发挥其能指功能。

2. 自然场景

自然场景本为客观环境,但是由于出现于文学文本之中,人的主观情感会融会于客观场景之中,从而使得没有情感的客观景象带有了明显的主观情绪暗示。在中国古代白话小说中,最开始对自然场景的描述并不重视,一般只是粗略几笔,草草带过。随着小说体裁的逐步成熟,对于自然景色的描绘也趋于细致。尽管如此,单纯地描绘场景在中国古代白话小说之中较为少见,更多的是主观成分的介入和客观景色描绘相结合。

例如在《警世通言》中的《白娘子永镇雷峰塔》一文,在头回部分描写了西湖的景致:

> 　　山前有一亭,今唤做冷泉亭。又有一座孤山,生在西湖中。先曾有林和靖先生在此山隐居,使人搬挑泥石,砌成一条走路,东接断桥,西接栖霞岭,因此唤作孤山路。又唐时有刺史白乐天,筑一条路,南至翠屏山,北至栖霞岭,唤做白公堤,不时被山水冲倒,不只一番,用官钱修理。后宋时,苏东坡来做太守,因见有这两条路,被水冲坏,就买木石,起人夫,筑得坚固。六桥上朱红栏杆,堤上栽种桃柳,到春景融和,端的十分好景,堪描入画。后人因此只唤做苏公堤。又孤山路畔,起造两条石桥,分开水势,东边唤做断桥,西边唤做西宁桥。

　　这段自然场境的叙述,显然是带着主观评判的语气的,并非将视角置于景物的唯美再现,而是将人文及历史的内涵融入自然场境之中。空间的再现在此便具有了文本意义,空间叙事文本之中的主观因素成为符号之外意义的延伸,为原文本主题内容的凸显做好了铺垫。

　　中国古代白话小说中的自然景象描绘,采用白描叙事的文字内容多数颇为粗糙,往往寥寥几笔做一下场境交代,很少用叙述的方式去大肆铺排景物。例如,"但见云笺与花柳齐飞,翰墨共春光并舞"(《春柳莺》第一回);"忽一日行到千岩竞秀,万壑争流,古木参天之处,……在山环水抱之中,十分得地"(《定情人》第二回);"忽至一个地方,舟中望去,人烟凑聚,城郭巍峨,晓得是到了甚么国都了"(《古今奇观》第五十九卷)等。简单几句粗略概括,就把自然景象进行了交代,对于景物描述更为详尽的部分则借助的是诗词韵文。这些描述内容尽管简略,但是作为叙事文本而言,也是必不可少的部分。出现于《春柳莺》与《定情人》中的景物描写,是为女主人公出场做的铺垫,以衬托女主人公的超凡脱俗,就连生活的地方景色都是如此怡人,以示佳人乃是钟天地之灵秀而生,灵山秀水的精气孕育了人间佳丽。而对于《古今奇观》第五十九卷此类的描述,则是为离

奇故事情节的出现所做出的铺垫,提供奇异情节进展的场景条件。

四、仪式意象的互文性叙事

中国自古便是礼仪之邦,先民们将各种仪式固定下来,成了祈求福泽、延绵吉祥的形式。随着仪式的传承与完善,逐渐地渗透到了民俗文化之中。而作为现实生活最短距离艺术再现的古代白话小说,也避免不了民俗文化对于故事文本的影响。各种不同的仪式,通过语言描述的形式,介入到小说文本之中,将仪式中所暗含的意蕴,与小说文本所要表达的内容进行融合,凸显小说文本主旨内蕴的彰显。克里斯蒂娃在提到"作为意素的陈述"之时说道:"对于各种不同文本系统特性的描述需要将它们置于广义的文本(文化)中,它们之间是相互隶属关系。某种特定的文本系统(一种符号学实践)与其吸收到自身空间中的陈述语(句段)或是发送到外部其他文本(符号实践)中的陈述语(句段)之间的交会被称作意素(idéologéme)。意素是在每个文本结构的不同层面上均可读到的'具体化'了的互文功能,它随着文本的进程而展开,赋予文本以历史、社会坐标。"①而小说文本中的民俗仪式便是可以称之为"意素"的内容,它具体化到叙事成分之中,发挥着其独特的互文性功能。

民俗,从字面意义上理解,即为民间风俗。"风,风也,教也。风以动之,教以化之。"②"'民俗'实是蒙昧人心理的表现,其表现方面极多,自哲学、宗教、科学、医术、社会组织、民间仪式,以至于更为严密的智识区域中的历史、文学等都有。"③民俗是特定群体,在特定区域所形成的共同习惯,是集体意识的体现,它囊括了极为丰富的内容。

民俗本质上就是一种仪式,具有巨大的象征意义。人们通过种种仪式,寻求生命的更大价值,渴望获得最佳的生存状态。因此,这些仪式便

---

① [法]克里斯蒂娃(Kristeva, J.)著,史忠义等译:《符号学:符义分析探索集》,上海:复旦大学出版社 2015 年版,《封闭的文本》,第 52 页。

② 李学勤等:《十三经注疏·毛诗正义》,北京:北京大学出版社 1999 年版,第 6 页。

③ 林惠祥:《民俗学》,上海:商务印书馆 1948 年版,第 2—3 页。

具有十分丰富的内容。《吕氏春秋·古乐》记载："昔葛天氏之乐,三人操牛尾,投足以歌八阕:一曰载民,二曰玄鸟,三曰遂草木,四曰奋五谷,五曰敬天常,六曰达帝功,七曰依地德,八曰总禽兽之极。"①可见,这一仪式传播了农业生产知识,历史文化知识,集歌、乐、舞为一体。这种原始的宗教仪式一开始便将其所包含的丰富象征意义与文学艺术融合在一起。

中国古人对于仪式是颇为看重的,《诗大序》曰:

> 诗者,志之所之也。在心为志,发言为诗。情动于中而形于言;言之不足,故嗟叹之;嗟叹之不足,故永歌之;永歌之不足,不知手之舞之,足之蹈之也。情发于声,声成文谓之音。……故正得失,动天地,感鬼神,莫近于诗。先王以是经夫妇,成孝敬,厚人伦,美教化,移风俗。②

将仪式融于文学、音乐、舞蹈之中,通过这些形式来教化民众。人们通过参加各种仪式,得到了品德和性情的陶冶,塑造了良好的行为规范。通过统治者的政权性实施与推行,各种仪式被推广到民间,形成了固定的风俗习惯,这些固定的风俗习惯,逐渐成了某种意义的形式符号。

民俗仪式融汇了很多社会内容,之所以能起到巨大的感化作用,与儒家的起源有着较为紧密的关系。章太炎《原儒》认为:"太古始有儒,儒之名盖出于需。需者,云上于天,而儒亦知天文、识旱潦,何以明之?……灵星舞子吁嗟以求雨者,谓之儒,故曾皙之狂而志舞雩,原宪之狷而服华冠,皆以忿世为巫,辟易放志于鬼道。"③巫觋与儒者关系密切,二者之间存在着很多关联性,而孔子自己也说:"吾与史巫同途而殊归者也。"④而巫祝

---

① 张双棣等:《吕氏春秋译注》,长春:吉林文史出版社 1987 年版,第 139 页。
② 李学勤等:《十三经注疏·毛诗正义》,北京:北京大学出版社 1999 年版,第 6—7 页。
③ 章太炎:《章太炎政论选集》,北京:中华书局 1977 年版,第 490 页。
④ 转引自陈松长、廖名春:《〈要〉释文》,《道家文化研究》第 3 辑 1993 年版,第 434—435 页。

较为重视仪式的作用,因为只有通过各种仪式的实现,才得以接触到神灵,感受到他们的意志。用礼乐去约束民众,感化民心,信赖仪式的巨大示范作用,在一定程度上是对巫祝仪式的继承。

小说是反映现实生活的文体,具有较强的艺术真实性,而民俗是现实生活中十分重要的行为活动之一,成为古代白话小说难以避免的内容。民俗本身就具有规范、警示和指导人的社会行为的作用,成为固定的仪式符号。小说中人物参与民俗活动之中,使他们在仪式的洗礼下受到心灵的净化,而小说的阅读者在阅读的过程中,对于民俗活动感同身受,在人物的行为活动之中同样感受到了仪式的力量。仪式在此层面上,便成为一种符号化的文本,被原本文引入,发挥着强大的互文性功能。

1. 祭祀仪式的互文性功能

祭祀是民俗活动中较为重要的一项内容,也是华夏典礼的一部分,它体现着人类对神灵与祖先的敬仰之情。祭祀有着严格而复杂的程序,上至帝王将相,下至平民百姓,都要参与不同级别的祭祀活动,这项较大民俗活动的举行与推广,仪式便极容易被符号化为某种理念。

祭祀是鬼神观念的派生物。人们认为世间万物都是有神灵在主宰的,不论是属于自然现象的风、雨、雷、电,还是本来就没有生命的三山五岳、河流湖泊,都被原始先民赋予了生命和神秘的力量。人们的生存状态并不是永远都处于良好阶段,人们需要面对各种各样的自然灾害,以及自身的生老病死。在种种天灾人祸面前,人类往往显得极为脆弱,更无法客观理解这些灾祸的起因。这种畏惧与困惑的心理,更加造就了万物有灵观念的形成,将神灵作为守护自己的强大依靠。此外,原始先民认为,人死亡之后,虽然躯体消亡了,但灵魂是不死的,不死的魂灵具有对人类作威作福的能力,他们可以给人类带来灾祸。这种懵懂的心理作用,使得他们模仿人与人之间的交往关系,定时给予鬼神一定的贿赂,让他们经常从人类这里获得实惠,以避免灾祸的降临。祭祀,是人们幻想中的礼敬鬼神的方式,成为与鬼神沟通的重要途径。

祭祀是儒教礼仪的重要组成部分之一,较为重要的儒家典籍《周礼》《礼记》等都对其进行了详细记载和阐述。出于对鬼神的敬仰与畏惧,祭祀便显得尤为重要,"国之大事,在祀与戎"①"夫礼,必本于天,肴于地,列于鬼神"②"上事天,下事地,尊先祖而隆君师,是礼之三本也"③。天、地、先祖都是人们特别尊崇的对象,成了祭祀的三个重要类别,即天神、地祇、人鬼。"天界神灵主要有天神、日神、月神、星神、雷神、雨神和风雨诸神。地界神灵主要有社神、山神、水神、石神、火神及动植物诸神,它们源于大地,与人类生存密切相关。人界神灵种类繁多,主要有祖先神、圣贤神、行业神、起居器物神等等"④,可见,祭祀所覆盖的范围之大,种类名目之繁多。

祭祀的程序极为繁杂,要求也颇为严格。很早就有了关于祭祀的记载,郭沫若在《殷契粹编·粹编考释》中考证说:"殷人于日之出入均有祭……盖朝夕礼拜之"⑤。殷人对太阳神颇为崇敬,一天之中就要祭拜两次。最初的祭祀活动比较简单,只是对神灵的简单祭拜,随着文明程度的提高,祭祀便变得复杂起来。一些重要的神灵祭祀,必须天子亲自进行。祭天是皇家的特权,帝王被称作天子,作为上天的儿子,祭祀天神便成为顺理成章之事。正所谓"帝王之事莫大乎承天之序,承天之序莫重于郊祀,故圣王尽心极虑以建其制。……天之子天子也,因其所都而各祭焉"⑥。祭祀有专门的官员管理,《尚书·舜典》记载:"帝曰:'咨! 四岳,有能典朕三礼?'佥曰:'伯夷!'帝曰:'俞,咨! 伯,汝作秩宗。夙夜惟寅,直哉惟清。'"⑦"三礼"就是指祭祀天神、地祇、人神的礼仪,早在舜帝之时就派遣了专门的官员负责祭祀之事。《周礼·春官·大宗伯》载曰:"大

---

① 李梦生:《左传译注·成公十三年》,上海:上海古籍出版社 1998 年版,第 578 页。
② 杨天宇:《礼记译注》,上海:上海古籍出版社 2004 年版,第 267 页。
③ (汉)司马迁:《史记·礼书》,北京:中华书局 1999 年版,第 1030 页。
④ 杜希宙、黄涛:《中国历代祭礼》,北京:北京图书馆出版社 1998 年版,第 2 页。
⑤ 郭沫若:《殷契粹编》,北京:科学出版社 1965 年版,第 355 页。
⑥ (汉)班固:《汉书·郊祀志下》,北京:中华书局 1999 年版,第 1038 页。
⑦ 《十三经注疏·尚书正义》,上海:上海古籍出版社 1997 年版,第 130 页。

宗伯之职,掌建邦之天神、人鬼、地示之礼,以佐王建保邦国。"①大宗伯是周代掌管祭祀的最高官职。后世历代王朝都设有专门负责掌管祭祀的官职,祭祀成了国家政事的重要部分之一。

祭祀的方式多种多样,主要有奉献食物、玉帛、血祭、人祭等方式。原始先民将神灵人格化的思维方式,使得他们把自己的需要也想象成神灵的需要,于是在祭祀神灵的时候,便把人类生活中不可或缺的事物敬献给神灵。《礼记·礼运》记载:"夫礼之初,始诸饮食。其燔黍捭豚,污尊而抔饮,蒉桴而土鼓,犹可以致其敬于鬼神。"②在献给神灵食物的同时,还要敲击土鼓,一方面是为了取悦于神灵,另一方面,也是通过礼乐与神灵进行沟通。此外还有向神灵献祭血与玉帛的记载,"以血祭祭社稷、五祀、五岳"③;"以玉做六器,以礼天地四方,以苍璧礼天,以黄琮礼地,以青圭礼东方,以赤璋礼南方,以白琥礼西方,以玄璜礼北方"④;"其事鬼神也,酒醴粢盛不敢不蠲洁,牺牲不敢不腯肥,珪璧币帛不敢不中度量,春秋祭祀不敢失时几"⑤。血、玉帛在古代都是十分珍贵之物,人们为了取得神灵的庇佑,便将自己认为最贵重的东西贡献给神灵。人类由母系社会进入父系社会之后,女性的地位下降,成为男性的附属物,在祭祀之时也成了祭祀物品。人们将年轻女子敬献给男性神祇,借此取悦于神灵。《史记·滑稽列传》记载西门豹治邺时,提到了用美女祭祀河伯之事,"巫行视小家女好者,云是当为河伯妇,即聘取……共粉饰之,如嫁女床席,令女居其上,浮之河中。始浮,行数十里乃没……民人俗语曰:'即不为河伯娶妇,水来漂没,溺其人民'云"⑥。这种祭祀方式过于愚昧残忍,但从另一个侧面也反映出人们对神灵的信仰与畏惧,而实质上也是对自然灾

---

① (清)孙诒让:《周礼正义》,北京:中华书局1987年版,第1296页。

② 杨天宇:《礼记译注》,上海:上海古籍出版社2004年版,第268页。

③ (清)孙诒让:《周礼正义·春官·大宗伯》,北京:中华书局1987年版,第1314页。

④ (清)孙诒让:《周礼正义·春官·大宗伯》,北京:中华书局1987年版,第1089—1090页。

⑤ 方勇译注:《墨子》,北京:中华书局2015年版,第98页。

⑥ (汉)司马迁:《史记·滑稽列传》,北京:中华书局1999年版,第2432页。

害的恐惧。为了躲避灾害,人们便极为虔诚地供奉神灵,满足人们所幻想出来的神灵的一切所需。

祭天是天子的特权,而祭祀祖先则不同,每个人、每个家族或者部族都有自己的先祖。因此,上至天子,下至普通百姓之家,都要祭祀自己的祖先,根据自己家族的权势及经济实力不同,祭祀的规模也有所不同。作为全族祭祀对象的先祖,不是任何人都能充当的,必须是对族人做出突出贡献,或者德高望重之人,他们死后才能享受全族的祭祀。《礼记·祭法》云:"夫圣土之制祭祀也,法施于民则祀之,以死勤事则祀之,以劳定国则祀之,能御大患则祀之,能捍大患则祀之。"①可见,没有为族人做出贡献之人,是没有享受祭祀的资格的。先祖既然是颇值得崇敬之人,那么祭祀先祖便成为家族的荣耀。较有权势的家族,才能有他们的远祖,一代代得以传承下去,而庶民一般祭祀的不过是自己逝世的长辈。因此,古人在取得一定成就之时,往往有"光宗耀祖"之说。祭祀,也成了家族权势地位的象征。对祖先的祭祀方式最初是极其野蛮的,史料多有记载将活人杀死祭祀祖先之事,胡厚宣在其《中国奴隶社会的人殉与人祭》一文中统计说,"总算起来,从盘庚迁殷到帝辛亡国,在这 8 世、12 王、273 年(公元前 1395—前 1123)的奴隶社会昌盛期间,公用人祭 13052 人(有记录可查者)。另外还有 1145 条卜辞未记人数,即便都以 1 人计算,全部杀人祭祀,至少亦当用 14197 人"②,这似乎显得蛮荒不化。随着时代的进步,祭祖的方式逐渐文明化。较大的家族设有祠堂,还有的家族制定家谱,小户人家设立祖先的牌位,以供祭拜。人在生前属于这个家族,死亡之后也同样是这个家族的一员,这也体现出封建社会严格的宗法秩序。

上至帝王将相,下至平民百姓,都离不开祭祀活动,祭祀作为一种重要的仪式被固定下来。祭祀如同在进行心灵的忏悔,在祭祀之时,人们的心灵是与神灵坦诚相对的,为了避免神灵的惩罚,取得神灵的护佑,人们不得不诚惶诚恐,小心谨慎地侍奉神灵。正是这种发自内心对神灵的崇

---

① 　杨天宇:《礼记译注·祭法》,上海:上海古籍出版社 2004 年版,第 604 页。

② 　胡厚宣:《中国奴隶社会的人殉与人祭(下篇)》,《文物》1974 年第 8 期。

敬与恐惧之情,使得人们通过祭祀活动受到精神的洗礼,得到心灵的净化。正是这种长时期积淀下来的信仰,在无形之中掌控约束着人们的意识行为,也为祭祀活动赋予了特定的内容。将祭祀活动内容引入小说文本的方式一般有两种,其一是直接描述祭祀活动内容。《红楼梦》第五十三回描写了贾家隆重的年终祭祀场面:

> 只见贾府人分昭穆排班立定:贾敬主祭,贾赦陪祭,贾珍献爵,贾琏贾琮献帛,宝玉捧香,贾菖贾菱展拜毯,守焚池。青衣乐奏,三献爵,拜兴毕,焚帛奠酒,礼毕,乐止,退出。众人围随贾母至正堂上,影前锦幔高挂,彩屏张护,香烛辉煌。上面正居中悬着宁荣二祖遗像,皆是披蟒腰玉;两边还有几轴列祖遗影。

(《红楼梦》第五十三回)

礼数周详而恭敬,彰显着世家大族的显赫与荣耀。贾氏宗祠"抱厦前上面悬着一块九龙金匾,写道:'星辉辅弼'。乃先皇御笔。两边一副对联,写道是:'勋业有光昭日月,功名无间及儿孙。'亦是御笔。五间正殿前悬一块闹龙填青匾,写道是:'慎终追远'。旁边一副对联,写道是:'已后儿孙承福德,至今黎庶念荣宁'。俱是御笔"(《红楼梦》第五十三回)。这些匾额对联不仅体现着贾家的权势和备受皇帝的恩宠,也是在告诫贾家的子子孙孙,要懂得惜福,"承福德",将祖先所创下的基业传承下去。这一仪式作为符号文本,所传达的内容便是家族的显赫,后世子孙的承继。在文本叙事节奏停止的情况下,插入祭祀仪式的描述,其实是对祭祀仪式符号能指内容的暗示。如此隆重的仪式背后,反衬的却是一个家族的衰败和没落。

祭祀活动引入小说文本的第二种方式是利用祭祀仪式所造成的影响间接关涉文本。对祭祀对象的崇拜和敬畏,在仪式的固化过程中逐步延续到后世,祭祀对象也逐渐被崇高化,成了整个家族或者整个部族的守护者,也成为后世子民的监督者。小说作品也借重了祭祀对象崇拜的力量,以符号化的方式将此影响力加之文本之中,对故事情节进展或者人物形象塑造产生一定的提升作用。例如《歧路灯》中的主人公谭绍闻在父亲故后不务正业,结交狐朋狗友,赌博嫖妓。一次与众朋友在巴家酒馆赌博,逼死一小客商,谭绍闻也受到牵连,此事之后,谭绍闻梦到了父亲:"望见厅上灯火辉煌,中间坐着一位六品冠服长官,纱帽圆领,甚是威严。绍闻只得近前跪下,叩了头。向上一看,却是自己父亲。"父亲怒目圆睁,道:"好畜生!我当初怎的嘱咐你,叫你用心读书,亲近正人。畜生,你还记得这八个字么?"又说道:"怎的我这几年因赴南斗星位,不在家中,你便吃酒赌博,宿娼狎尼,无事不做,将祖宗门第玷辱呢?"(《歧路灯》第五十二回)判官要将他腰斩,他向父亲求情,父亲向他背上猛力一咬,谭绍闻从梦中惊醒。谭绍闻出身书香门第,父亲的教诲与祖宗门第观念已是深入内心,他所做的噩梦也正反映出,先祖的德行功绩对他的深刻影响。正是所存的这点不忘本的念头,才使得他最终痛改前非,认真读书,得中科甲。对祖先的祭祀,也是不忘先祖的恩惠和功勋德行,以激励后人秉承祖业、光耀门楣的方式,这既是祭祀仪式的初衷,也是祭祀仪式所暗含的内容。

2. 婚丧礼的互文性功能

婚丧嫁娶是人生之大事,因此婚礼与丧礼便显得尤为重要。中国古代的婚丧礼是颇为讲究的,并非仅仅是简单的仪式,而是体现着深远的民族文化。中国古代白话小说中对于婚丧礼的描述内容,可以看作是民族文化符号的载体。

婚礼的出现,是人类文明的进步,代表着两性之间的关系脱离了动物性,呈现出人之所以为人的社会属性。婚礼意味着人生一个新阶段的开始,是人生中颇为重大的仪式。《礼记·昏义》曰:"昏礼者,将合二姓之好,上以事宗庙,而下以继后世也,故君子重之。"[1]又曰:"敬慎、重正、而

---

① 杨天宇:《礼记译注·昏义》,上海:上海古籍出版社 2004 年版,第 815 页。

后亲之,礼之大体而所以成男女之别,而立夫妇之义也。男女有别,而后夫妇有义;妇夫有义,而后父子有亲;父子有亲,而后君臣有正。故曰'昏礼者礼之本也'。"①可见古人认为婚礼是极其重要的,它不仅仅是生命的繁衍这种生物性的男女组合,而且有着人伦文化内涵。它是夫妇关系的开始,而夫妇关系是父子关系,甚至君臣关系的根本,故而,婚礼便显得尤为重要。古代的婚礼仪式是较为复杂的,一套完整的婚礼包括六个步骤,即纳采、问名、纳吉、纳徵、请期和亲迎,称之为"六礼"。对此《仪礼》有较为详细的规定:"昏礼。下达,纳采用雁。"然后是:

> 纳吉,用雁,如纳采礼。纳徵,玄纁束帛、俪皮,如纳吉礼。请期,用雁。主人辞,宾许,告期,如纳徵礼。期,初昏,陈三鼎于寝门外东方,北面,北上。……妇至,主人揖妇以入。乃寝门,揖入,升自西阶,媵布席于奥。夫入于室,即席,妇尊西,南面。……凤兴,妇沐浴,纚笄、宵衣以俟见。质明,赞见妇于舅姑。……妇席荐馔于房。飨妇,姑荐焉。妇洗在北堂,直室东隅;篚在东,北面盥。妇酢舅,更爵,自荐;不敢辞洗,舅降则辟于房;不敢拜洗。凡妇人相飨,无降。妇入三月,然后祭行。

(《仪礼·士婚礼》)

这一套烦琐的婚礼程序并不仅仅是属于士阶层的,古代有身份地位的家族都适用,这系列的礼节也是身份地位的象征。《礼记·郊特牲》曰:"币必诚,辞无'不腆',告之以直信。信,事人也。信,妇德也。壹与之齐,终身不改,故夫死不嫁。男子亲迎,男先于女,刚柔之义也,天先乎地,君先乎臣,其义一也。"②从婚礼细节也可以看出女子出于被动的地位,同时也体现出夫妻的互敬,以及媳妇必须对公婆的孝敬顺从。

人在死亡之后举行丧葬之礼,是人类文明的表现,体现着人类对于生

---

① 杨天宇:《礼记译注·昏义》,上海:上海古籍出版社2004年版,第817页。
② 杨天宇:《礼记译注》,上海:上海古籍出版社2004年版,第322页。

命的珍视。生命是人类最宝贵的东西,有了生命才有了一切,丧葬之礼是人们表达生命消亡哀痛之情的方式。《周礼·春官·大宗伯》曰:"以凶礼哀邦国之忧,以丧礼哀死亡。"①除了表达对死亡的哀痛之情,丧礼还与人们的鬼魂观念相关。自己的亲近之人死亡后,人们还会在梦境中见到他们,这种现象使得人们认为人类的躯体会死亡,而灵魂是不会死亡的,他们死去之后会到另外一个世界生存。正是由于此灵魂不死的观念,才使人们逐渐形成了一套约定俗成的送葬仪式,为自己的亲近之人送行,让他们在另外一个世界享受生活。葬礼往往与生人的日常生活形成参照,用象征性的仪式为亡者的死后做安排。墓穴是死者的葬身之地,它的设置非常类似于人们居住的宅院。徐吉军、贺云翱在《中国丧葬礼俗》中说:"墓室作为死者的葬身之所,在古代,被人们视为住宅,于以高度重视。《仪礼·士丧礼》:'筮宅,冢人营之。'郑注曰:'宅,葬居也。'《礼记·杂记上》:'大夫卜宅与葬日',疏引《正义》曰:'宅为葬地。'由此可知,墓室的形制必然与人们的住宅格局有密切关系。"②这正是受灵魂不死观念的影响而产生的。丧礼一般分为入殓、告丧、涂殡、起柩、出殡、下葬、圆坟、做七等诸多程序,根据各地的文化习俗不同而有些许差异。

不论是婚礼还是葬礼,其中都能够体现出儒家文化的道德理念和伦理秩序。对于小说文本之中的人物形象塑造,自然避不开思想文化的社会因素,婚丧礼凝聚的儒家伦理道德的内容,被小说作者借鉴用来强化文本的艺术张力。在构建故事情节之时,小说作者借用婚丧礼的符号价值为情节的曲折化创造条件。《警世通言》第三十四卷《王娇鸾百年长恨》,王娇鸾乃是千户家小姐,家住南阳,貌美多才,与周司教之子周廷章相爱,周去求亲,王千户因周为苏州人,不想女儿远嫁,未许,二人便幽期密约,私订终身。后周廷章因父亲告病回乡,"久别亲闱,预谋归觐",而周廷章之父已经为儿子议亲魏家,正欲接他回家"行聘完婚"。周廷章"慕财贪色,遂忘前盟",王娇鸾得知此信,自尽而亡。正是因为周、王二人的感

① （清）孙诒让:《周礼正义·春官·大宗伯》,北京:中华书局 1987 年版,第 1345 页。
② 徐吉军、贺云翱:《中国丧葬礼俗》,杭州:浙江人民出版社 1991 年版,第 242 页。

情，没有婚俗仪式的保护，才使得周廷章有重新婚娶魏家女儿的机会，酿成了王娇鸾百年长恨的悲剧。《红楼梦》中的司棋与表弟潘又安也是没有通过媒妁之言、父母之命而私订终身，在抄检大观园之时被发现，司棋是王善保家的外孙女，凤姐讽刺王善保家的道："这倒也好。不用他老娘的操一点儿心，鸦雀不闻的就给他们弄了一个好女婿来了。"王善保家的羞愧难当，"便自己回手打着自己的脸，骂道：'老不死的娼妇，怎么造下孽了！说嘴大嘴，现世现报！'"（《红楼梦》第七十四回）。在仪式的规范制约之下，婚俗的观念是根深蒂固的。而司棋与表弟潘又安的爱情最终也没有一个完满结局，司棋"便一头撞在墙上，把脑袋撞破，鲜血直流，竟死了"，她表兄"把带的小刀往脖子里一抹，也就抹死了"（《红楼梦》九十二回）。二人双双付出了血的代价。如果没有婚仪观念的约束，也就没有此悲剧的发生。《石点头》卷五《莽书生强图鸳侣》，紫英小姐与胡通判之子已有婚约，在琼花观遇到浪子莫谁何，瞒着父母带着丫鬟莲房与其私奔。莫谁何几年后荣登科甲，来拜岳父，紫英之父斯员外言道："当初我不肖之女，被坏廉耻，伤风化，没脊骨，落地狱，真正强盗拐去的日子，我只得托言不肖女死，瞒过胡通判家了。今后若泄露此情，我羞你羞，从此死生无期，切勿相见！"本来女儿有了一个好归宿是可喜之事，但是斯员外却与女儿老死不相往来，正是因为女儿私奔辱没了门风。莫谁何坏人闺门，终得怪病而亡，死时"捶胸跌背，持刀弄剑，刺臂剜肉。称有鬼、有贼、有奸细"。没有通过婚礼的夫妻关系，在古代是不被社会所容的，礼教的严格通过仪式的方式，渗透了人们思想观念，尽管男女互相爱慕，也不可逾越于礼教之上，不可超越于仪式之外。

丧礼仪式承载的内容，更多的是良好德行，丧礼仪式符号化之后成了道德鉴证的验证试剂。在丧礼中的行止，能够体现人们的品质，"比终兹三节者，仁者可以观其爱焉，智者可以观其礼焉，强者可以观其志焉。礼以治之，义以正之，孝子、弟弟、贞妇，皆可得而察焉"[1]。子女是否孝，兄

---

① 杨天宇：《礼记译注·丧服四制》，上海：上海古籍出版社2004年版，第859页。

弟是否悌,妻子是否贞节,都从丧葬仪式中表现出来。中国古代小说也借用葬礼的道德鉴证性来谴责不孝,或者表现良好的德行。《初刻拍案惊奇》卷十三《赵六老舐犊丧残生,张知县诛枭成铁案》,赵六老的儿子赵聪与儿媳殷氏十分不孝,吝啬守财,赵六老之妻去世,让儿子去为母亲赵妈妈买棺木,儿子不肯,赵六老只好去赊,

> 随后,六老雇了两个人,抬了这具棺材到来,盛殓了妈妈。大家举哀了一场,将一杯水酒浇奠了,停枢在家。儿、媳两个也不守灵,也不做什么盛羹饭,每日仍只是这几碗黄齑。夜间单留六老一人,冷清清的在灵前伴宿。六老有好气没好气,想了便哭。

(《初刻拍案惊奇》卷十三)

儿子、儿媳不仅不给母亲买棺材,葬礼也不参加,通过仪式的介入,将人物形象的不孝品行展现出来。后来夫妻二人因不赡养老父,老父无奈去儿子房中偷窃,被儿子当作贼人误杀。知县判道:"赵聪杀贼可恕,不孝当诛!"殷氏染上牢瘟而死,赵聪被"抛尸在千人坑里",这都是不孝的下场。《醒世姻缘传》中的晁梁则与其完全相反,母亲晁夫人是远近闻名的大善人,生前救济很多人,她死后丧礼十分隆重。"阖城大小,男男女女,老老幼幼,都换上素服,罢了市都来哭临。城里城外,大小庵观寺院,陈群合伙,瞒了晁梁,都替晁夫人建醮超度。县官做祭帐,率领了佐贰学官,都来与晁夫人祭奠",从丧礼的隆重程度可以看出,行善之人必然得到人们的敬重,这便是丧礼仪式所传达给原文本的"言外之意"。作为儿子的晁梁,"举了十三日丧,暂时停闭,收拾出丧诸事,又要坟上盖创庐墓的房舍,……哀毁的人,又兼了劳苦,看看骨瘦如柴,咳嗽吐痰,渐渐不起,择就了五月初一日出丧,日子渐渐的近了,晁梁愈病愈极,愈极愈病"(《醒世姻缘传》第九十回),他的孝行感动了神灵,化成道士给晁梁送了三粒药,病情得以痊愈。在葬礼中的行为,为小说中人物形象的塑造,起到了重要的作用。丧礼仪式能够体现出生者对亡者的情义,正所谓人走

茶凉,人亡后更能见证出情感的真挚与否,成为小说文本用来深化人物性格的途径之一。亡者生前的德行,也在其丧礼中表现出来,生前备受人们尊敬爱戴,死后人们自然会满怀哀伤之情,丧葬之礼便成为这些悲痛情绪的形式载体。在这些表征之中,体现出了仪式符号对小说文本的影响,发挥了其互文性功能。

3. 节日仪式的互文性功能

中国自古以来便是一个农业大国,农业生产是国家的根本。在生产条件较为低下的情况下,农耕更多地依赖气候时令的变化,具有较强的季节性,春季播种,夏季耕耘,秋季收获,冬季储存。节日,便是农耕与天文历法结合的产物。钟敬文在《民俗学概论》中认为,节日"主要是指与天时、物候的周期性相适应,在人们的社会生活中约定俗成的,具有某种风俗活动内容的特定时日"①。远古时期,人们在一年中特定的日子,举行仪式活动,带有更多的神灵崇拜与安排农事倾向,期望风调雨顺,生产获得丰收。在一代代的历史演化过程中,促进了社会文化的交流与统治秩序的稳定。中国古代白话小说具有很大的通俗性,充满了世俗民间的生活气息,它将市井生活画面清晰地展现于字里行间。节日在古代白话小说中有着重要的作用,它不仅仅是小说表现的内容,节日之中所暗含的社会文化元素,成为故事情节展开的枢纽,体现着其互文性作用。

节日,便是一年之中不同于其他日期的时日,这些特殊的日子,往往被赋予了独特的内涵,正是因为它们的不同寻常,才富有了值得纪念和庆祝的意义。节日与鬼神的信仰关系密切,但是并不完全等同于鬼神信仰。节日产生有着更为复杂的因素,除了鬼神信仰之外,还有各个地区风俗文化、历史、地理、人文等多方面的因素。例如立春日、寒食节、五月五日端午节,又称浴兰节;九月九日重阳节等,更多体现的是人文意义。大多节日的共同之处是躲避邪祟,寄托一年之中的美好愿望。"正月末日夜,芦

---

① 钟敬文:《民俗学概论》,上海:上海文艺出版社 1998 年版,第 131 页。

苣火照井厕中,则百鬼走。”“三月初三日,士女多携酒饮于水滨,以被禊不祥。妇女小孩,头插荠菜花,俗谓可免一岁头痛头晕之病。”人们认为疾病、生活中不好的变故都源于邪祟作怪,在特殊的时日,人们便通过一些特定的习俗,祈祷生活的平安。这在小说作品中也有体现。《醒世姻缘传》第六十七回《艾回子打脱主顾,陈少潭举荐良医》,艾前川“初一五更起来,妆扮齐整,先到了龙王庙叩头,祝赞龙王叫他风调雨顺;又到三官庙叩头,祝赞天官赐福,地官赦罪,水官解厄;又到莲花庵观音菩萨面前叩头,祝赞救苦救难”。艾前川在大年初一的这一系列活动,都是在祈祷神灵的保佑,并且祈求神灵赦免自己的罪过。《林兰香》第二十二回《泗国公病中遗语,杨安人梦后劝言》写到耿朗一家过端午节:“却说梦卿病好已是五月端午,满宅内各门各户,高贴云符,双插艾叶。早饭后都在康夫人房里饮雄黄菖蒲酒,林、燕、宣、任、水五家,俱送彩丝、角黍、桑葚、樱桃等物”,贴云符、插艾叶、饮雄黄酒等,都是躲避邪祟的象征。小说作品通过对节日细节的描写,再现了人物的行为活动,在小说人物履行节日习俗的同时,也利用习俗的内在蕴含以及节日仪式的本身,将一个时代、一个特定社会群体的文化背景都映射到叙事文本之中,去充实丰富文本的内容。

长时期的历史积淀,使得人们世世代代都在遵从着节日的风俗习惯,群体性的活动更易于教化意识的传递和普及,长此以往,节日便被赋予了特定观念的意象。九月九日重阳节登高宴饮,是祈求长寿的象征,《荆楚岁时记》记载:“九月九日,四民并籍野饮宴。”按曰:“今北人亦重此节。佩茱萸,食蓬饵,饮菊花酒,云令人长寿。”①古代文人从中提炼出了茱萸与菊花的意象,表达纯洁的友谊和情操。中秋月圆之时,象征着合家团圆,《梦梁录》记载:“八月十五日中秋节,此日三秋恰半,故谓之‘中秋’。……王孙公子,富家巨室,莫不登危楼,临轩玩月,或开广榭,玳筵罗列,琴瑟铿锵,酌酒高歌,以卜竟夕之欢。至如铺席之家,亦登小小月

---

① (梁)宗懔:《荆楚岁时记》,太原:山西人民出版社1987年版,第60页。

台,安排家宴,团圆子女,以酬佳节。虽陋巷贫窭之人,解衣市酒,勉强迎欢,不肯虚度。"①《帝京景物略》载:"八月十五日祭月,其祭果饼必圆。"《西湖游览志余》曰:"八月十五日谓之中秋,民间以月饼相遗,取团圆之义。是夕,人家有赏月之燕。"②中秋节成为家人团聚的重要节日,圆月便成为中秋节的团圆意象,同时也寄托了对远方亲人的相思之意。

小说作品通过对中秋节的描写,展现一幅幅节庆习俗,寄托着不同的深意,但始终并未脱离中秋佳节的团圆意象。《红楼梦》第七十五回《开夜宴异兆发悲音,赏中秋新词得佳谶》借用中秋节的团圆意象,反衬出了贾家衰落的征兆:

> 嘉荫堂前月台上,焚着斗香,秉着风烛,陈献着瓜果月饼等物。邢夫人等皆在里面久候。真是月明灯彩,人气香烟,晶艳氤氲,不可名状。地下铺着拜毡锦褥。贾母盥手上香拜毕,于是大家皆拜过。……亭前平台上列下桌椅,又用一架大围屏隔作两间。凡桌椅形式皆是圆的,特取团圆之意。上面居中贾母坐下,左边贾赦、贾珍、贾琏、贾蓉,右边贾政、宝玉、贾环、贾兰,团团围坐。只坐了半桌,下面还有半桌馀空。
>
> (《红楼梦》第七十五回)

一派其乐融融的节日气象,人却坐不满桌。圆形的桌椅本是"特取团圆之意"的,与"只坐了半桌"形成了鲜明对比。贾母感叹道:"往年你老爷们不在家,咱们都是请过姨太太来,大家赏月,却十分闹热。忽一时想起你老爷来,又不免想到母子夫妻儿女不能一处,也都没兴。及至今年你老爷来了,正该大家团圆取乐,又不便请他们娘儿们来说说笑笑。况且

---

① (宋)吴自牧:《梦粱录·卷四》,(清)张海鹏辑《学津讨原》第十一册,扬州:江苏广陵刻印社1990年版,第48—49页。

② (明)刘侗、于奕正:《帝京景物略·卷二》,北京:北京古籍出版社1980年版,第69页。

他们今年又添了两口人,也难撂下他们跑到这里来。偏又把凤丫头病了,有他一人来说说笑笑,还抵得十个人的空儿。可见天下事总难十全。"(《红楼梦》第七十六回)团圆之节,却感叹总难团圆,散发出丝丝感伤意味。中秋节本是合家团聚喜庆之日,可是在《红楼梦》中唯一一次详写的中秋节却倍感冷清,而且往日经常聚在一起的亲人这次也因为各种原因没有凑齐,与中秋的团圆意象形成了巨大反差。在此,节日仪式的意义与文本情节之间形成对比关系,利用反差带来的艺术震撼力,将文本的悲剧之美传达给了读者。

　　春节是一年中尤为重要的节日,包含了深厚的文化内涵,这在小说作品中有着充分的体现。《歧路灯》第七回《读画轩守候翻子史,玉衡堂膺荐试经书》写道:"话说乌兔相代,盈昃互乘,旧岁尽于除夕,新年始于东皇。果然爆竹轰如,桃符焕然。这正是老人感慨迟暮之时,为子弟的要加意孝敬;幼童渐开知识之日,做父兄的要留心堤防。"通过节日的形式,告诫世人,要尊敬老人,爱护幼儿。新年之际祭祀祖先是必不可少的程序,除了祭祀先祖之外,还要拜望族中长辈,通过仪式来传承孝道,维护宗法制度。许多小说作品都提到新年之际的祭拜习俗,"是日不觉腊尽春回,又是宣德五年正月元旦。家家爆竹,处处春联,掩霭风光,倏忽非旧。寻常巷陌,焕然一新……耿朗五更入朝,散后先到耿忻家,拜过家庙并伯父伯母。次则回家,与康夫人行礼。后则去拜叔父叔母及诸亲友"(《林兰香》第十七回);"竹爆千门万户,家家贴春胜,处处挑桃符。西门庆烧了纸,又到李瓶儿房,灵前祭奠。祭毕,置酒于后堂,合家大小欢乐。手下家人小厮并丫头媳妇,都来磕头。西门庆与吴月娘,俱有手帕、汗巾、银钱赏赐。……西门庆早起冠冕,穿大红,天地上烧了纸,吃了点心,备马就拜巡按贺节去了"(《金瓶梅》第七十八回)。春节,是新一年的第一天,意味着新的开始,在这个特殊时刻祭祀先祖,拜望长辈,更能表达对先祖长辈的敬仰。庆祝新的一年来临之时,不能忘记先祖的恩德,通过祭典的方式,传达同庆之意,同时祈求祖先对来年的佑护。《荆楚岁时记》记载春节之时:"于是长幼悉正衣冠,以次拜贺。进椒柏酒,饮桃汤。……凡饮酒次

第,从小起。"①春节的仪式习俗融汇的文化内容更为丰富,作为符号化的仪式置于叙事文本之中,既是文化背景的体现,同时也将符号化的意义用于了故事情节之中,发挥了其互文性功能。

第四节　名物意象的互文性

"互文"理论尽管出于西方文论,但它与中国本土文化是存在着契合点的。文字本身便是一种符号,这种符号之所以能表文达意则是在于其社会的约定俗成性。文学文本则是由文字符号构建而成的,如果没有符号背后的社会性,那么符号的排列不会生发出任何的意义,更不会形成充满张力的意象。中国古代白话小说仍延续了含蓄审美的特点,为了艺术表达的需要,往往会对文本中出现的事物名称、人物姓名作出特殊的处理,传达出一些特定的意义来引起读者注意,以达到叙述者的创作目的。

一、事物名称的互文性

中国古代白话小说的独特叙事方式使其文字背后有着无尽的解读空间,首先便体现于其名物意象的互文性,以小说文本中的事物名称为例,辐射出多样的意蕴。名物之辩是中国古代哲学的重要话题,"道之为物:惟恍惟惚,惚兮恍兮,其中有象;恍兮惚兮,其中有物;窈兮冥兮,其中有精。其精甚真,其中有信。自古及今,其名不去,以阅众甫。吾何以知众甫之状哉? 以此。"②如何去了解事物之状呢? 靠得便是"名"。而"名"与"物"之间的关系并非表面上看起来的那么单纯。赋予某物某种符号,此符号能否如实指称此物,成为哲学家争辩的话题。文字符号一旦组合为文本,便进一步引起了言意之争。陆机在《文赋》中言道:"恒患意不称

---

① (梁)宗懔:《荆楚岁时记》,太原:山西人民出版社 1987 年版,第 7 页。
② 《老子·论道》,北京:中华书局 2007 年版,第 53 页。

物,文不逮意,盖非知之难,能之难也。"①正是因为文字符号与作者实际内心欲达之意间存在着或近或远的距离,想要实现词能逮意是十分困难的,如此一来,作者与接受者之间在通过文本进行交流之时便会出现差异,而不同的接受者基于不同的审美经验,在阅读文本之时便会产生不同的情感体验。文本中意象的营造是解决作者与接受者之间这种差异的重要途径,在相近文化背景之下,通过文本这一媒介进入同样的意境去感知同样的情感和经验,名物意象的互文性功能便是此途径能够实践的催化剂。例如,《红楼梦》中,几乎每件重要物品的名目都非仅仅起到指称作用。小说第一回提到女娲炼五色石以补苍天之处为"大荒山""无稽崖",甲戌本脂评曰"荒唐也""无稽也"。故事一开头交代地点之时,则曰:

> 当日地陷东南,这东南一隅有处曰姑苏,有城曰阊门者,最是红尘中一二等富贵风流之地。这阊门外有个十里街,街内有个仁清巷,巷内有个古庙,因地方狭窄,人皆呼作葫芦庙。

(《红楼梦》第一回)

山名、地名、庙名,这些名字原本只是作为一种标记存在的,但在《红楼梦》中便成了一种意象。"大荒山""无稽崖"隐喻着荒诞无稽之意;"十里街""仁清巷"两个名称便点出了人间百态;"葫芦庙"看似写庙宇,实则写的是参不透人生真谛的芸芸众生。简单的数个名字生发出了无尽深刻的含义,既为点醒读者,也为构建独特的叙事框架,隐义极深。第八回中,宝玉因一杯枫露茶而迁怒于茜雪,导致了她被撵出贾府,"枫露茶"乃为"逢怒茶",甲戌本脂评曰:"与'千红一窟'遥映。""千红一窟"是宝玉梦游太虚幻境之时,警幻仙姑给他喝的茶名字,警幻仙姑的解释是:"此茶出在放春山遣香洞,又以仙花灵叶上所带之宿露而烹。"(《红楼梦》第五回)"枫露茶"与此遥映,便是血泪的象征,而茜雪之"茜",本有红色

---

① (晋)陆机:《文赋》,《昭明文选》,上海:上海古籍出版社1986年版,第762页。

之意,"雪"音同"血"。一杯茶的名字,便引出多个层次的意蕴,着墨不多,却蕴藉丰厚。

此互文性叙事传统,早在先秦时期便已有之。上文提到的《诗经·郑风·溱洧》一诗中:

> 溱与洧,方涣涣兮。士与女,方秉蕑兮。女曰观乎? 士曰既且。且往观乎? 洧之外,洵訏且乐。维士与女,伊其相谑,赠之以勺药。
>
> 溱与洧,浏其清矣。士与女,殷其盈矣。女曰观乎? 士曰既且。且往观乎? 洧之外,洵訏且乐。维士与女,伊其将谑,赠之以勺药。
>
> (《诗经·郑风·溱洧》)

少男少女临别互赠"勺药",隐有即将分别与再次约会双重意蕴。"崔豹古今注曰:'勺药一名可离,故将别赠以勺药。犹相招则赠以文无,文无一名当归也。'……笺云:'其别则送女以勺药',其义即本韩诗。又云'结恩情'者,以勺与约同声,故假借为结约也。"[1]《溱洧》一诗,便是通过一种植物名称,来传达给接受者一个言外之意,从而引发接受者深思。如此一来,诗歌所要表达的情思就不仅仅只是局限于文字之上了,而是增加了文本的多层次解读。诗歌的此抒情方式被叙事文学所借鉴,便形成了中国古代小说中的独特叙事方式。

二、人物名称的互文性

中国古代小说的人物形象中,存在很多意象性人物名字。所谓的意象性人物名字就是指,小说人物的姓名除了在作品中承担人物形象的符号作用外,本身还具有一定的象征或指示意义,这些意义一般是利用汉字的谐音特点或汉字的意义而生发出来的。直接利用字义来表达特定含义的并不多见,通过谐音隐晦地表现人物性格特征的则较为常见,这一类型

---

① 马瑞辰:《毛诗传笺通释》,北京:中华书局 1989 年版,第 290 页。

人物往往出现于白话小说中，并多见于世情小说。他们一般不是作品的主要角色，充当的多为小说配角。

　　小说中意象性人物名多是小人物，而又以负面人物形象为主。朱一玄先生在他的《红楼梦人物谱》中将《红楼梦》中的清客列在一起，"（二十）清客：詹光，单聘仁，卜固修，胡思来"①。所谓的"清客"就是在富贵人家帮闲凑趣的知识分子，他们依附豪门，取悦主家，多为玩偶弄臣，而少真才实学。《红楼梦》第十七回"大观园试才题对额"，众清客们一味对贾政逢迎，"老世翁所见极是"，"极是，非胸中有大邱壑，焉想及此"，以取得贾政欢心。曹雪芹给他们取名为"詹光（沾光）""单聘任（善骗人）""卜固修（不顾羞）"，显然是对这类人物的讽刺。不仅在《红楼梦》中，其他许多小说出现了这种现象，"巫仁"（无仁）、"贾仁（假仁）"（《隔帘花影》），"屠才（图财）"（《赛红丝》），"游守（游手）""郝贤（好闲）"（《金瓶梅》）等。从这些人物的名字上就可以看出作者的褒贬态度，明显表达作者对他们的情感。这是中国古代小说的一种独特的叙事特征，是叙述者或作者直接介入作品的一种方式。人物名字作为意象文本穿插于小说之中，借助意象文本的含义给予读者某种暗示，以此发挥其互文性功能。

　　叙述者借助汉字的特点，利用谐音的独特效果，将自己的褒贬等主观情感倾注于作品人物，看到某个人物的名字就能知道他的主要性格。这实际上也是对读者的一种暗示，隐晦地传达给读者某些人物所扮演的角色，使这些人物一出场就被扣上了带着标签的帽子，一直贯穿小说始终。这类人物的主导性格一般是不会改变的，《赛红丝》中的"屠才（图财）"（《赛红丝》第七回）就是一直围绕着他如何贪财而图财害命来塑造的。《红楼梦》中的"英莲（应怜）"（即香菱）从小就远离父母家乡，多次被拐卖，最后在妒妇的淫威之下忧郁而亡，也没有脱离"应怜"二字的主题。意象性人名缩短了叙述者与读者的距离，代表的其实是作者的情感。作者在创作作品之初就已经赋予了某个人物所独具的性格特征，同时把作

---

① 朱一玄：《红楼梦人物谱》，天津：百花文艺出版社 1986 年版，第 28 页。

者的主观态度也赋予了人物,然后通过叙述者传达给读者。不论叙事视角如何变化,叙述者如何变化,意象性人物名所反映或者代表的作者的主观态度和情感应该是不变的,言简意赅地对人物做出了评价。而承载作者主观态度和评价的符号,便需要意象性文本的介入。

意象性人物姓名可分为两种类型:一种是谐音型意象性人物名,通过姓名的谐音传达特定的意义。又可分为两类,其一,利用人物姓名的谐音可以概括出这个人物的主要性格特征,例如,詹光(《红楼梦》第八回),谐音为"沾光";吴典恩(《金瓶梅》第一回),谐音为"无点恩";权勿用(《儒林外史》十二回),谐音为"全无用"。其二,利用谐音能够隐喻作品的主旨或者人物命运。这种情况在《红楼梦》中表现尤为突出。甄士隐"只有一女,乳名英莲",脂砚斋评曰:"设云'应怜'也。"[①]"应怜"二字便隐喻了英莲(即香菱)的悲惨遭遇。另一种是意义型意象性人物名,直接可以从字面意义表达出此人物特征,甚至隐含有更深一层的意义。如宁无知(《麟儿报》第四回),"为人甚是尖薄,能言利齿,又倚着姐夫姐姐的势,便暗暗在外不务本分,游手好闲"[②],对于这一负面人物,作者给他起名为"宁无知",就概括出其形象特征。再如《玉娇梨》中,吴翰林之女"叫做无艳,年十七,长红玉一岁","虽是宦家小姐,人物却只中中"[③]。无艳,也就是不够美丽,正符合吴小姐的外貌特征。给小说人物取一个富有含义的姓名,成为中国小说的一个特色。

1. 源流考略

意象性人物名在文学作品中的出现,有着很深的历史渊源,较早出现的是以汉字的意义来表达特定含义的类型。早在汉代司马相如的《子虚赋》《上林赋》中,就采用了意象性人名,将作品的主人公命名为"子虚"

---

① (清)曹雪芹著:《脂砚斋重评石头记(甲戌本)》,北京:人民文学出版社 2010 年版,第 17 页。
② 《麟儿报》,沈阳:春风文艺出版社 1983 年版,第 43 页。
③ 《玉娇梨》,沈阳:春风文艺出版社 1981 年版,第 42 页。

"乌有""无是公"，司马迁《史记》对此评曰："相如以'子虚'，虚言也，为楚称；'乌有先生'者，乌有此事也，为齐难；'无是公'者，无是人也，明天子之义。"①从字面上来看这三个人物都是虚设的、不存在的，借他们之口张扬本国风采、帝王气象，然而都不过是虚张声势的夸大描写。这种虚夸铺叙出自三个不存在的人物之口，用以达到讽谏目的。东方朔《非有先生论》也取"非有"之意，暗指主人公是虚指的人物，并非实有，同样也有讽谏之意。唐代也有此类作品，如牛僧孺在其小说集《玄怪录》中的作品《元无有》，"宝应中有元无有，常以仲春末，独行维扬郊野，值日晚，风雨大至"②。主人公名为"元无有"，即"原无有"，也就是原本没有之事。《元无有》叙述主人公元无有夜遇"故杵""灯台""水桶""破铛"所幻化的四怪吟诗之事，现实生活中，此类情节是不可能发生的，明显带有虚构成分。牛僧孺自己也意识到了这个问题，因此将主人公命名为"元无有"，以较为隐晦的方式告知读者这个故事并非实有。"元无有"既是利用了汉字的意义，也利用了其谐音效果，"元"与"原"同音，乃为"原本"之意。唐以前的小说，"发神道之不诬"（《搜神记序》），"意在自神其教"（《中国小说史略》），以证明所写故事的真实性。到了唐代，出现了《元无有》此类作品，作者有意识地通过故事主人公的名字来传达自己的虚构意识，可见其"始有意为小说"③。文学作品的虚构观念由来已久，早在汉代司马相如的《子虚赋》《上林赋》就在创作中体现出自觉的虚构观念，这在一定程度上为小说创作中虚构观念的形成提供了借鉴。利用汉字的意义给作品人物命名以达到特定艺术效果的意象性人物名类型，或多或少受到了寓言的影响。所谓"寓言"，就是指用假托的故事或拟人手法说明某个道理或教训。"寓"有"寄托"的意思，托词以寓意，而意向性人物名的应用借用了寓言的修辞手法，通过人物的名字寄寓多层含义。唐韩愈《毛颖

---

① （汉）司马迁：《史记》卷一百一十七，北京：中华书局1999年版，第2289页。

② 谈凤梁主编：《历代文言小说鉴赏辞典》，南京：江苏文艺出版社1991年版，第413页。

③ 鲁迅：《中国小说史略》，上海：上海古籍出版社1998年版，第44页。

传》是一篇寓言式的小品文，郑重其事地为毛笔立传，取名为"毛颖"，煞有介事地考证其先祖，毛颖的好友取名为"陈玄"，陈，即旧；玄，即黑，指的乃是墨，墨以年代久远为尚，因此称"陈"。通过给人物命名来暗示其本身特征，与小说中富有含义的人物名有着异曲同工之妙。谐音型意象性人物名也由来已久，就目前所见材料所知，此种类型应晚于意义型意象性人物名。《太平广记》记载："唐开元中，有焦练师修道，聚徒甚众。有黄裙妇人自称阿胡，就焦学道术。经三年，尽焦之术，而固辞去。焦苦留之。阿胡云：'己是野狐，本来学术，今无术可学，义不得留。'"（《太平广记》卷四四九）"胡"乃"狐"之谐音，小说中狐妖的姓名往往被冠于"胡"字，以暗示人物身份来历。这种艺术手法的应用逐渐被后世文学作品所采用，越来越广泛地用于通俗文学作品之中，增加了作品的生动性和艺术性。

　　小说与戏曲同为叙事文学，他们之间存在一定的相关性，演述同一题材的现象非常普遍。三国故事有章回小说《三国演义》，元代陶宗仪在《南村辍耕录》中记载三国戏名目有《赤壁鏖兵》《大刘备》《骂吕布》等①三国戏；水浒故事有小说《水浒传》，又有杂剧《李逵负荆》《黑旋风双献功》《燕青博鱼》等多种水浒戏。另外还有包公故事，西游故事，西厢故事，八仙故事等等，多种为小说与戏曲所同取的题材。由此可见，戏曲与小说并不是完全孤立的两种文体，它们之间存在一定的相互借鉴性。

　　早在汉代就有了戏曲的雏形，《史记·滑稽列传》记载，孙叔敖死后，儿子很穷，优孟"即为孙叔敖衣冠，抵掌谈语。岁余，像孙叔敖，楚王及左右不能别也。"②通过对楚王的规劝，孙叔敖的儿子得到了封赏。清代文康《英雄儿女传》四十回："这些不经之谈，端的都从何说起？难道偌大的官场，真个便同优孟衣冠，傀儡儿戏一样？"这样在戏曲萌芽之初就带有了戏谑色彩。许多戏曲作品中都有或多或少的几个负面人物被赋予了诨

---

① （元）陶宗仪著，文灏点校：《南村辍耕录》卷二十五，北京：文化艺术出版社1998年版，第346页。

② （汉）司马迁：《史记》卷一百二十六，北京：中华书局1999年版，第2426页。

名,以表达作者对人物的好恶之情。《窦娥冤》中的"赛卢医","死的医不活,活的医死了"(《窦娥冤》第一折),借蔡婆的钱不还,还想谋害其性命,剧中也并没有叙写赛卢医的医术如何高明,反而把他塑造成一个卑微小人。"卢医"指的乃是扁鹊,"《史记》曰:'扁鹊生卢。'故曰'卢医'"①。扁鹊曾经在卢国长期居住,被人们尊称"卢医"。"赛卢医"就是"赛扁鹊",比扁鹊的医术还高明,其实就是一位庸医,却叫作"赛卢医",就有了强烈的反讽效果。在王仲文的杂剧《不认尸》中,也塑造了名为"赛卢医"的人物,此人行止卑劣,专门拐人妇女,最后被拿到开封府法办,同样是一个负面人物。"赛卢医"几乎成了卑鄙小人的代称。此外,《曲江池》中的"赵牛筋",是个没出息的无赖汉;《朱砂担》中的生意人"白正",谐音"白挣";《玉壶春》中的老鸨"虔婆"谐音"钱婆";《谢金吾》中萧太后的心腹"贺驴儿",为一大奸臣;《看钱奴》中"贾仁"前世奢华贪财,今世不孝父母,不敬天地,有了富贵又欺压穷人,谐音"假仁"等。在综合性艺术戏曲中,采用这种方式给人物命名,更易于在舞台表演之中鲜明化人物的行为以及性格特征,这类人物一登台,观众就很容易从他的姓名中了解此人物的好坏,在观看戏曲时心中能有个大致印象。戏曲中的此种艺术手法用于白话小说中,同样可以达到反讽的艺术效果,增加小说的生动性。意象性人物名一般出现在明清时期的中篇白话世情小说中,此时的戏曲经历了杂剧的灿烂,南戏的辉煌之后,已取得了很高的艺术成就,为小说艺术与戏曲艺术的相互渗透提供了条件。小说中戏谑性或反讽色彩人物名字的应用,使人物形象更富形象性,增加了人物的立体感,形象也更为鲜明,有时可以起到戏曲"插科打诨"之效果。

从修辞学上来讲,意象性人物名的使用为"双关"的修辞方式。所谓"双关",即"在特定的语言环境中,有意利用词语的多义性和同音关系,使词语同时关涉两种事物,达到'言在此而意在彼'的修辞效果,这种语

① 《太平御览》卷一百六十,四库全书本。

义两涉的修辞方式叫作双关,又叫多义关联。"①小说创作者根据汉语双关的独特性给人物命名,使读者通过人物的名字就能联想到多重意蕴,省去了很多笔墨。意象性人物名并不是简单的双关,它不仅能够"言在此而意在彼",而且通过此人物名字的双关性点出其性格特征或者命运结局,甚至关系到整部作品的主旨。意象性人物名借助双关的修辞方式,在整部作品中成为一种意象符号,在不同的故事情节中代表着人物的性格特征或者作品的意蕴和主旨。

2. 意象性人名的谐谑互文性

明清的白话通俗小说中,出现了大量的意象性人物名,尤其是涉及世情的小说,使意象性人物名的应用成为颇普遍的现象。作为第一部白话长篇世情小说的《金瓶梅》,开了大量应用意象性人物名之先河,孟昭连先生在其《谈〈金瓶梅〉中的人名谐音与成书》②一文中,不完全统计的谐音人物名就多达二十三个。在这些谐音人物名中,很大一部分起到了谐谑的作用。以《金瓶梅》中的"应伯爵"为例,谐音为"应白嚼",就是吃别人家白食的意思。也许读者在最初阅读作品的时候并没有意识到"应伯爵"这个人物名字的谐音,但是在阅读过一些他的所作所为之后,就会有一定的认识。应伯爵最善帮嫖贴食,他无微不至地奉迎西门庆,虽年龄比西门庆要大几岁,却口口声声叫西门庆为"哥"。他是西门庆家酒席上的老客,无论是节庆喜丧之日,或是聚亲会友,几乎每宴必到;有时即使与西门庆书房闲坐,也总待排出酒肴让他吃了才去。充分表现出了他的"白嚼"。在西门庆病入膏肓之时,应伯爵去看他,"西门庆道:'你吃了饭去。'伯爵道:'我一些不吃。'扬长出去了"(《金瓶梅》第七十九回),为西门庆办丧事,应伯爵与众人商议道:"如今这等计较,你我各出一钱银子,七人共凑上七钱,办一桌祭礼,买一幅轴子,再求水先生作一篇祭文,抬了

---

① 王占福著,武占坤校订:《古代汉语修辞学》,石家庄:河北教育出版社 2001 年版,第 143 页。
② 孟昭连:《谈〈金瓶梅〉中的谐音与成书》,《徐州师院学报》1992 年第 2 期。

去,大官人灵前祭奠祭奠,少不的还讨了他七分银子一条孝绢来。"(《金瓶梅》第八十回)可见此人贪吝到了极点。仅仅一个人物名字,就包含了他的主要性格,随时围绕着这个符号性的名字为人处世,通过每处细微的言行将符合"白嚼"的情节展现得淋漓尽致。一个爱贪小便宜的小人形象便跃然纸上。西门庆"热结"的十兄弟,除了应伯爵(应白嚼)之外,还有"韩道国(韩捣鬼)""吴典恩(无点恩)""卜志道(不知道)";"白赉光(白赖光)""孙天化,字伯修(不羞)"等,从名字谐音上就可以看出他们的帮闲身份,如同活跃于舞台上的一群小丑,几个名字就将一帮市井小民的特征点缀出来。

继《金瓶梅》之后,谐谑型人物名的出现蔚为大观。明末清初大量出现的才子佳人小说,如《赛红丝》《麟儿报》《玉支矶》《幻中真》等;另外《金瓶梅》的续书《隔花帘影》,《水浒传》的续书《水浒外传》以及《红楼梦》等,都有此类人物名出现。在同一部作品中出现大量谐谑型人物名的并不多,大部分是有限的几个小人物点缀于情节之中。而创作于清代初年的长篇章回小说《姑妄言》中大量出现讽刺谐谑性意象性人物名。小说一开篇就以闲汉到听引出下文,"你道此事出自何时,是当日万历年间,南京应天府一个闲汉,姓到名听字图说",林钝翁在此评曰:"一部书,头一个出名的便是道听途说的闲汉。"(《姑妄言》第一回),以示读者此文乃道听途说之言,"诸公姑妄听之"(《姑妄言》第一回)。作品中所涉及以汉字谐音命名的人物大都带有讽刺色彩。昌氏乃一极淫妇人,"且说这昌家女儿,父亲自幼亡故,母亲孀居",林钝翁评曰:"昌家女儿者,娼女也。其母老娼矣在,故不必用姓。"(《姑妄言》第一回)。另外一极淫妇人为"火氏",风荡异常,嫁于铁化为妻,"这妇人淫而且悍,降服那丈夫的手段,比降龙伏虎的罗汉还厉害几分"(《姑妄言》第二回),这对夫妻一个是火,是铁,相遇在一起,铁也该化了,名字取得可谓巧妙。《姑妄言》中还有其他此类人物名,如一乐户姓钱名为命,教书先生姓卜名不通等。从这些有深意的人物名就可看出,整部作品就是一出闹剧。

有些意象性人物名没有讽刺意味,仅仅是为调笑娱乐。作者给人物

所取的名字不传达深刻的意义,纯粹是为了利用人物在作品中所充当的角色或者其性格等特征,以博读者会心一笑。这些人物活动于故事之中,往往带有幽默色彩,给作品注入一种轻松愉快的因素,能够提高读者的阅读兴趣,正如李渔所言:"文字佳,情节佳,而科诨不佳,非特俗人怕看,即雅人韵士,亦有瞌睡之时。作传奇者,全要善驱睡魔……"①这类带有娱乐性的人物的存在,便使作品达到了"驱睡魔"之功效。此外,作者也有对这类人物进行调笑逗趣之意,略加戏谑而又无伤大雅。如《金瓶梅》中,来旺儿妻子死后,"月娘新又与他娶了一房媳妇,乃是卖棺材宋仁的女儿,也名唤金莲"(《金瓶梅》二十二回)。后来改名为"蕙莲"。卖棺材的就取名为"宋仁",即"送人",读来让人黯然一笑,颇有谐趣。

作者有意识地利用汉语的双关性为作品人物命名,尤其是带有戏谑讽刺色彩者,实际上是文化内涵实质的融入,是符号化名称互文性功能的体现。给小说人物取一个含义深刻的名字,便于在字里行间点醒世人,以更易于将文本的主旨传达给读者。对于含有讽刺意味的意象性人物名,在于可以暴露其丑恶之相,正所谓"以人为镜可以知得失",不仅可以"驱睡魔"(《李渔随笔全集》),而且可以体现警世醒人的主观性创作目的。

3. 意象性人名的隐喻互文性

意义型意象性人物名零零星星出现于白话小说中,这一类型相对于谐音型意象性人物名来说,较少闹剧色彩而颇富深刻寓意,要么暗示人物关系,要么暗示人物命运结局,有时还能起到隐喻作品主旨的作用。早在宋元话本中,就出现了意象性人物名,大部分是通过字面意思传达出特定内涵。例如,《李元吴江救朱蛇》中,朱蛇化为人形名为"朱伟",隐喻其为朱蛇所化;《梅杏争春》就残存部分可见,"杏俏""梅娇"二女子游园,杏俏赞杏花,梅娇赞梅花,引经据典,各言其好,虽看不出完整情节,但也足见"杏俏""梅娇"分别与杏花、梅花之间的隐喻关系,女子名字并非无意

---

① (清)李渔著,艾舒仁编:《李渔随笔全集》,成都:巴蜀书社2003年版,第44页。

取之;《喜乐和顺记》主人公名字为"乐和"与"喜顺娘",暗指二人乃是天作之合的好姻缘,取喜乐和顺之意。明代许仲琳《封神演义》中的梅山六怪,蜈蚣精名"吴龙",羊精名为"杨显",猪精名为"朱子真",三怪的姓与他们的原形在读音上都有相近性,暗示出他们的本相。《咒枣记》中的"吴成",第一世是个屠夫,宰羊杀牛,杀生无数,三十岁后悔悟而向善信佛,第二世好过第一世,第三世好过第二世,最后得道成仙,隐喻作品主旨"放下屠刀,立地成佛"。"吴成",谐音"无成",有暗示其第一世无成之意。这些人物名在作品中所占比重较小,起到的只是点缀作用,而《红楼梦》则大量应用了意义型意象性人物名。

大部分白话小说意象性人物名,主要通过谐音来达到反讽或者谐谑目的,这种手法的应用可以增强作品的生动性和艺术色彩,但只限于个别的小人物,而且这些人物往往扮演的是负面角色,谐音的意义也往往是贬义词汇,例如"贾仁(假仁)""屠才(图财)""权勿用(全无用)"等。而《红楼梦》对意象性人物名的应用则不同,既有如《金瓶梅》等作品中的"闹剧"式人物,又增加了颇富隐喻内涵的人物,正是后者使《红楼梦》有着说不尽的意蕴。首先,在《红楼梦》中,意象性人物名既有负面人物形象,又有非负面人物形象。例如,前面所提到的贾政身边的清客们,"卜固修(不顾羞)""单聘任(善骗人)",贾芸之舅"卜世仁(不是人)""忘仁"等。寄寓着作者的讽刺和对这类小人的厌恶之情。非负面人物有:秦钟(情种);贾化(假话),即贾雨村(假语村言);甄士隐(真事隐去);甄英莲(真应怜)等等。这些人物的姓名就比较复杂,既有寄托作者对小说感情的,又有隐喻整部作品思想内涵的,所起作用不尽相同,这也正是《红楼梦》的另一独特之处。其他白话小说中的意象性人物名所起的作用比较单一,基本是反讽或谐谑,突出负面人物的恶劣行止,如果换一个其他的名字也不会影响小说的整个思想内涵,而《红楼梦》则不同,尤其是《红楼梦》中的非负面人物名字。它们所起的作用不仅仅是传达一下作者的思想感情和褒贬态度,还对整个作品的建构有重大影响。对贾雨村的出场是这样叙述的,"姓贾,名化、表字时飞",张新之评曰:"'化',变

化也。能变一'时'之'非',则'假'亦可化而为'真'。奈何其不'化'也,有多少期望意。又'化''话'同,便是村言"①。借助贾雨村这个人物的名字来暗示给读者作品讲的是"荒唐言",在这里,贾雨村还充当了作者与读者的中间媒介,通过他来告知读者《红楼梦》讲的是一段假话。"贾雨村"与"甄士隐"是小说中隐藏的叙述者,"甄士隐、贾雨村为是书传述之人,然与茫茫大士、空空道人、警幻仙子等俱是平空撰出,并非实有其人,不过借以叙述盛衰,警醒痴迷"②,可见这两个人物姓名在小说中起着举足轻重的作用,如果将此更换则意义全无。再如秦可卿之弟"秦钟",乃是"情种"之意,正应了秦可卿的判词"情天情海幻情身,情既相逢必主淫。漫言不肖皆荣出,造衅开端实在宁。"(《红楼梦》第五回),再者,秦钟与贾宝玉关系也极为亲昵。一个人物的名字,仅仅两个字,却暗含着多层意义,使作品蕴藉大增。

古代中国深受儒家文化的影响,提倡"温柔敦厚"(《礼记·经解》),"中庸"之道,"用中为常道也"(《礼记·中庸》),"中庸之为德也,其至矣乎!"(《论语·雍也》),在美学上就表现为含蓄和委曲。意象性人物名在小说中的应用正是含蓄美学传统的继承。给人物取一个有意味的名字,通过谐音或者字面本身之含义来传达深层意义,而不是通过直白的评价向接受者传达作者意图,这就使得作品具有了含蓄之美,作品所生发出的内涵靠读者自己去发现和解读。小说中的意象性人物名正是用隐晦的词语达到了反讽的目的,既避免了直白,又将人物的不良行径一针见血地暴露出来,同时也让作品有了些许风趣和幽默感。

---

① 冯其庸纂校订定:《红楼梦》第一回,南昌:江西教育出版社 2008 年版,第 11 页。
② (清)李渔著,艾舒仁编:《李渔随笔全集》,成都:巴蜀书社 2003 年版,第 44 页。

第三章　文本语言的互文性

中国古代的白话小说有着其自身独特的叙事模式,文本之中往往插入大量的故事之外的内容,如叙述者的议论,促使叙事时间中止的人物形象的语言等,这些故事之外的内容被视为是嵌入故事之中的文本,与正文故事构成互文性关系。

第一节　文本语言互文性形成的叙事条件

文本语言之所以能发挥其互文性功能,与其在小说文本中所处的位置有着密切关系。由于中国古代白话小说独特叙事模式,使得部分文本语言与小说整体文本之间存在不同程度的叙事距离,使得这部分文本语言能够以独立文本的形式与小说原文本之间产生互文关系。

一、白话小说的语体特征

中国古代小说从语体来看,分为两种:一为文言小说,一为白话小说。二者虽然都是讲述故事的叙事文体,实则两个不同体系。

1. 文言与白话的地位

中国古代的语言,口语和书面语并不总是一致的。郭锡良先生认为:"从语言系统的角度来看,我们认为,书面语同口语自殷商到西汉都是一致的。这是可以从文献资料和语言发展等多方面得到论证。"①"总的来看，从东汉到唐末，是汉语书面语同口语相分离的一段时期"②总之，中国古代的口语和书面语之间的差异是存在的。口语尚通俗，书面语尚典雅。由于需要形诸文字，在书写时就不会像口语表达那样随意，而是严谨简约。这样一来，书面语便逐渐需要斟酌思量，甚至咬文嚼字。这种字斟句酌的特点，正可以充分展示书写者的文字功夫和知识含量，从词语的使用，句式的变化，词汇的丰富性，以及辞藻的华丽与否等，展现书写者的文化修养。

古代的中国社会，随着文明程度的提高，对文化修养的重视也与日俱增，这可以从对人才的任用和重视方面看出来。早在春秋战国时期，国君就十分重用文士，"国君和贵族公子常常把一批有学问有才干的人供养在自己身旁，叫作'养士'"，"战国时齐国在稷下造了宽大的公馆，招集文人学士，给他们很好的待遇，让他们讲学论道；燕昭王还修筑了黄金台，礼聘天下贤士；齐国孟尝君、赵国平原君、魏国信陵君、楚国春申君四人门下，各有食客几千人。这些食客也就是所谓的士"③西汉武帝"罢黜百家，独尊儒术"之后，文人的社会地位进一步提高。隋唐以后，随着科举制度的进一步完善，对文字功夫的要求逐渐严格，书面语更为规范化，与口语的差距也就自然愈来愈大，"在科举制中，起决定作用的是考试成绩"，"'投牒自进'与'一切以程文为去留'，都只是主要以考试成绩决定取舍的表现"④科举取士以考试决优劣，对书面语也就有了严格的要求。考试的内容，也包括了前人的文学作品。《北史》中有这样一段记载："隋开皇十五年，举秀才，试策高第。曹司以策过左仆射杨素，怒曰：'周孔更生，尚不得为秀才，刺史何忽妄举此人？可附下考。'乃以策抵地，不视。时

---

① 郭锡良：《汉语史论集》，北京：商务印书馆1997年版，第306页。
② 郭锡良：《汉语史论集》，北京：商务印书馆1997年版，第315页。
③ 林白，朱梅苏：《中国科举史话》，南昌：江西人民出版社2002年版，第4页。
④ 张希清著，吴宗国审定：《中国科举考试制度》，北京：新华出版社1993年版，第10页。

海内唯正一人应秀才,馀常贡者,隋例铨注讫,正玄独不得进止,曹司以选期将尽,重以启素。素志在试退正,乃手使拟司马相如《上林赋》、王褒《圣主得贤臣颂》、班固《燕然山铭》、张载《剑阁铭》《白鹦鹉赋》,曰:'我不能为君住宿,可至未时令就。'正及时并了。素读数遍,大惊曰:'诚好秀才!'命曹司录奏。"①此则记载,体现出科举对前人文学作品的重视。正因为科举考试需要相对稳定的考试内容,统治阶层对文学作品颇为重视,应试者需要一定的参照,或者说是学习的范本,所以对前人的模仿和推崇便逐渐成为一种固定模式。这样,文言的地位便逐步得到提高。

白话源于民间,虽通俗易懂,并极富语言表现力,但是,并没有因此提高口语的身份。诗三百,特别是十五国风,语言十分民间化,"出其东门,有女如云"(《郑风·出其东门》),"七月在野,八月在宇,九月在户,十月蟋蟀,入我床下"(《豳风·七月》),"伐木丁丁,鸟鸣嘤嘤"(《小雅·伐木》),看不出刻意的语言雕饰,真切自然,感情真挚,与当时白话应相当接近。用如此口语化的语言入诗,在后世却被列为儒家经典,称之为"经",但这并不能代表白话的地位,毕竟《诗经》是一个特例。首先,经孔子删定过,《史记》记载:"古者诗三千余篇,及至孔子,去其重,取可施于礼义。"②可见,这是被列于正史的。其次,《诗经》在独尊儒术之前,乃是先人所作,基于中国古代社会的崇古尊祖传统,它尽管为当时的白话,但依然有着崇高的地位,与后世之通俗文学是不同的。

中国古代对文言颇为推崇,相对于白话小说而言,文言小说所代表的是社会主流和文化正统。因此在文言小说中,较少见到白话小说的那种长篇大论伦理道德而中断叙事,去刻意地彰显自己的地位,这与语体和时代背景不无关系,也直接影响了白话小说创作的叙事特点,为其他文本的有效介入提供了肥沃的土壤。

---

① (唐)李延寿:《北史》卷二十六,四库全书本。
② (汉)司马迁:《史记》卷四十七,北京:中华书局1999年版,第1559页。

2. 听觉叙事

中国古代小说使用文言与使用白话所创作出来的作品存在着叙事方面的较大差异。小说因素自从在文本之中出现，便是运用文言在写作，也就是说，文言小说贯穿了整个中国古代小说的发展历程，但是白话小说出现的时间并没有与文言小说同步。正如吕叔湘先生所言：

> 倘若每个时代的文字都跟着语言走，周秦时代的人说周秦语，也写周秦文；唐宋时代的人说唐宋语，也写唐宋文；到了现代，只说现代语，只写现代文，问题也就简单了。无奈周秦以后，中国的文字和语言就脱了节，写文章的人老要模仿周秦文，这就是所谓"文言"；通常又称为"古文"。①

文言与白话的不同步，与语言发展的规律有着一定的关系，但更多是因为"模仿周秦文"的创作传统。古代思想界，似乎从未断绝过复古潮流。从老子始，就有"虽有舟舆，无所乘之，虽有甲兵，无所陈之，使民复结绳而用之"②。这种对已经过去的时代的向往，元代刘玉汝在《诗缵绪》中有"世道既衰，人心不古"③之语。在文学领域，这种复古思潮似乎表现更为明显。南北朝时，复古便初露端倪，"晋氏以来，文章竞为浮华，魏丞相泰欲革其弊。六月，丁巳，魏主飨太庙，泰命尚书领著作苏绰作《大诰》，宣示群臣，戒以政事；仍命'自今文章皆依此体'"④虽然针对的是华艳文风，但是其所崇尚的是尚书文风，足可见其复古意识。隋唐的一批文人，不断提出问题、进行改革，尤其是韩愈、柳宗元的"古文运动"，反对骈文，提倡先秦及汉朝的散文。明清的复古倾向尤甚，几乎弥漫整个时代，

---

① 《吕叔湘全集》第一卷，沈阳：辽宁教育出版社 2002 年版，第 4 页。
② 老子：《道德经》卷下，四库全书本。
③ （元）刘玉汝：《诗缵绪》卷四，四库全书本。
④ （宋）司马光：《资治通鉴》卷一百五十九，北京：中华书局 2019 年版，第 6584 页。

"前七子""后七子""唐宋派"等派别,分别提出不同的复古主张,"桐城方苞以古文为时文"①,学习模仿前人之风尤胜。

长时期复古潮流的影响,在语言的使用上表现为重视文言,不重通俗口语。代表着官方意志的文体,几乎皆为文言,二十五史就是全部用文言写成的。中国自古就对祖先前辈怀有崇拜敬重之情,而统治中国思想界两千余年的儒家思想,尤重尊师崇祖,模仿前人似乎成为一种学识渊博的表现。"崇古思想成为中国文化传统的重要内容,成为社会进步的一大阻力。中国人自古就不喜欢向前看,而是把大部分感情投射到历史上,这是与世界上其他各民族的一个显著不同。"②"江山代有才人出",在漫长的历史长河中,总有耀眼的成就在闪烁,后人在对先贤的不断学习和借鉴中,取得更大的进步。其次,文言本身就具有简约凝重的特点,并且具有音乐上的美感,它古朴、典雅、庄重的风格,非常适用于官方正式文体。再加上科举制度的需要,使大批文人从接受教育之初,就熟习文言。在他们心目中,文言的地位已经远远高于日常口语,因此在需要公之于众的创作中,一般会首选文言。长此以往,文言便成为文人身份的象征。

白话源于民间,虽通俗易懂,并极富语言表现力,但是,并没有因此提高口语的地位。诗三百,特别是十五国风,语言十分民间化,"出其东门,有女如云"(《郑风·出其东门》),"七月在野,八月在宇,九月在户,十月蟋蟀,入我床下"(《豳风·七月》),"伐木丁丁,鸟鸣嘤嘤"(《小雅·伐木》),看不出刻意的语言雕饰,真切自然,感情真挚,与当时白话应相当接近。用如此口语化的语言入诗,在后世却被列为儒家经典,称之为"经",但这并不能代表白话的地位,毕竟《诗经》是一个特例。首先,经孔子删定过,《史记》记载:"古者诗三千余篇,及至孔子,去其重,取可施于礼义",可见,这是被列于正史的。其次,《诗经》在独尊儒术之前,乃是先人所作,基于中国古代社会的崇古尊祖传统,它尽管为当时的白话,但依然有着崇高的地位,与后世之通俗文学是不同的。

---

① 《清史稿》志九十选举三,四库全书本。
② 孟昭连:《白话小说生成史》,天津:南开大学出版社 2016 年版,第 29 页。

对于小说而言,使用白话进行创作的作品较早出现于魏晋南北朝时期。白话用于叙事文学,与佛经的翻译有着密切的关联。在佛经与汉语的互译过程之中,中国古代学者发现了汉语四声的变化,增强了汉语作为语言符号的表达效果。传经者为了佛教教义的广泛传播,将内容翻译为与当时口语较为接近的文字,口语大量地进入到书面语之中。孟昭连先生认为:"这种文体的基本特征既不同于古代的主流语体文言文,亦非地道的口语,而是文白夹杂、梵汉混合……它既不同于当时文坛上流行的'古文',也与骈俪体的华丽风格迥异。对于当时的中土文体而言,这是一种全新的文体,它结合了佛经原有文体的特征,采用文言的基本表达形式,却又允许大量口语进入书面语。此种文体特征不但为其后的变文所继承,也对中国古代白话小说及弹词、宝卷等说唱文学的叙事体制产生深远的影响。"①在这种文体的影响之下,中国古代的白话小说便有了较强的口语化叙事特征,通过模仿口语中对话的语用方式来进行书面文本创作,形成了中国古代白话小说的听觉叙事模式。

所谓的听觉叙事,指的是文本作者主要通过讲述故事的方式传达内在世界信息,所讲述的内容行之于文本。表面上来看,读者通过听的方式获取故事情节内容,而实际上仍然是通过视觉阅读文字符号来获取情节内容,这样就形成了叙事的双重构建模式。鲁德才先生认为:"说话艺术是诉诸听觉的艺术,而书面阅读的小说是通过视觉而诉之读者想象,它们具有两种不同的心理学机制。视知觉和听知觉、感情和思维的联系上却是相悖的。说和听、写和读不同的审美关系必然构成了不同的审美形式。"②在双重建构模式中,一方面读者要从文字符号之中获取一定的信息,将其组合成为意义群,从而重现小说文本之中的情节故事;另一方面,读者还需要从文本符号之中提炼出讲故事的场境,将虚拟的讲故事人的身份还原到大脑之中。这两层叙事融合交会在一起,才能真正完成对于

① 孟昭连:《白话小说生成史》,天津:南开大学出版社 2016 年版,第 90 页。
② 鲁德才:《中国古代白话小说艺术形态学导论》,天津:南开大学出版社 2013 年版,第 4 页。

中国古代白话小说文本的阅读。而读者在阅读文本的过程中,所扮演的其实是一个听众的角色,只不过这个"听众"有些特殊,信息不是靠听觉获取的,而是通过视觉获得的。

小说作者在文本写作之初,便把自己定位为一个讲述者,将阅读文本的读者视为是一个个的听众。在叙事时间上,文本的叙事安排也是按照听众的接受方式开展的。因此,中国古代白话小说的叙事节奏一般都比较快,对于不便于口语表达的内容,往往简略带过,不加以展开。如《警世通言》第二十五卷"桂员外穷途忏悔"中有如下叙述:

> 光阴似箭,不觉九月初旬,孙大嫂果然产下一女。施家又遣人送柴米,严氏又差女使去问安。其时只当亲眷往来,情好甚密,这话阁过不题。

(《警世通言》第二十五卷)

小说在叙述桂员外人生际遇之时,所采用的是讲述故事的时间节奏,文中桂员外之妻孙大嫂生产之后,接济桂员外的施家是如何探望,两家又是如何交往,简单两句话便概括而过了。叙事节奏的加快,很明显是为了故事讲述的方便。将故事情节变化较为明显突出的内容,模仿讲故事的口头表达语气进行文本的表达,而对于人物形象内心世界的刻画用笔墨则较少。只有如此,才更便于读者去伪装成一个听者的身份去解读文本,与作者的叙事节奏达成一致。

二、说书人空间化的叙事视角

基于听觉叙事的文本构建模式,中国古代白话小说的叙事是站在讲故事者角度的,即说书人叙事视角。中国古代白话小说与说书艺术有着密切的关联。胡士莹先生在谈及话本小说叙事之时言道:"话本小说是'说话'艺术的文学底本。……'说话'是唐宋人的习语,是宋代民间艺人讲说故事的特殊名称,相当于后世的'说书'。'说话'这一伎艺,虽盛行

于宋,却有源远流长的传统。"①因此,在中国古代白话小说之中,时时处处提示说书人的存在,说书场上的习惯用语在白话小说文本之中频繁出现。如《警世通言》第十一卷"苏知县罗衫再合"中,正文故事开头曰:"却说国初永乐年间……"交代故事开头时间;"却说仪真县有个惯做私商的人,姓徐,名能,在五坝上街居住……"交代故事中第一次出场的人物;"却说苏知县临欲开船,又见一个汉子赶将下来……""却说徐能撑开船头,见风色不顺……"都是在引出故事新的进展。以上几种情况中,都出现了"却说"一词,这是说书场上常用的提示语,在讲述故事之时,说书人利用这类提示语来引起听众的注意。而在白话小说的文本之中这类提示语却大量出现,实际上对于文本叙事而言,这类语言不出现也不会影响读者对于文意的理解。除了"却说"之外,再如"话说……""当下……""当日……""且说……""但见……""时光似箭,不觉三年""怎地打扮,且看那官人……""正是……""真个是……""所谓是……"等,这些词语基本都是来自当时的口语,也是说书场上的常用语。通过这类模仿讲故事人口气的词语的使用,来提示读者隐性说书人的存在。

这个假想出来的说书人,在大多数白话小说之中与文本作者的身份是合而为一的,整个文本的叙述便是以说书人的所知、所见、所言而进行的,成为一种独特的叙事视角。而实际上,小说中的叙述者与现实中小说的作者之间是无法完全等同的,正如赵毅衡所说:"小说叙述文本是假定作者在某场合抄下的故事。作者不可能直接进入叙述,必须要由叙述者代言,叙述文本的任何部分,任何语言,都是叙述者的声音。叙述者既是作品中的一个人物,他就拥有自己的主体性,就不能等同于作者,他的话就不能自然而然地当做作者的话。"②但是说书人视角叙事,却打破了这种界限,用一个虚拟形态的说书人身份,在文本之中与读者进行交流。说书人几乎是全知全能视角,他所讲述的内容便是文字符号记录于文本之

---

① 胡士莹:《话本小说概论》,北京:中华书局1980年版,第1页。

② 赵毅衡:《苦恼的叙述者——中国小说的叙述形式与中国文化》,北京:北京十月文艺出版社1994年版,第26—27页。

中的内容,通过说书场常用的语汇虚拟一个空间场境,去传达文本内容。说书人身份的存在,将文本空间化了。被空间化了的文本,使叙述者与读者的距离缩短了,而同时远化了与文本之中所塑造的人物形象的距离。如此一来,说书人作为叙述者便更能够发挥自己的故事讲述功能,对于故事的叙述节奏能够充分掌控。对于其他文本在小说文本之中发挥互文性功能,提供了很大的空间。"说书人时而是书中的角色,时而又跳出来,以说书人的观念评议书中的人物和世态,与书情融为一体,而与听众保持一定距离。跳出来评说时,又与听众直接交流……"①虚拟出来的与读者(听众)进行交流的这个说书人,很容易掌控所叙述的内容,甚至评论之语也可以自由插入文本,整个符号文本便活跃为了一个叙述空间。在这个空间之中,充斥着各类文本所塑造的人物形象,同时也活跃着一个故事的讲述者,而读者也自我虚拟化到了这个空间之中,将视觉转化为听觉,去体会小说文本的内涵。小说文本之外的文本,一旦被引入进来,通过虚拟说书人这个叙事视角,也被空间化到了整个故事之中,从而更好地发挥了其互文性。

三、白话小说功能观

小说这一文体在中国古代社会并不受到重视,《汉书·艺文志》假托孔子之言评论小说:"虽小道,必有可观者焉,致远恐泥,是以君子弗为也。"②正史代表着官方的正统思想,而孔子被文人学士奉为宗师,是儒教的领袖,儒家思想自汉代以来便被尊奉为统治思想,有着至高无上的地位。如此一来,"君子弗为"之论调,便对后世影响很大,小说的地位历来不高,被排斥在九流之外。中华民族历来重史而轻文,尊奉现实的东西,而不喜虚幻缥缈。尽管,史书中也难免会有不实的成分,而一旦经史官之手载入史册,也就成了真实的历史事实。小说则不同,它的艺术魅力在于

---

① 鲁德才:《中国古代白话小说艺术形态学导论》,天津:南开大学出版社2013年版,第4页。

② (汉)班固:《汉书·艺文志》,北京:中华书局1999年版,第1377页。

它的虚构性。有些小说的作者甚至为史官,以史家之纪实笔法叙述虚妄故事,他们在进行小说创作时也是将其作为事实来展示给读者的。尽管如此,涉猎奇异之人或事仍然是小说不可掩盖本质,它的虚构性是客观存在的。虚构使小说的趣味性与娱乐性增强,比起枯质的典籍更能增加读者的阅读兴趣,然而古老的中华民族是崇尚节制的,对于娱乐趣味浓厚的事物存在排斥心理。早在《尚书·旅獒》中便有记载:"不以耳目,百度惟贞。玩人丧德,玩物丧志。志以道宁,言以道接。"①对于个人娱乐倾向是要有度的,否则"致远恐泥",沉迷其中会带来负面影响。

1. 文以载道的传统

随着秦汉的大一统,不仅结束了各国割据纷争的态势,也使思想文化趋向大一统。西汉时期,独尊儒术,《汉书·武帝纪》记载:"孝武初立,卓然罢黜百家,表章六经。"②儒家思想取代了诸子百家的地位而成为正统,王权统治得到神化,同时也维护了封建统治秩序。随着儒家地位的提高,儒家的诗教观念也逐渐渗入文坛,成为文人尊奉的圭臬。

儒家学派创始人孔子强调文学要为政治服务,《礼记·经解》记载:"孔子曰:'入其国,其教可知也。其为人也,温柔敦厚,《诗》教也……'"③,认为文学是教化百姓的很好手段。《诗》是学界公认的中国古代最早的一部诗歌总集,很多中国古代文学史都是由《诗》开始。早在中国古代文学作品问世之初,就被赋予了教化的政治任务。荀子在《赋》中言道:"天下不治,请陈佹诗。"④"佹诗",梁启雄先生解释为"变诗,犹'变风''变雅'"⑤。也就是说,当天下不治之时,便呈献愤激之诗。这体现出荀子企图利用诗来干预现实生活的文学思想,与孔子的"诗教"理论

① 周秉钧注译:《尚书》,长沙:岳麓书社2001年版,第131页。
② (汉)班固:《汉书》,北京:中华书局1999年版,第150页。
③ 杨天宇撰:《礼记译注》,上海:上海古籍出版社2004年版,第650页。
④ 梁启雄:《荀子简释》,北京:中华书局1983年版,第360页。
⑤ 梁启雄:《荀子简释》,北京:中华书局1983年版,第360页。

一脉相承。《毛诗大序》对儒家的诗教观念做了更为详尽的描述："经夫妇,成孝敬,厚人伦,美教化,移风俗。"①介于儒家思想的统治地位,儒家诗教文艺观便成为中国古代封建社会的纲领性理论,影响了各种不同的文学体裁。

儒家诗教观在各朝代几乎都有体现,此脉络在时隐时现中不断延续。三国时期,曹丕在《典论·论文》中言道:"盖文章,经国之大业,不朽之盛事。"②将文学的功用扩大至关乎国家社稷的程度。刘勰也提出:"故知道沿圣以垂文,圣因文以明道。"③出现了"文以明道"的文学理论。到了唐代,韩愈明确提出"文以贯道",门人李汉在《昌黎先生序》中说:"文者,贯道之器也。"④认为"文"乃是彻悟至理的工具。宋代大儒周敦颐在《周子通书·文辞》中说:"文,所以载道也。轮辕饰而人弗庸,徒饰也,况虚车乎! 文辞,艺也;道德,实也。"⑤他认为,文章只有弘扬道理,阐明精神才有价值,否则便无存在的必要了。方苞在《史记评语》中说:"义即易之所谓言有物也,法即易之所谓言有序也。以义为经,而法纬之,然后为成体之文。"⑥倡导文与道的统一。儒家的功利主义文学观,影响了一代又一代的文人,贯穿了几乎整个封建社会。

不论是"文以明道",还是"文以载道",都将"道"放在了颇为重要的位置,强调了"道"的不可或缺性。"道"到底为何物? 各个历史时期有着不同的具体内涵,但总体上都是以儒家的伦理道德观念为轴心的。作为承载着"道"的"文",则是指各种不同文体,但是主要还是针对诗文而言。早在春秋战国时期,诗歌便具有很高的地位,"不学诗,无以言"(《论语·季氏第十六》),《诗》本是一部诗歌总集,从孔子此语来分析,当时大概是学子必读的启蒙教材之一。加之后世对它的神化,将其奉为"经",逐步

① 李学勤主编:《十三经注疏·毛诗正义》,北京:北京大学出版社1999年版,第10页。
② 蔡印明、邓承奇:《古文论选粹》,济南:山东大学出版社1998年版,第18页。
③ 黄霖:《文心雕龙汇平》,上海:上海古籍出版社2005版,第15页。
④ (唐)韩愈:《韩昌黎全集》,上海:世界书局1935年版,第1页。
⑤ (宋)周敦颐:《周子通书》,上海:上海古籍出版社2000年版,第39页。
⑥ (清)方苞:《方苞集》,上海:上海古籍出版社1983年版,第851页。

扩大了诗的实用功能。而《诗》本身的内容之中,也含有教化成分,它最初就是用来讽谏、典礼和娱乐的。例如对远古先民和祖先的歌功颂德,对现实中不公平状况的揭露讽刺以期能达上听等。对于散文这一文体,在写作范式上相对自由宽松,更容易融入说教成分,一些应用性文体更是如此。

在文以载道思想观念的影响之下,小说这一文体也被赋予了功利功能。这种文体最初大概是通过记叙某些事件或者描写某类故事,来供人阅读娱乐的,再加之长期处于较为低下的地位,本身很难肩负起教化的重任。但是,儒家正统地位的确立,使其统摄之下的文艺作品也被儒家文艺观念渗透。随着小说这种文体逐步受到广大民众的欢迎,为了稳固封建统治秩序,维持和谐的政治统治,也不可能使小说被排斥于正统思想之外。和其他类型的文学作品一样,小说不可避免地出现了道德说教内容。

将小说的载道功能发挥到极致的,是近代的"小说界革命"。1902年11月,《新小说》杂志在日本创刊,梁启超在此刊物上发表了《论小说与群治之关系》一文,掀起了小说界革命。在《论小说与群治之关系》中,梁启超提出:"欲新一国之民,不可不先新一国之小说。故欲新道德,必新小说;欲新宗教,必新小说;欲新政治,必新小说;欲新风俗,必新小说;欲新学艺,必新小说;乃至于欲新人心,欲新人格,必新小说。何以故?小说有不可思议之力支配人道故。"[①]梁启超将儒家诗教观念发挥到了极致,无限扩大了小说的实用功能,在他笔下小说成了社会变革的有力武器。小说界革命的掀起,给一直处于低下地位的小说带来了空前繁荣,出现了大量小说作品。据阿英在《晚清小说史》中的统计,"实则当时成册的小说,就著者所知,至少在一千种上,约三倍于涵芬楼所藏"[②],在当时西学东渐,社会出现巨大变革,梁启超也受到国外政治小说的影响,企图通过小说这一文学形式,来达到他的政治目的,改良中国社会,改变中国落后的现状。他的政治小说《新中国未来记》,开创了中国政治小说的先河。小

---

① 梁启超:《梁启超文集》,北京:北京燕山出版社1997年版,第273页。
② 阿英:《晚清小说史》,北京:东方出版社1996年版,第1页。

说主要叙述西历 2062 年,中国维新变法成功,诸友邦都来便是祝贺,主张君主立宪的主人公黄克强,与主张法兰西式革命的李去病展开了激烈辩论,并预言了新中国的繁荣。小说通过对话体讨论革命论与改良论,发表政见,完全为宣扬政治主张为目的。在《新中国未来记》的影响之下,这一时期涌现了大量政治小说,如佚名的《宪之魂》、陈天华的《狮子吼》、怀仁的《卢梭魂》、吴趼人的《瞎骗奇闻》、佚名的《宪之魂》等。政治小说将"文以载道"之"道"置于至高地位,反而忽略了"文"的价值和特征,过分夸大了文学作品的功利作用。

中国古代文学在"教化"之外,还有一条脉络,即"孤愤"。在文学创作中,"教化"与"孤愤"两条主线贯穿始终,形成了雅与俗的对立和融合。《诗经》便体现出"教化"与"孤愤"两条线索的交融。虽然采诗"以闻于天子",但是也寄托了作者对现实的不满与情感上的苦闷。《诗经·小雅·采薇》:"昔我往矣,杨柳依依。今我来思,雨雪霏霏。行道迟迟,载渴载饥。我心伤悲,莫知我哀。",纯粹是作者感情的宣泄。另外,《诗经·秦风·蒹葭》《诗经·郑风·野有蔓草》《诗经·卫风·硕人》等,也都情感丰富,充满了个人情绪的抒发。司马迁在《太史公自序》中,阐发了"发愤著书"的理论:

> 昔西伯拘羑里,演周易;孔子厄陈蔡,作春秋;屈原放逐,著离骚;左丘失明,厥有国语;孙子膑脚,而论兵法;不韦迁蜀,世传吕览;韩非囚秦,说难、孤愤;诗三百篇,大抵贤圣发愤之所为作也。此人皆意有所郁结,不得通其道也,故述往事,思来者。
>
> (《史记卷一百三十·太史公自序》)

在司马迁看来,心中有所"郁结",实际中难以实现,正所谓"不得通其道",便借助文字来达意通道。他提倡"发愤",不同于儒家诗教观的教化理性,表现出较为强烈的现实批判精神。韩愈在《送孟东野序》中指

出:"大凡物不得其平则鸣"①,是对司马迁"发愤著书"说的发挥,"物"受到外来冲击,自身平衡被打破,便会"鸣"。而人的愿望理想得不到实现,或者遭受某种打击挫折,破坏了内心的平衡,便需要通过语言文字来表达出来。孤草在《逆境心理学》中谈道:"各体改变不被社会所允许和接纳的动机、目的和行为,转向社会所允许和接受的活动。即由原来不合理的目标转向合理的较高雅的目标。""他可能将受逆境的动机转向于写情书、小说、诗歌、绘画、雕刻、塑造等文学作品方面来,借文艺作品抒发自己被压抑的真挚情感。"②理想与现实的反差,需要寻找补偿,在精神上获得一定的满足,于幻想中寻求到心灵上的安慰。"孤愤"一脉在各个时期的文学作品中都有体现,尤其是偏重抒情的文学体裁。"教化"与"孤愤"虽为两条不同线索,但是二者是对立统一的,"教化"并不排斥"孤愤",有些"孤愤"之作在客观上也达到了教化的目的。

2. 白话小说的功利性

中国古代白话小说以标榜教化功能为主,透显着颇为明确的说教意味。他们有着较为独特的实施教化的方式,从外在的关联性文体,到小说文本本身,都在围绕着道德说教这个中心来展开。不论从表现作者创作意图的序或者跋,还是小说文本内容,大都能体现出其功利性目的。中国古代小说序跋的文体独特性,使得它承载了阐发小说理论的功能。在古代中国,没有独立的小说理论专著,这大概与小说向来不被重视有关。古代小说的理论多散见于小说序跋,或者小说评点之中。在小说序跋中,明显地体现出对小说功用的重视。小说的功利性主要体现于两个方面,其一为文本娱乐的功用性,其二为宣扬教化的功用性。

小说本身只是客观存在的文字载体,不具备任何情感性质,是否带有娱乐性,必须有人类情感的参与。联系小说文本的情感发出者不是单一的,而是包括了小说文本的创作者与小说文本的接受者。愉悦情感的产

---

① (唐)韩愈:《韩昌黎集·卷十九》,上海:商务印书馆1933年版,第7页。
② 孤草:《逆境心理学》,北京:大众文艺出版社2001年版,第120页。

生,必须是这两个方面中一方或者两方,与作为客观物质载体的小说文本发生情感碰撞。情感碰撞的结果便是,作者创作小说带来的愉悦性,或者接受者阅读小说产生的愉悦性。在小说的序跋中所体现的愉悦性,并非纯审美的,而是建立在小说的功利性作用之上的,因此,把小说的这种娱乐性称之为"娱乐功能性"。

小说作者通过创作作品来宣泄心中郁结,也可以看作是小说娱乐功能性的体现。内心的不平衡便容易导致情绪的低落与压抑,造成心情的苦闷。"在弗洛伊德看来,文学艺术创作活动就是'情结'的排解、疏泄、转移、升华。日本学者厨川白村进而认为文学艺术是人的生命力遭受社会压抑之后所产生苦闷情绪的象征性表达。"①这种观点在中国古代文学理论中也多有涉及,如司马迁之"发愤著书"说,韩愈之"不平则鸣"说等。文学作品成为排遣苦闷情绪的工具性载体。在中国古代小说序跋中,充分体现出小说创作者借用作品来畅发郁闷情怀之论调。烟水散人在《女才子自叙》中言道:

> 夫以长卿之贫,犹有四壁。而予云庑烟瘴,曾无鹪鹩之一枝。以伯鸾之困,犹有举案如光,而予一自外入,室人交遍谪我。以子云之《太玄》,覆瓿遗诮,然有侯巴,独为赏重;而予弦冷高山,子期未遇,弊裘踽踽,抗尘容于阛阓之中,遂为吴侬面目。其有知我者,唯松顶之清飔,山间之明月耳。嗟乎!笔墨无灵,孰买《长门》之赋;鬓丝难染,徒生明镜之怜。……予乃得为风月主人、烟花总管,检点金钗,品题罗袖。虽无异乎游仙之虚梦,跻显之浮思而已。泼墨成涛,挥毫落锦,飘飘然若置身于凌云台榭,亦可以变啼为笑,破恨成欢矣。②

---

① 钱谷融,鲁枢元:《文学心理学》,上海:华东师范大学出版社2003年版,第10页。
② 丁锡根:《中国历代小说序跋集(中册)》,北京:人民大学出版社1996年版,第831页。

人生苦闷,现实生活中充满了不如意事,借用文字为自己构建一个理想的境界,以寻求心灵的慰藉。天花藏主人在《平山冷燕序》中也颇有感慨:"奈何青云未附,彩笔并白头低垂;狗监不逢,上林与长杨高阁。即万言倚马,止可覆瓿,道德五千,惟堪糊壁。求乘时显达,刮一目之青,邀先进名流,垂片言之誉,此必不得之数也。致使岩谷幽花自开自落,贫穷高土独往独来,揆之天地生才之意,古今爱才之心,岂不悖哉!此其悲则将谁咎?"正是"凡纸上之可喜可惊,皆胸中之欲歌欲哭!"①对于生活偃蹇,怀才不遇的文士们,文学创作成为了很好的调节工具。如孤草在《逆境心理学》所言:"各体改变不被社会所允许和接纳的动机、目的和行为,转向社会所允许和接受的活动。即由原来不合理的目标转向合理的较高雅的目标。""他可能将受逆境的动机转向于写情书、小说、诗歌、绘画、雕刻、塑造等文学作品方面来,借文艺作品抒发自己被压抑的真挚情感。"②小说被创作者视为了释放内心郁结的公用性载体,在这片文字沃土之上,播种着在生活中所无法实现的理想,体验不到的愉悦,自由遨游于精神世界之中。

此外,中国古代白话小说的功利性还体现在宣扬教化的功用性上。将正统的道德理念融入小说作品之中,对于提高小说的地位产生了很大帮助。这样一来,虽然小说"君子弗为",但是道德理念的融入使得这一文体也具有了实用价值,文人便可以名正言顺地去展开创作,尤其对于一些仕途偃蹇之人,也可以通过文学作品履行作为文士的责任。"士"阶层崛起于春秋战国时代,这个时期社会各阶级阶层发生了重大的改变,贵族阶层下降,庶民阶层上升,使得处于贵族与庶民之间的"士"阶层人数逐渐增多。时代的大变动,也赋予了"士"独特的精神风貌,"'哲学的突破'造成王官之学散为百家的局面。从此中国知识阶层便以'道'的承担者自居,而官师治教遂分歧而不可复合。先秦诸学派无论思想怎样不同,但

---

① （明）荻岸山人:《平山冷燕·附录》,沈阳:春风文艺出版社1982年版,第232页。
② 孤草:《逆境心理学》,北京:大众文艺出版社2001年版,第120页。

在表现以道自任的精神这一点上是完全一致的"①。"士"阶层从一开始就具有使命感。在儒家思想的统治地位确立之后,"道"则得到了统一,儒家"修身、齐家、治国、平天下"的理念,成为士子文人的神圣使命。正如范仲淹所言:"居庙堂之高则忧其民;处江湖之远则忧其君。是进亦忧,退亦忧。然则何时而乐耶?其必曰:'先天下之忧而忧,后天下之乐而乐'。"(《岳阳楼记》)忧国忧民的责任感,使古代文人不管仕还是隐,都心寄天下,情关社稷民生。文人创作小说,将其作为实现自己使命的物质载体,企图通过此种更易被人接受的艺术形式劝善惩恶,稳固封建统治秩序。

　　文人使命感的倾注与教化成分介入,也确实使小说的地位有所改善,不仅作品数量有所增加,读者群也在逐步扩大。冯梦龙在《喻世明言·叙》中说:"试今说话人当场描写,可喜可愕,可悲可涕,可歌可舞;再欲捉刀,再欲下拜,再欲决脰,再欲捐金。怯者勇,淫者贞,薄者敦,顽钝者汗下。虽小诵《孝经》《论语》,其感人未必如是之捷且深也。"②将小说与儒教经典《孝经》《论语》相对比,并说其感人程度远胜之,肯定了小说独具的感染力。尤其到了梁启超掀起小说界革命之后,小说终于可以扬眉吐气,处在了兴国救世的重要地位之上。严复、夏穗卿1897年合撰于《国闻报》的《本馆附印小说缘启》一文指出:"夫说部之兴,其入人之深,行世之远,几几出于经、史上,而天下之人心风俗,遂不免为说部之所持,……"③梁启超也认为小说是"关切于今日中国时局者"④。小说的地位被无上地抬高,超越于经史之上,这是对小说前所未有的重视。教化功用加之于小说,使其沦为政治的工具,过分夸大小说的功利作用,其文学性势必会受到削弱。因此,小说界革命之后,小说作品虽然如雨后春笋般涌现于文

---

①　余英时:《士与中国文化》,上海:上海人民出版社,2003年,第24页。

②　(明)冯梦龙:《喻世明言》,北京:中华书局2014年版,第3页。

③　转引自阿英:《阿英文集》,北京:生活·读书·新知三联书店1981年版,第694页。

④　梁启超:《饮冰室合集》,文集之三,《译印政治小说序》,北京:中华书局1989年版,第35页。

坛,但是具有较高文学价值的佳作却并不多。

第二节　先验性语言的互文性叙事

中国古代白话小说在叙事过程中,往往会采用多种不同方式预示给读者故事情节的未来发展,或者人物的未来命运,在这个预示过程中,传达给读者文本过去时间或者当前时间所发生事情的价值判断,给予读者某种心理上的暗示,提醒读者已叙述文本中之人物或情节的对错善恶。这部分内容尽管对情节进展会产生一定的影响,但是并非情节发展的必要叙述,嵌入故事情节而又与情节保持了一定的叙事距离。因此,将此类文字归于一种先验性的提示,是可以从小说文本之中单独剥离出来的内容,在融会于文本之后,与故事文本之间形成了互文性关系。

一、先验性叙事的概念

所谓的先验性叙事,是指中国古代白话小说的一种独特叙事方式。在中国古代白话小说中,作者往往通过人物的行为语言、环境烘托、叙事道具的使用,或者凭借说书人语气等方式,暗示或告知读者故事情节的进展、小说人物的结局。这种叙事方式比预叙要复杂。预叙是直接叙述出情节的未来发展,先验性叙事除了包括预叙之外,还包括不直接叙述出未来故事情节,而是给读者一种暗示,读者接到这种暗示之后,当时未必会肯定故事像作品中暗示的那样发展,但是会产生某种不同程度的预感。在阅读到作品的后面部分,知道了故事的具体结局之后,方才恍然大悟,回想作品前面部分所给出的暗示,知晓果然如此。先验性叙事之中还存在元叙事的成分,但又不等同于元叙事。元叙事也叫元虚构,它是作者自觉暴露虚构过程的一种叙事方式。元叙事将作者赤裸裸地暴露于作品中,成为小说中的一个人物。这个人物既是作者,又是小说人物形象之一。中国古代白话小说的元叙事成分主要体现在说书人语气在叙事中的出现。说书人语气尽管非常明显，但是不作为小说中的一个人物形象而存在。在中国古代白话小说中，作者在叙述时是不主动承认虚构的，他们往往给故事虚构一些真实的地点、人物，让读者感觉仿佛所叙之事有可靠的事实依据，这与元叙事对虚构的明确而彻底地暴露不同。

小说这种文体在古代社会一向不被重视，地位远远低于诗文。《汉书·艺文志》将"小说家"排在诸子十家最末，"小说家者流，盖出于稗官。街谈巷语，道听途说者之所造也。孔子曰：'虽小道，必有可观者焉，致远恐泥，是以君子弗为也。'……诸子十家，其可观者九家而已"①。从这段话可以看出，小说的地位低下，与其"街谈巷语，道听途说"的特质是有很大关系的。所谓"街谈巷语，道听途说"也就意味着无实据可考，与史书的尊重事实有着明显的不同。同样作为叙事文体，小说因为它的虚构性而在地位上颇逊于史书。这就促使小说的创作者在写作上刻意模仿史家笔法。以至于在小说作品或者序跋当中，作者还要特意强调一下故事的来龙去脉，向读者证实其真实性。由此一来，史书中的先验性叙事因素就被小说作者所继承。《左传·僖公三十二年》记载："冬，晋文公卒。庚辰，将殡于曲沃，出绛，柩有声如牛。卜偃使大夫拜，曰：'君命大事。将有西师过轶我，击之，必大捷焉。'"②结果，晋军果然在殽大败秦师。在《左传》中出现很多先验性的预兆和预言，最后都变成了事实。史书对一些重要英雄人物或者始祖领袖的出生总会叙述得与众不同。"周后稷，名弃。其母有邰氏女，曰姜原。姜原为帝喾元妃。姜原出野，见巨人迹，心忻然说，欲践之，践之而身动如孕者。居期而生子，以为不祥，弃之隘巷，马牛过者皆辟不践；徙置之林中，适会山林多人，迁之；而弃渠中冰上，飞鸟以其翼覆荐之。姜原以为神，遂收养长之。初欲弃之，因名曰弃。"③后稷的不平凡的出生，以及马牛、飞鸟对他的保护，都在暗示给读者这个人物的不平凡，日后必定会有超出凡人之举。小说的先验性叙事正是对

①　(汉)班固：《汉书·艺文志》，北京：中华书局1999年版，第1377—1378页。
②　李梦生：《左传译注》，上海：上海古籍出版社1998年版，第325页。
③　(汉)司马迁：《史记·卷四》，上海：汉语大词典出版社2004年版，第31页。

史书此类叙事的借鉴。

说书艺术也是古代白话小说先验性叙事的因子之一。讲说故事的悠久传统,对古代白话小说的创作产生了极为深远的影响,以至于中国古代的通俗小说几乎无一离开说书人语气。说书人语气贯穿于小说始终,渗透于字里行间,很自然地解说着作者创造的故事。这种特殊的叙事视角为先验性叙事的存在提供了条件。他可随时暗示给读者情节的下一个进程。

小说中的先验性叙事与儒释道思想都有着密不可分的关系。小说虽为"小道",但是儒家的"文以载道"观念仍然赋予它不可推卸的责任,使得创作小说的文人们更多地重视了小说的实用功能。带着这样的观念进行艺术创作,作品中就难免主观情感的介入,这是与再现生活真实的小说不同的。赋予小说人物特定意义的姓名字号就是典型例证之一。人物刚一出场,还没来得及给读者一个自己判断评价的机会,就给这个人物形象扣上了特定的帽子,将其性格特征暴露无遗。这就是作者先入为主的表现,整个的叙事过程都在作者主观情绪的掌控之中。小说实用性观念的深入,让作者在不经意中就会暴露出他的叙事策略,预先告知读者后面的情节。《石点头》卷二《卢梦先江上寻妻》先简略讲述两个失妻后又再得的小故事,为了达到宣扬女性贞洁的目的,两则小故事后作者言道:"这两个女人虽则复合,却都是失节之人,分明是已破的玻璃盏,染皂煤的素白练。虽非点破海棠红,却也是风前杨柳,雨后桃花……如今只把个已嫁人家,甘为下贱,守定这朵朝天莲,夜舒荷,交还当日的种花人。这方是精金烈火,百炼不折,才为希罕。"①作者的这番刻意表白,使读者明确了夫妻失散也不该失节,否则就是"已破的玻璃盏""染皂煤的素白练",那么卢梦先寻妻的故事大致情节也在宣扬说教的同时告诉了读者。

释道思想对先验性叙事的影响也是非常大的。相术、谶纬、梦兆、因果报应等多出现于小说中,并影响着小说的叙事,成为中国古代白话小说

①　(明)天然痴叟:《石点头》卷二,北京:金城出版社2000年版,第30页。

的独特特征。《金瓶梅》写官哥之死,前回文字处处埋伏下先兆。第三十九回"寄法名官哥穿道服;散生日敬济拜冤家"写西门庆为其子官哥在玉皇庙行寄名之礼,吴道官问官哥来不来时,西门庆言道:"别的倒也罢了,他只是有些小胆儿。家里三四个丫鬟连养娘轮流看视,只是害怕。猫狗都不敢到他跟前。"①官哥正是由潘金莲所养的猫吓死的,西门庆此句话成了官哥之死的谶语。张竹坡批曰:"早为死兆点明。"②再者,李瓶儿原为花子虚之妻,西门庆为娶李瓶儿将花子虚致死,李瓶儿将其家财带入西门庆家。官哥便是为报此仇而生。官哥死前,李瓶儿梦到花子虚身穿白衣而来,骂李瓶儿道:"泼贼淫妇,你如何抵盗我财物与西门庆!如今我告你去也。"③第二天日西时分官哥就断了气。后来李瓶儿思子心切,也呜呼哀哉。可见果报不爽。因果报应的观念使先验性叙事成为可能,作者利用果报思想时时处处提醒读者情节的下一步进展。

先验的预见性因素在中国的小说中随处可见,这是与中国特定的文化土壤分不开的。蒙昧时代的人们用他们的想象干预着现实世界,产生了超自然的因素。对超自然的崇拜,使人们迷信预见的真实性。殷商时代的龟甲兽骨就是用来占卜的,在《左传》《国语》等史书中也有不少占卜的内容。这种占卜的文化传统影响了中国文学的叙事方式。再加上儒家文化注重含蓄,使得先验性叙事区别于元叙事的过于直露,成为中国古代白话小说的独有特征。

二、先验性叙事的互文性功能

先验性叙事在中国古代白话小说中有多种表现形式,作者通过说书

---

① （明）兰陵笑笑生:《张竹坡批评第一奇书金瓶梅》,第三十九回,济南:齐鲁书社 1987 年版,第 590 页。

② （明）兰陵笑笑生:《张竹坡批评第一奇书金瓶梅》,第三十九回,济南:齐鲁书社 1987 年版,第 590 页。

③ （明）兰陵笑笑生:《张竹坡批评第一奇书金瓶梅》,第五十九回,济南:齐鲁书社 1987 年版,第 881 页。

人语气、人物的言行、人物的姓名或者别号、情节的设置,以及一些辅助性道具的使用来暗示给读者情节的下一步发展或者小说人物的某种结局。这部分内容与文本故事保持着一定的叙事距离,除了预示的功能之外,不承担情节进展的功能。

1. 先验性叙事互文性的形式特征

通过说书人语气传达给读者故事情节的下一步进展,在中国古代白话小说中是最为常见的一种方式,辐射了绝大部分作品。话本小说的入话中,很多都存在先验性叙事成分。话本的入话要么是一个小故事,这个小故事必定是与正文有关的,或者是与正文故事的情节有某些相似性,或者与正文故事的情节有某种相反性;要么是诗词,这些诗或词与正文有着非常紧密的关系;一些诗词与故事相结合的入话也是如此。通过阅读入话,读者会对下面的正文故事有个初步印象,大致了解是在说哪方面的事情,这样一来,作者就先入为主地为读者的期待视野划定了范围。《喻世明言》卷二《陈御史巧勘金钗钿》的入话就是一个小故事,金孝捡到一包银子三十两,欲归还失主,失主却赖称失银为五十两,闹到县衙,县主明智判案,将失银判归金孝。入话之后,作者这样写道:

> 看官,今日听我说'金钗钿'这桩奇事:有老婆的翻没了老婆,没老婆的翻得了老婆。只知金孝和客人两个:图银子的翻失了银子,不要银子的翻得了银子。事迹虽异,天理则同。①

通过简短的几句话,将入话的小故事与正文故事联系起来,转换得十分自然。读者阅读完入话故事,再加上作者以说书人语气预先将正文故事的骨架予以暗示,读者就提前知道了故事大致是讲什么事情了。也有用反面故事来预示正文故事的作品。《醒世恒言》第十卷《刘小官雌雄兄

---

① (明)冯梦龙:《喻世明言》,卷二《陈御史巧勘金钗钿》,北京:中华书局 2014 年版,第 36 页。

弟》就是先讲述了一个反面故事：

> 方才说的是男人妆女败坏风化的。如今说个女人妆男,节孝兼全的来正本,恰似:薰莸不共器,尧桀好相形。毫厘千里谬,认取定盘星。①

通过正反对比的方式,让读者知道将要讲述的故事的梗概。不管是正面例子还是反面例子,都起到了同样的作用,那就是预先告知读者作者将要叙述的大致内容。尽管作品以说书人口吻在暴露自己的叙事内容,但是说书人起到的只是讲解作用,而没有成为小说的人物形象之一,这点与元叙事是不同的。除了入话故事之外,说书人语气的先验性叙事还穿插于故事情节之中。《歧路灯》第十二回《谭孝移病榻嘱儿;孔耘轩正论匡婿》开头道:

> 话说谭孝移卧病在床,有增无减,渐至沉重。一来是谭宅家运,有盛即有衰;二来是孝移大数,有生必有死。若是孝移享拜耄耋,这端福儿聪明俊秀,将来自是象贤之裔,此一部书,再说些什么? 少不得把一个端方正直之士,向那割爱处说了罢。②

谭孝移病势沉重,读者读到此处,正为他是否能够康复而悬心,作者便通过先验性叙事方式告知了读者结果。同时,作者还自己暴露了叙事策略,声明不得不把谭孝移写病亡,否则"此一部书,再说些什么"? "若是孝移享拜耄耋,这端福儿聪明俊秀,将来自是象贤之裔,此一部书,再说些什么",这句话还暗含了另外一层意思,那就是,谭孝移之子端福儿将来必定不是"象贤之裔",否则,这部书也不必写了,这就是在含蓄地告诉

① (明)冯梦龙:《醒世恒言》,第十卷《刘小官雌雄兄弟》,北京:中华书局2014年版,第186页。
② (清)李绿园:《歧路灯》,第十二回,北京:金城出版社2000年版,第123页。

读者,这部书写的就是谭孝移之子将来的不肖。

先验性叙事的互文性还表现在小说通过人物的言行来预示情节发展,此种方式往往比较含蓄,不像说书人语气那样直白。尽管在参与故事情节方面融入了人物形象的塑造之中,但是对情节进展在实质上并没有起到太大作用,因此将其视为一种可以剥离于小说文本主体之外的文本单元。先验性叙事在《红楼梦》中被应用到了极致。第三十回"宝钗借扇机带双敲,龄官划蔷痴及局外",宝玉到王夫人房内,王夫人在睡午觉,丫头金钏儿坐在旁边捶腿,"宝玉上来便拉着手,悄悄的笑道:'我明日和太太讨你,咱们在一处罢。'……金钏儿睁开眼,将宝玉一推,笑道:'你忙什么!"金簪子掉在井里头,有你的只是有你的",连这句话语难道也不明白?……'"。王夫人全听在耳内,打了金钏儿个嘴巴子,要将她撵出去。"那金钏含羞忍辱的出去,不在话下。"①到了第三十二回才写到"含耻辱情烈死金钏",而金钏恰恰是投井而死,正应了她自己所说的那句"金簪子掉在井里"的话。读者在阅读完第三十回的时候,不会太去注意金钏所说的那句话,读到第三十二回,回过头来再重新回味,才发现这一切原来都是作者安排好了的结局。这种叙事方式是先验性的,作者充当了人物命运的主宰者,而这种主宰却是贴近生活真实的。《红楼梦》中充满了类似的叙事策略。第四十三回、四十四回,写为凤姐过生日,通过尤氏的口就流露出许多谶语,预示着凤姐和这个大家族的衰亡命运。如尤氏笑着说凤姐:"你瞧他兴的这样儿! 我劝你收着些好。太满了就泼出来了。"②又如,凤姐寿宴上,尤氏劝凤姐酒,凤姐笑着说尤氏跪下她就喝,尤氏笑道:"说的你不知是谁! 我告诉你说,好容易今儿这一遭,过了后儿,知道还得像今儿这样不得了? 趁着尽力灌丧两钟罢。"③对于尤氏的话,

---

① (清)曹雪芹,(清)高鹗:《红楼梦》,第三十回,北京:人民文学出版社2005年版,第412页。

② (清)曹雪芹,(清)高鹗:《红楼梦》,第四十三回,北京:人民文学出版社2005年版,第580页。

③ (清)曹雪芹,(清)高鹗:《红楼梦》,第四十四回,北京:人民文学出版社2005年版,第589页。

脂砚斋评曰："闲闲一戏语,伏下后文,令人可伤,所谓'盛筵难再'。"①诸多小细节的不经意流露,在读者看来再自然不过,而这些却是作者的精心刻意安排,以一种独特的叙事方式完成故事的讲述。

除上述两种方式之外,先验性叙事还表现在小说中人物名或者别号的独特性上,主要是指采用谐音、双关等修辞的人物名号。用充满着浓厚褒贬性的词汇给小说人物命名,实际上是作者主观情绪的侵入,属于先验性叙事方式的一种。具有特殊意义的小说人物名号,预示着情节的大致方向,或者预示着此类人物将要在故事中完成的使命。宋元话本《喜乐和顺记》主人公名字分别为"乐和"与"喜顺娘",暗指二人乃是天作之合的好姻缘,取喜乐和顺之意。通过人物的命名就使读者大致预估到了故事的结局。实际便是将预见性文本引入正文文本的一种方式。

2. 先验性叙事互文性的意义

先验性叙事策略通过对各种小说因素的渗透,直接干预读者的期待视野,使得读者在未阅读后续情节的情况之下预先感知了故事的下一步发展。这一叙事策略在古代的小说评点之中就早有涉及。金圣叹在《水浒传·读法》中称为"草蛇灰线","骤看之,有如无物,及至细寻,其中便有一条线索,拽之通体俱动。"②毛宗岗在《读三国志法》中说:"《三国》一书,有隔年下种、先时伏着之妙。善圃者投种于地,待时而发。善弈者下一闲着于数十着之前,而其应在数十着之后。文章叙事之法亦犹是也。"③金圣叹与毛宗岗的两种提法与先验性叙事基本一致,在本质上都是预先告知读者一些小说所叙内容的先兆,后文自有印证。先验性叙事并不都是先叙述出来,然后在后文得到印证的,通过插叙或者倒叙的方式

①　(清)曹雪芹:《脂砚斋重评石头记:庚辰本》,北京:人民文学出版社 2009 年版,第1005 页。
②　(明)施耐庵著、(清)金圣叹评点:《金圣叹全集·贯华堂第五才子书水浒传》,南京:江苏古籍出版社 1985 年版,第 22 页。
③　朱一玄:《三国演义资料汇编》,天津:南开大学出版社 2003 年版,第 263—264 页。

同样可以实现先验性叙事。《醒世姻缘传》第十六回"义士必全始全终；哲母能知亡知败"，讲述邢皋门的行止采用的就是倒叙手法。他当初往省城科举，要渡黄河，他还不曾走到的时节，那船上已有了许多人，又有一个像道士模样的，也同了一个科举的秀才走上船来，那个道人把船上的许多人略略地看了一看，扯了那个同来的秀才，道："这船上拥挤的人忒多了，我们缓些再上。"复登了岸去。那个秀才问他的缘故，道士回说："我看满船的人鼻下多有黑气，厄难只在眼下了。"说不了，只见邢皋门先走，一个小厮挑了行李，走来上船。那个道士见邢皋门上在船上，扯了那个秀才道："有大贵人在上面，我们渡河不妨了。"①结果船行不到一半，果然遇到大风，此时听到空中有声音说"尚书在船，莫得惊动"，才免了劫难。此段文字在整部小说看来是倒叙的，而在倒叙的这段文字之中则为顺序。道士未卜先知的话语，再加上所叙的情节，预先告知了读者邢皋门日后的发展。这段文字在叙事时间上是静止的，是为了预先告知读者人物的未来结果，是漂离于故事情节之外的内容。仍然是这回中，用插叙的方式，讲述了晁夫人对当时作为西宾的邢皋门的恩遇。插叙的这段之中，同样采用了先验性叙事方式。作者是带着惊讶的语气叙述的，"可煞作怪，那晁夫人虽是个富翁之女，却是乡间住的世代村老……却不知怎的，那晁夫人生在这样人家，他却晓得尊敬那个西宾，一日三餐的饮食，一年四季的衣裳，大事小节，无不件件周全。"②一个"可煞作怪"，一个"却不知怎的"，预示着晁夫人与邢皋门之间的渊源关系，仿佛晁夫人当年有预感家道会中落，而这位西宾必然会飞黄腾达，助衰败的家业一臂之力。这种表达虽然颇为含蓄，但对于读者是能够心领神会的。如果小说作者能够尽可能地减少主观情绪的介入，这种叙事策略会增加作品的含蓄蕴藉，耐人寻味，因为悬念的含蓄存在，更加吸引读者的阅读兴趣，让人百读不厌。

---

① （清）西周生撰，黄肃秋校点：《醒世姻缘传》，上海：上海古籍出版社1981年版，第十六回，第231页。
② （清）西周生撰，黄肃秋校点：《醒世姻缘传》，上海：上海古籍出版社1981年版，第十六回，第235页。

精妙细致而不露痕迹地将某种暗示埋伏于文中,"拽之通体俱动",牵一发而动全身,达到意境浑融之妙。利用占卜、征兆、梦境等使得作品的神秘性增强,吸引读者去拨开重重迷雾,发掘故事的真相。由此可见,如果先验性叙事策略应用得恰到好处,会使小说的艺术张力倍增,使先验性文本成分在小说原文本之中得以充分融合,更好地发挥其互文性功能。

但是,先验性叙事如果过多融入了作者的主观干预,则有损小说的艺术性。中国古代的小说往往存在很明显的说书人语气,小说的作者充当的是隐性的叙述人,而讲述者充当的是显性的叙述人。小说作者赋予"说书人"讲述故事的职能,"说书人"则代替作者行使叙述者的任务。这样一来,"说书人"就掌握了对小说人物、情节生杀予夺的大权,他可以随时告知或者暗示读者故事的未来发展趋势,或者小说人物的将来命运。如果小说作者将过多的主观情绪赋予"说书人",使说书人过多地介入作品,尽管互文性功能得以充分发挥,但是会影响小说的艺术性,减弱先验性叙事的艺术效果。中国古代的很多小说作品以标榜教化为己任,"说书人"便成为教化的宣扬者。《二刻拍案惊奇》卷十一"满少卿饥附饱飏;焦文姬生仇死报",叙述焦大郎帮助困顿的穷书生满少卿,留他在家中居住,大郎有一女文姬,见到满生"便也有一二分动心了"。然后作者便发议论道:

> 这也是焦大郎的不是,便做道疏财仗义,要做好人,只该赍发满生些少,打发他走路才是。况且室无老妻;家有闺女,那满生非亲非戚,为何留在家里宿歇?只为好着几杯酒,贪个人作伴,又见满生可爱,倾心待他。[①]

这是在告知读者,焦大郎留满生住到家中,必然会与其女文姬有些不好的事发生,先让读者有个心理准备,而最后确实是满生对文姬始乱终

---

① (明)凌濛初:《二刻拍案惊奇》卷十一,长沙:湖南出版社 1993 年版,第 171 页。

弃,酿成了文姬丧生的悲剧。单纯从小说艺术性上讲,这段议论是没有必要的,"说书人"跳出小说故事之外,进行的这番说教,造成了故事情节的暂时中断,对读者的阅读进行了强制性地干预,减弱了小说的深层蕴藉,也影响了作品的美学价值。

第三节　议论性语言的互文性叙事

议论,是文学创作的表现手法之一,以说理的方式说服人,通过宣扬自己的观点、阐明自己的理论,来影响接受者。议论的手法较为直白,具有较强的逻辑性,在中国古代小说中,还表现为浓重的主观情感性。从互文性角度来看,中国古代白话小说之中的议论成分除了极少一部分具有先验性叙事功能之外,更多的是起到了评判文本、引导文本价值取向的作用。

一、中国古代小说中的议论成分

以论说方式形成文字,来表达自己的观点,早在春秋战国时期就已出现。《文心雕龙·论说》曰:"圣哲彝训曰经,述经叙理曰论。论者,伦也;伦理无爽,则圣意不坠。"①诸子百家争鸣时期,各家为了阐明自己的观点主张,纷纷著书立说,逐步形成了较为成熟的论说文体。议论的表现手法,更利于清晰明确地表述出自己的论点,而且其目的是了让别人承认自己论点的正确,并且心悦诚服地接受。先秦诸子散文中,各学派为了论证自家学说,往往用生动而富有哲理的寓言故事进行说理,成为小说发展的重要质素。寓言故事的生动趣味性增加了观点的说服力,而寓言故事也留给了读者深刻的印象。故事成分的逐渐增多,论说成分的逐渐减少,便构成了文体本质的转化,显现出小说文体特征。

---

① 黄霖:《文心雕龙汇评·论说第十八》,上海:上海古籍出版社2005年版,第66页。

中国古代小说多有议论成分存在，这与小说一向被视为"小道"，不登大雅之堂有着密切关系。论述某些伦理道德，成为抬高小说地位的一种方式。正是如此，随着中国古代小说的逐步成熟，论说内容也随之出现。晋干宝所撰《搜神记》中《左慈》故事，"左慈，字元放，庐江人也。少有神通。尝在曹公座"，因他得罪了曹操，曹操欲杀之，元放"霍然不见"。有人在市井中看见他，欲捕之，而所见到的都是左元放，不知哪个是真。后来，又有人在阳城山头看到他，他"遂走入羊群"，变成了羊，难以分辨，"于是遂莫知所取焉"。故事讲述完之后，文末引述了老子的话："老子曰：'吾之所以为大患者，以吾有身也。乃吾无身，吾有何患哉！'若老子之俦，可谓能无身矣，岂不远哉也！"①这段话置于文末，是作者对这篇故事的感慨之辞，引用老子的观点来论证"若老子之俦，可谓能无身矣，岂不远哉也"，赞扬左慈的不同寻常与法术神妙。

魏晋南北朝时期，品评之风盛行，此风气也影响了小说的创作。刘义庆所作《世说新语》记述了人物言谈轶事，分为德行、言语、政事、文学、方正、雅量、赏誉、规箴等三十六门，主要为人物品评、玄言情谈故事。小说以"德行""雅量""方正""豪爽"等来分门别类，门类划分标准本身便带有评判色彩，在所分门类之下的故事便成为表现此类别特点的佐证，所分门类之中的小说情节也在围绕着某个中心点来叙述。《世说新语·雅量第六》载羊曼故事：

> 过江初，拜官舆饰供馔。羊曼拜丹阳尹，客来蚤者，并得佳设，日晏渐罄，不复及精，随客早晚，不问贵贱。羊固拜临海，竟日皆美供，虽晚至，亦获盛馔。时论以固之丰华，不如曼之真率。②

① 王根林、黄益元、曹光甫校点：《汉魏六朝笔记小说大观》，上海：上海古籍出版社1999年版，第283页。
② （南朝·宋）刘义庆著，张万起、刘尚慈译注：《世说新语译注》，北京：中华书局2006年版，第330页。

"时论以固之丰华,不如曼之真率"之句,是世人对羊曼的评价,创作者写作这则故事,意也在于此,虽然着墨不多,但是足见议论品评之语气。

唐代成为中国古代小说发展的一个重要繁盛时期,尤其是传奇之兴盛,鲁迅先生称其为"始有意为小说"①。所谓"有意为小说",是指小说创作者在写作之时有了自觉的虚构意识,明确意识到自己是在进行小说文体的创作,而不是在传录历史,改变了唐代之前以证实为目的的创作,正如孟昭连先生所言:"为了表达明确的创作意旨,唐传奇的作者在处理素材的时候有充分的选择权利,而绝非仅仅被动地'传录'。"②因此,小说创作的目的性开始由证实而逐步向道德说教转化,文本中的议论内容也较之唐前丰富起来。沈既济之《任氏传》讲述了狐仙任氏与郑六的爱情故事,郑六是韦崟妹婿,二人交好,韦崟见任氏貌美,欲行猥亵,任氏严词拒绝,体现了任氏的美好品性,不幸的是,任氏在赴金城县途中,被猎犬咬死。故事结束后,文末出现了较长一段议论:

> 嗟乎,异物之情也。有人道焉。遇暴不失节,徇人以至死,虽今妇人有不如者矣。惜郑生非精人,徒悦其色而不征其情性。向使渊识之士,必能揉变化之理,察神人之际,著文章之类,传要妙之情,不止于赏玩风态而已,惜哉!
>
> 建中二年,既济自左拾遗与金吾将军裴冀、京兆少尹孙成、户部郎中崔需、右拾遗陆淳,皆谪居东南,自秦徂吴,水陆同道。时前拾遗朱放,因旅游而随焉。浮颍涉淮,方舟沿流,昼宴夜话,各征其异说,众君子闻任氏事,共深叹骇,因请既济传之。以志异云。沈既济撰。③

这两段话都是故事情节之外的题外话,是置于正文故事文本之外的

---

① 鲁迅:《中国小说史略》,上海:上海古籍出版社1998年版,第44页。
② 孟昭连,宁宗一:《中国小说艺术史》,杭州:浙江古籍出版社2003年版,第104页。
③ (宋)李昉:《太平广记》卷四五二,北京:中华书局1961年版,第3697页。

相对独立的文本,是在故事结束之后出现的,这两段话的存在与否对故事
情节没有任何影响。前一段完全出于作者的情感体验,是创作者对小说
情节的评论,从这段议论中明显看出对任氏的赞颂之情,也含着对"今世
妇人"贞节程度不及任氏的不满。后一段文字是为了让阅读者相信故事
的真实性,是对小说实证观念的传承。类似的议论文字在唐代传奇中颇
为多见,《李娃传》《三梦记》《柳毅传》《柳氏传》等文末都有出现,对后世
白话小说的写作体例造成了一定的影响。

　　宋元以降,白话小说逐渐兴盛起来,一方面是对前代小说创作手法的
传承,另一方面受到说唱文艺形式的影响,使得白话小说中议论文字多有
出现,且胜于前代文言小说。白话小说中的议论文字不仅存在于文末,而
且穿插于小说文本之中,以独立文本的形式阻断了小说的叙事。有些白
话小说中的议论文字出现频率颇高,在情节转折之时不断插入,有的议论
篇幅相当长,小说作者利用故事情节的叙述,大发议论感慨。小说的功利
化程度与文本中议论文字出现的频繁程度是成正比的,梁启超掀起小说
界革命之后,小说肩负起救国救民的重大责任,在这种创作思想影响之
下,问世的小说作品,往往有大量篇幅的议论,借此来宣扬政治理论。如
《自由结婚》《狮子吼》《未来世界》《宪之魂》等。梁启超之《新中国未来
记》通过小说人物之口,大发议论,讨论政治观点,成为典型的政治小说。
过多的议论成分,虽然体现了小说的功利性价值,但是却使得小说失去了
自身的文体特征。

二、议论与文本的关联性

　　小说是叙事文学,叙述描写是小说这一文体主要的表现手法,议论说
理是说理文或者散文的主要表现方式,这两种表现手法在小说中的结合,
是两种不同文本的相互融合,强化了小说的实用功利作用,呈现出议论与
小说文本的密切关联性。克里斯蒂娃在谈到俄国形式主义之时言道:

　　俄国形式主义学者执着于"语言对话"的思想。他们中的一些

人把"相当于一种心理状态"的独白话语与作为"独白话语之艺术模仿"的叙事相区别。艾亨鲍姆(Boris Eikhenbaum)对果戈理(Gogol)的《外套》的著名研究就是基于上述观念。艾亨鲍姆发现,果戈理的文本参照了一种口头叙述形式及其语言特征(语调、口语的句法结构和词汇结构等)。艾亨鲍姆由此得出叙事中的两种叙述方式,即间接叙述和直接叙述,并研究了两者之间的关系。但是,他似乎没有注意到,在大部分情况下,这部作品的作者固然参照了某种口头表述(discours),但这种口头表述首先参照了一种他者表述,而口头表述只是他者表述的一种副产品("他者"是口头表述的承载者)。①

在中国古代白话小说中出现的议论性成分既有间接叙事,也有直接叙事。那些看起来是以说书人身份独白的内容,实际上具有明显的对话性质,对话的对象便是虚拟的听众,在文本之中,实指的是文本的阅读者。其所表述的内容是以文本所讲述故事内容为评判依据的,据此来表达自己的主观论断。这一论断与读者或者听众的主观判断没有任何关联性,恰恰是这位虚拟的说书人,利用自己在文本建构中的独特身份,去企图建立起这种关联,从而去干预读者的主观评判。

1. 直接叙述式

直接叙述多见于故事情节之中,随着故事情节的进展而抒发感慨。说书人口吻的独特叙事方式,使得他能够以一种独特的叙事视角介入小说文本,对文本中的事件、人物大家评论,并通过这种评论抒发自己的观点,以论证形式灌输给阅读者,或者说服阅读者接受自己的论点,或者引发阅读者的情绪。在抒发议论之时,写作者(虚拟说书人)与阅读者(虚拟听众)实质上都转化成了阅读者或者听众,他们站在相同的角度共同看待讨论故事情节或者人物。以《醒世恒言》卷三十三《十五贯戏言成巧

① [法]克里斯蒂娃(Kristeva,J.)著,史忠义等译:《符号学:符义分析探索集》,上海:复旦大学出版社 2015 年版,第 89 页。

祸》为例,刘贵本是读书人,看看不济,后改业做生意,又消折了本钱,与妻王氏、妾陈二姐,赁地两三间房屋居住。一日从丈人家借得十五贯钱,回家与妾陈二姐戏称是卖她所得。不想陈二姐信以为真,半夜偷偷出去在邻家借宿一夜,一早便欲回娘家告知爹娘,途中遇到了卖丝归来的崔宁,崔宁卖丝所得可巧也为十五贯,二人同路而行。陈二姐走后,刘贵被盗贼所杀,因不见了陈二姐,便着人去寻,正遇结伴而行的崔、陈二人,加之十五贯钱的物证,崔宁与陈二姐被诬为通奸害命,被判死刑,二人含冤而亡。在此,创作者大发议论感慨:

> 　　这段公事,果然是小娘子与那崔宁谋财害命的时节,他两人须连夜逃走他方,怎的又去邻舍人家借宿一宵?明早又走到爹娘家去,却被人捉住了?这段冤枉,仔细可以推详出来。谁想问官糊涂,只图了事,不想捶楚之下,何求不得。冥冥之中,积了阴骘,远在儿孙近在身。他两个冤魂,也须放你不过。所以做官的,切不可率意断狱,任情用刑,也要求个公平明允。道不得个死者不可复生,断者不可复续,可胜叹哉!
>
> (《醒世恒言》卷三十三)

　　作者站在局外人的旁观角度,帮助判案官员分析了案情,用逻辑推理论证了二人被判死刑的不合乎情理。同时,融入了因果报应的劝善理念,告诫为官做宰之人要"公平明允",莫把人命视为儿戏,否则冥冥之中必然有恶报。这段议论文字深深嵌入到小说文本之中,与故事情节紧密地结合在一起,言读者心中之所想所欲言。字里行间都透露出义愤填膺之愤慨,颇似一篇读后感想之作。

　　有感而发式的直接议论文字除了长篇大论者,还有简短之语,杂于字里行间。《型世言》第一回《烈士不背君,贞女不辱父》中,孙都堂与许副使不从谋反的宁王,为国死节,讲述完这段故事之后,创作者有八字评论,曰:"忠义之名,传于万古。"《金瓶梅》第一回《西门庆热结十弟兄,武二郎

冷遇亲哥嫂》，西门庆刚出场，对其家事以及所交往的朋友介绍完之后，曰："说话的，这等一个人家，生出这等一个不肖的儿子，又搭了这等一班无益有损的朋友，随你怎的豪富也要穷了，还有甚长进的日子！"语句虽然简短，但是并非小说叙事过程的必须内容，而是超出于故事之外的议论性内容。在叙述故事之时，时刻不忘提醒阅读者，对小说中的人物言行引起警戒，这是对文本叙事的明显的直接干预。此类感发式议论语句，不以篇幅取胜，而依靠出现频率来进行说教，推动了小说文本功用性力度的实现。

2. 间接叙述式

间接叙述式议论方式较为传统，传承了中国古代小说文末议论的形式，是基于故事结局基础之上的议论性成分，文本故事的完整性是议论抒发的前提条件。其内容多为概括或总结，是对整篇故事的整体把握，并阐发文本主旨，宣扬教化观念，与篇末诗词有着异曲同工之妙。

间接叙述式议论在话本与章回小说中的功能有所不同。话本篇幅较短，一般是一回讲述一个故事，回末议论多针对整个故事人物或者事件。如《喻世明言》第四卷《闲云庵阮三偿冤债》，太尉家小姐陈玉兰与商人之子阮三一见钟情，二人均害相思之症，后在尼姑的帮助下于庵中相会，阮三病体未愈，与小姐幽情之后而亡。陈玉兰未婚先孕，生下阮三之子，取名陈宗阮，终身未嫁。陈宗阮"连科及第，中了头甲状元"，故事至此结束。作者在文末议论道："当初陈家生子时，街坊上晓得些风声来历的，免不得点点撺撺，背后讥诮。到陈宗阮一举成名，翻夸奖玉兰小姐贞节贤慧，教子成名，许多好处。世情以成败论人，大率如此！……正所谓：贫家百事百难做，富家差得鬼推磨。虽然如此，也亏陈小姐后来守志，一床锦被遮盖了，至今河南府传作佳话。"这番评论有对世情浇薄的慨叹，对少年男女幽期密约的劝诫，也有对女子贞节的宣扬，于感慨中育人。话本末议论也有随情感而自由抒发的形式，但是与直接插入情节中议论成分不同的是，文本末的议论需要以完整故事为契机，去整体关照事件或者人物在文本叙事历程之中的全部影响因素。如《二刻拍案惊奇》第七回《吕使君情媾宦家妻，吴太守义配儒门女》，吕使君与董元广行船途中相遇，成通家之好，董元广得病，亡故于船上。董元广继室董孺人与吕使君私通，后带着继女改嫁吕使君。董元广原配夫人祝氏之兄祝次骞，百般寻访外甥女下落，未果。祝次骞之子祝东老在绵州吴太守处，遇到了沦为娼妓的表妹薛倩，最终将她许配与心上人史生为妻。文末曰："史生后来得第，好生照管妻家，汉州之后得以不绝。此乃是不幸中之幸，遭遇得好人，有此结果。不然，世上的人多似吕使君，那两代为官之后到底堕落了。天网恢恢，正不知吕使君子女又如何哩！公卿宣淫，误人儿女。不遇手援，焉复其所？瞻彼穹庐，涕零如雨。千载伤心，王孙帝主。"借话本故事宣扬了善恶必报的观念，小说虽然未提及吕使君子女如何，但是作者在抒发感慨之时，利用因果报应观念进行推断，对其子女后代的未来表示了担忧。这种议论文字的抒发，是对整个故事文本的评论。

在长篇章回小说中，回末议论文字出现并不是太频繁，因作品而异。如《惊梦啼》第一回末："只因这一说，有分教：女旧男新，婆勤媳惰。"第二回："只因这一去，有分教：见色施金，见金舍色。不知后事如何，且听下回分解。"第三回："只因这一番，有分教：虎兕出柙，龟玉椟中。不知后事如何，且听下回分解。"仅仅是对小说下面故事情节的简单提示，没有对本回故事展开评论。《歧路灯》则不同，偶尔会在回末进行点评，如第十四回《碧草轩父执说论，崇有斋小友巽言》，谭绍闻与父亲挚友娄潜斋、程嵩淑、孔耘轩交谈过之后，对自己的堕落行为有所悔悟，此回故事结束，作者议论道：

　　原来谭绍闻，自从乃翁上京以及捐馆，这四五年来，每日信马由缰，如在醉梦中一般。那日程希明当头棒喝，未免触动了天良。又见娄朴，同窗共砚，今日相形见绌。难说心中不鼓动么？若就此振励起来，依旧是谭门的贤裔，孝移的孝子。但是果然如此，作书者便至此搁笔了。这正是：鸿钧一气走双丸，人自殊趋判曝寒。若是群遵惟正

路,朝廷不设法曹官。

(《歧路灯》第十四回)

《歧路灯》在讲述谭绍闻这位世家子弟一步一步走向堕落的心路历程,回末的议论是在提醒阅读者,这种缓慢发展的变化。在一个个可以挽回的岔路口,谭绍闻是如何徘徊之后,仍然滑向堕落深渊的。这些议论文字的出现,正是故事主旨宣扬的需要。让阅读者在谭绍闻的变化中吸取经验教训,防患于未然,充分表现出文学文本的功利性质。

总体来看,白话小说中之议论成分,多出现于文本之中,在故事情节发展到关键处时,暂时中断叙事来发表议论,相对而言,总结式议论文字出现较少。议论的目的,除了表达小说创作的情绪之外,更大的目的是宣扬其教化理念,将作者认为正确的伦理道德观念,趁读者阅读兴致正高之时灌输,更能达到共鸣效果,形成阅读中的心理共识。这种对文本叙事的赤裸裸的干涉,正体现出议论性内容在这个故事文本之中多起到的互文性作用。通过直接表达作者价值观念的议论内容,去主导小说文本的主题导向,强制性地给阅读者(听众)输入作者的主观认知,从而去不同程度地改变阅读者(听众)的原本认知。从这方面来看,议论性内容的互文作用,对文本的审美性是起到负面作用的。

3. 与审美性的冲突

小说文本通过文字的组合,给阅读者提供了广阔的想象空间,在这个想象空间中,阅读者可以真真切切体会到对象的真实性,这就决定了对小说进行的审美活动不同于诗词歌赋等文体的纯感悟性体验,它有着相对客观的理性体现因素。阅读者在阅读活动过程中,对小说作品的感知不是直接的,而是通过文字的信息传输,在阅读者头脑中先形成一系列具有相关性的意象或者意象组合,通过这些意象或者意象组合传达给阅读者,对阅读者的精神境界造成影响,使其产生喜怒哀乐等多种不同情感体验,从而实现审美愉悦。

小说的审美性,是指小说本身具有能够使人们产生情感愉悦的特性或者因素。这种情感的愉悦与日常生活中所言的情感感受是不同的。日常生活中的情感感受指的是人们在环境事件影响之下,心理状态发生各种变化,从而产生的生理上的情绪波动,比如,愉快、悲伤、发怒等等,情感上的愉悦是这诸多情绪中的一种,与审美愉悦是不同的。审美愉悦包括了喜悦、悲伤、哀感、愤怒等诸多情绪层面,并不是仅仅指其中之喜悦情感。在文学阅读活动中,尤其是对于小说,阅读者会对故事中的事件、人物,产生各种情绪体验,不论情绪体验如何,都是一种审美愉悦。

议论性成分在小说文本中起到互文性作用,却消解了文学性的审美愉悦。中国古代小说往往具有较为强烈的教化意识,说教意味颇为浓厚,体现着它的实用功能性。但小说的艺术价值体现于其审美性,而小说的审美性,来自它的娱乐功能,而不是其实用功能。在中国古代小说理论中,有不少文人对小说审美有了较为深刻的认识。清代谷口生于《生绡剪弁语》中谈道:"夫说也者,欲其详,欲其明,欲其婉转可思,令读之者如临其事焉。夫然后能使人歌舞感激,悲恨笑忿错出,而掩卷平怀,有以得其事理之正。"①已经认识到了小说为阅读者所带来的审美愉悦。清代莼史氏在《重校第一才子书叙》中,将小说的审美性提到了较为重要的地位:

> 《三国志演义》一书,小说也,而未尝不可以观文章。自毛氏评之,圣叹称之述之,人知其书非寻常小说家比,且有以大文章视其书者。夫文章莫不妙于平庸陈腐,而莫妙于奇。圣叹序是书,谓"三国者,古今争天下之一大奇局;演三国者,又古今为小说之一大奇手"。然则以奇说奇,上下数十年间,俾阅者知国势之鼎立,征战之逞雄,运筹之多谋,人才之散处分布,不择地而生。书中演说,有陈史所未发,申之而详者;有陈史所未备,补之而明者。陆离光怪,笔具锋铓,快心

---

① 丁锡根:《中国历代小说序跋集》中册,北京:人民文学出版社 1996 年版,第 616 页。

悦目,足娱闲遣,足助清谭;人皆称善,则虽谓之大文章可矣。①

认为小说的艺术价值使其由"小说",可以"谓之大文章",意识到了小说审美之重要性。并且在小说与史书的对比中,肯定了小说更具有阅读趣味性,突出了小说之"快心悦目""足娱闲遣"。这是从文学审美价值方面对史书与小说做出的对比,单纯从此方面而言,史书是不及小说的,充分体现出对小说之文学审美价值的重视。但是,中国古代白话小说中大量教化内容的杂入,对文学的审美性有着较大的冲击,使文学变得更为功利。小说从本质上讲,是讲故事,将故事叙述完整是其重要任务。议论性文字多用于讲说道理,论证某些事实或者理论的正确合理性,与讲故事关联不大。中国古代小说中过多的议论文字,对于写情、写景、述事都造成了影响,破坏了小说意境的营造。人物形象是故事中的活跃因素,其塑造对小说的艺术价值起着重大的作用,如若将教化内容借助人物之口传输于读者,便削弱了形象的艺术真实性,破坏了人物形象之美。《好逑传》中的男女主人公铁中玉与水冰心,本是一对颇为般配的才子佳人,尤其是水冰心,不仅外貌如花似玉,而且多才多艺,她对铁中玉的爱情也是柔情似水的。铁中玉生病后,水冰心将其接到家中养病,对其照顾无微不至,充满着少女的温婉之美。铁中玉病好后,向水冰心表达感谢之情,二人各心存爱慕之意,才子佳人相对而谈,洋溢着的是爱情的浪漫美好,但是一些冠冕堂皇的伦理说教却充满了水冰心之口:

冰心小姐道:"问道于盲,虽公子未能免消,然圣人不废刍荛之采询也;况公子之疑义,定有妙理,幸不惜下询,以广孤陋。"铁公子道:"我铁中玉此来,原为游学。窃念游无定所,学无定师,又闻操舟利南,驰马利北。我铁中玉孟浪风尘,茫无所主,究竟不知该何游何学?知我无如小姐,万乞教之。"冰心小姐道:"游莫广于天下,然天

---

① 丁锡根:《中国历代小说序跋集》中册,北京:人民文学出版社 1996 年版,第 907 页。

下总不出于家庭；学莫尊于圣贤，圣贤亦不出于至性。昌黎云：'使世无孔子，则韩愈不当在弟子之列。'此亦恃至性能充耳。如公子之至性，侠以无私，使世无孔子，又谁敢列公子于弟子哉！妾愿公子勿舍近求远，信人而不自信。与其奔走访求，不若归而理会。况尊大人又贵为都宪，足以典型。京师又天子帝都，弘开文物，公子即承箕世业，羽仪廊庙，亦未为不美。何必踽踽凉凉，向天涯海角，以传不相知之誉哉！若曰避仇，妾则以为修身不慎，道路皆仇。何所避之？不识公子以为何如？"

（《好逑传》第七回）

　　二人这番对话不像互怀爱慕之情的少男少女，倒颇似两个老学究在探讨经济学问，读来甚煞风景。豆蔻年华的美貌佳人，竟然引经据典说出一番大道理，既不符合她的年龄身份，更不适于温情脉脉的场景。作者如此创作并非无意而为，而是有意设置此情节，以证明铁中玉与水冰心虽然是孤男寡女独处一室，但是探讨的都是伦理道德，并没有苟且之事，以赞扬水冰心之贞节。这一有意的情节设置，并没有使佳人水冰心的形象高大辉煌起来，反而显得形象颇为虚假，失去了形象魅力。

　　小说通过讲述故事、塑造人物形象，让读者在大脑中形成立体的艺术真实感，从而收获审美旨趣。然而中国古代白话小说却很少留给读者自己独立思考并且自行形成立体意象的机会，作者总是先入为主的通过议论说教直接告知读者，截断了读者咀嚼回味的过程，主宰了其阅读时的价值判断。《型世言》第二十七回《贪花郎累及慈亲，利财奴祸贻至戚》写陈我闲与其师钱公布一日晚间走出庄门，路过一个皮匠家，见到"皮店厨边，立着一个妇人，羞羞缩缩，掩掩遮遮，好生标志"，紧接着作者便有一段议论：

　　天下最好看的妇人，是月下、灯下、帘下，朦朦胧胧，十分的美人，有十二分。况村庄之中，走出一个年纪不上二十来，眉目森秀，身体娇柔,怎不动人?

(《型世言》第二十七回)

此段议论文字之后,才开始叙述钱公布与陈我闲二人的有关此女子的对话。再如,《醒世恒言》第三十四卷《一文钱小隙造奇冤》,王公的仆人小二帮主人处理掉了莫名出现在门口的女尸,便想得到回报,不见王公赏赐就直接向其索要:"阿公,前夜那话儿,亏我把去出脱了还好;若没我时,到天明地方报知官司,差人出来相验,饶你硬挣,不使酒钱,也使茶钱。就拌上十来担涎吐,只怕还不得干净哩!如今省了你许多钱钞,怎么竟不说起谢我?"小二话音刚落,作者便评论道:

> 大凡小人度量极窄,眼孔最浅,偶然替人做件事儿,侥幸得效,便道泼天大功劳,就来挟制那人,责他厚报;稍不如意,便把这事翻局来害,往往人家用错了人,反受其累。譬如小二不过一时用得些气力,便想要王公的银子。那王公若是个知事的,不拘多寡与他也就罢了;谁知王公又是舍不得一文钱的悭吝老儿,说着要他的钱,恰像割他身上的肉,就面红颈赤起来了。

(《醒世恒言》第三十四卷)

然后故事情节继续展开,用了"当下"二字转回话题,"当下王公见小二要他银子,便发怒道……"这段议论前后,在情节上没有任何停顿,从小二向王公发问,到王公做出回答,应该时间极为短暂的。如此紧凑的情节,生生被长篇大论割断,造成了读者在阅读上的时间间隔。此类议论文字在白话小说中颇为常见,读者在阅读之时,突然产生的情节中断往往会造成突兀感,没有体会情景与余味的机会。也许大多感慨教化之言,道出了读者心中所想,正是读者欲发而未发之语,但是毕竟强行占据了读者的期待视野。再者,一些道理说得过于直白,便失去文学作品的吸引力和可探究的余地。

中国古代白话小说之教化使命使得小说创作者乐此不疲地对读者讲解伦理道德,唯恐人们无法领会其深意。过于直白的表述并不见得能很好地完成其预期使命,小说归根到底仍是文学作品,有着它作为艺术作品无法改变的特性,如果违背其特性,而强加于本来不该它去实施的任务,小说既失去了其作为文学艺术的美感,也无法达到创作者的教化目的。反之,如果小说作品具有很高的艺术之美,便能够使读者通过想象和联想如身入其境,在思想感情上受到感染,在潜移默化之中吸收消化了作品所宣扬的伦理观念,如此一来,小说反而能够更好地实现教化目的。

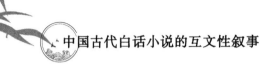

第四章 文本诗词韵文的互文性

中国古代白话小说的叙事模式并不是纯粹的叙事文体,其中往往掺入大量诗词韵文,利用诗词韵文的意境之美来提升叙事文本的艺术效果,古代白话小说便具有了多种文体相互融合的特性。引用至文本之中的内容,通过有组织、有规律拼贴的方式,编织成了一个,延绵不绝的文本符号网络,利用引用互文性手法,通过对于引文的重复、转化、吸收等动态方式,复写出一个新的文本,发挥着文本之间的互相指涉作用。

第一节 文备众体的叙事结构

每一种文体都有着其各自的特征,这些特征的具备使得每种文体得以存在。"文学是社会现实生活的反映,是表达作者思想感情的语言艺术。作者在从事创作时,为达到既定的效用,必然采取与之相适应的语言形式和篇幅、组织结构等,这样,就使文学产生了不同的类别,也就是各具特征的文学体裁。"①如果各种文体特征相互杂糅于一种文体之中,那么这种文体的代表性特征便会受到程度不同的影响,进而影响到文学作品的艺术价值。

①　褚斌杰:《中国古代文体概论》,北京:北京大学出版社 1990 年版,第 1 页。

一、文备众体创作方式溯源

所谓的文备众体是指,一种文体之中具备了多种文体的特性,孟昭连先生在《中国古代小说艺术史》中谈到唐传奇时,对其做了界定:"所谓'文备众体',就是指传奇小说借鉴了写史、写诗、写文的多种笔法,融合了这几种文体的因素,而形成了一种新的文学类型。"①这一概念尽管针对传奇小说而言,但是却指出了文备众体之核心,即"融合了几种文体的因素"。

文备众体的特征很早就出现于文学作品中,早在战国时期出现的论说文、散文中,就含有小说的因素。《庄子》一书从文体上来讲是散文,但是其中却有大量寓言故事出现,仿佛是一部寓言故事集。如《应帝王》中的一段:

> 无为名尸,无为谋府,无为事任,无为知主。体尽无穷,而游无朕。尽其所受乎天而无见得,亦虚而已! 至人之用心若镜,不将不迎,应而不藏,故能胜物而不伤。
>
> 南海之帝为倏,北海之帝为忽,中央之帝为浑沌。倏与忽时相与遇于浑沌之地,浑沌之甚善。倏与忽谋报浑沌之德,曰:"人皆有七窍以视听食息。此独无有,尝试凿之。"日凿一窍,七日而浑沌死。②

第一段在论述道理,是很明显的议论文字,带有论说文的显著特征;第二段是则寓言故事,单独从文中析出来看,是篇典型的文言小说。庄子《应帝王》一文则将两种文体因素融为一篇文字之中,成为完整的文章。议论部分是《应帝王》一文的中心观念所在,所述故事是为了论证其观点的正确性,证明统治天下靠的不仅仅是智慧,更重要的是虚心若镜,无为

---

① 孟昭连,宁宗一:《中国小说艺术史》,杭州:浙江古籍出版社 2003 年版,第 131 页。
② 曹基础:《庄子浅注》,北京:中华书局 2000 年版,第 117 页。

而治。对于议论性散文而言,用生动而富于想象的寓言故事说理,既增加了文章的趣味性,也使深奥的道理更具有了说服力和普及性。

对于出现较晚的小说文体而言,文备众体的特征表现得尤为明显。体现于小说中的文备众体现象,主要有三个方面的内容,其一是史笔;其二为诗笔;其三为议论笔法。《穆天子传》《汉武故事》《洞冥记》等都有诗词的出现,但表现更多的则为史家笔法。这种现象与小说的创作观念有着密切关系。最初的小说创作是无意识的,也就是说创作小说者并非为了写作小说而写作,小说纯粹是客观存在的。小说创作的无意识,最实质的体现在于缺乏虚构意识,而是以写史的观念进行小说创作,以补史之余,正如《隋书·艺文志》所载:"魏文帝又作列异,以序鬼物奇怪之事,嵇康作高士传,以叙圣贤之风。因其事类,相继而作者甚众,名目转广,而又杂以虚诞怪妄之说。推其本源,盖亦史官之末事也。"①将史书未尽之言,通过小说来记录,因此,中国古代小说,尤其是文言小说带有史家创作笔法。

随着小说文体的逐步完善和写作技巧的不断成熟,文备众体的现象越为突出,尤其到了唐代,"始有意为小说"的唐传奇将多种笔法更好地应用于文本之中,融史笔、诗笔、议论笔法于一体。史笔主要体现为模仿史书的传记笔法。司马迁之《史记》开创了纪传体写作手法,将历史人物生平事迹按时间顺序,娓娓道来,条理清晰分明,具有很强的完整性,再现了人物命运历程。这种故事性颇强的手法,对小说创作是一种很好的借鉴,唐代传奇多有以"传"命名者,如《李娃传》《任氏传》《霍小玉传》《柳毅传》等,体现着史家之纪传体写作特征。《史记》在写某个人物传记之时,开头总是先对人物出身进行简单交代,《苏秦列传第九》开头曰:"苏秦者,东周雒阳人也。东事师于齐,而习之于鬼谷先生。"②唐传奇《谢小

---

① (唐)魏徵等:《隋书·志第二十八》,北京:中华书局 2000 年版,第 662 页。
② (汉)司马迁:《史记·卷六十九》,北京:中华书局 1999 年版,第 1771 页。

娥传》开头写法颇为类似：“小娥，姓谢氏，豫章人，估客女也。”①体现者小说对史书的借鉴和传承。

传奇小说中之诗笔主要体现于对文、韵文的运用。小说《游仙窟》几乎全用骈体文写成，以下是通过文中“女子”之口对崔女郎的介绍：

> 女子答曰：“博陵王之苗裔，清河公之旧族。容貌似舅，潘安仁之外甥；气调如兄，崔季珪之小妹。华容婀娜，天上无俦；玉体逶迤，人间少匹。辉辉面子，荏苒畏弹穿；细细腰支，参差疑勒断。韩娥宋玉，见则愁生；绛树青琴，对之羞死。千娇百媚，造次无可比方；弱体轻身，谈之不能备尽。”②

几乎都为四六语句，对仗工整，文辞华艳。除了对人物容貌的描述外，传奇中的一些景物描写也有运用韵文或对语的现象：

> 至其下，有深溪环之，乃编木以渡，绝岩翠竹之间，时见红彩，闻笑语音。扪萝引絚，而陟其上，则嘉树列植，间以名花，其下绿芜，丰软如毯。清迥岑寂，杳然殊境。③

此外，诗歌在小说中出现的频率也颇高，《莺莺传》中，张生与莺莺的相互交往，多通过传递诗歌，莺莺写给张生的信都是用长诗的形式。又如《步非烟》《柳毅传》等都有诗歌的出现。

议论笔法只要是指小说中的议论部分，在传奇中多出现于文末，也有出现于文首与文中的情况。议论的内容所表现为对故事或者人物的评价

① 袁闾琨、薛洪勣编：《唐宋传奇总集·唐五代》，《谢小娥传》，郑州：河南人民出版社2001年版，第235页。
② 袁闾琨、薛洪勣编：《唐宋传奇总集·唐五代》，《游仙窟》，郑州：河南人民出版社2001年版，第16—17页。
③ 袁闾琨、薛洪勣编：《唐宋传奇总集·唐五代》，《补江总白猿传》，郑州：河南人民出版社2001年版，第156页。

与感慨。如：

> 行简曰：春秋及子史，言梦者多，然未有载此三梦者也。世人之梦亦众矣，亦未有此三梦。岂偶然也，抑亦必前定也？予不能知，今备记其事，以存录焉。
>
> （《三梦记》）

> 嗟乎，倡荡之姬，节行如是，虽古先烈女，不能逾也。焉得不为之叹息哉！
>
> （《李娃传》）

议论文字在小说中的出现，实质上也是受到史书之影响，《史记》与人物传记末尾往往会有"太史公曰"，对传记进行议论评说。传奇中的议论笔法是对史书之借鉴，不同之处在于，史书所评乃是真实的历史人物，小说所评乃是虚构故事人物。

唐传奇将文备众体的小说创作手法发挥得淋漓尽致，是有众多原因的。史书历来受到统治者的推崇，具有较高的社会地位，而小说地位较为低下，被视为"史之余"，为了提高小说的地位，史书中的小说因素便容易被模仿借鉴，以此来证明小说的实用价值。这与小说的功利主义创作观是密不可分的。儒家思想被奉为正统之后，它的积极入世精神便逐步深入广大士子的内心，成为封建社会的主流思潮。"修身""齐家"的目的是"治国""平天下"，国家兴亡，社稷兴衰都成为文人发自于内心的使命。在这种思想潮流主导之下，对小说此文体的实用要求也就自然而然产生了。模仿史书，借小说故事而展开议论教化，也就显得顺理成章。从微观角度来看，文备众体与唐代的独特性也有很大关系。赵彦卫在《云麓漫钞》提出了"温卷"说："唐之举人，先藉当世显人，以姓名达之主司，然后以所业投献；逾数日又投，谓之温卷。如《幽怪录》《传奇》等皆是也。盖此等文备众体，可以见史才、诗笔、议论。"①认为唐传奇之文备众体与唐代的科举制度有关，"史才""诗笔""议论"都是为了向主司展示自己的才华。传奇这种文体具有一定的趣味性，又有着展示才华的广阔空间，容多种创作手法于一身，既能引起主司的阅读兴趣与关注，也同时展现了自己各方面文字才能，以期获取主司赞赏。

文备众体的写作传统，以及作为小说自觉创作开端的唐传奇所取得的巨大艺术成就，对出现较晚的白话小说创作产生了一定影响。在小说功利主义创作观念的渗透下，白话小说具有了更为明显的文备众体特征。文备众体的小说创作手法，吸收了其他文体的创作特点，使文本内容更为丰富多彩，尤其是诗笔的运用，增加了小说的诗化韵味。但是，这种创作手法在某种程度上也减弱了小说之所以为小说之艺术美，在白话小说中体现得尤为明显。

二、文备众体在白话小说中的互文性

文言小说与白话小说同归于小说这一文体，但是却属于小说的两种不同体系，二者最本质的不同在于创作语体的差异。

文言倾向于书面语，白话则接近于通俗口语。口语尚通俗，书面语尚典雅。由于需要形诸文字，在书写时就不会像口语表达那样随意，而是严谨简约。这样一来，书面语便逐渐需要斟酌思量，甚至咬文嚼字。这种字斟句酌的特点，正可以充分展示书写者的文字功夫和知识含量，从词语的使用，句式的变化，词汇的丰富性，以及辞藻的华丽与否等，展现书写者的文化修养。古代的中国社会，随着文明程度的增加，对文化修养的重视也与日俱增，这可以从对人才的任用和重视方面看出来。长时期复古潮流的影响，在语言的使用上则表现为重视文言，不重通俗口语。代表着官方意愿的文体，几乎皆为文言，二十五史就是全部用文言写成的。中国自古就对祖先前辈怀有崇拜敬重之情，而统治中国思想界两千余年的儒家思

———————

① （宋）赵彦卫：《云麓漫钞·卷八》，北京：中华书局1996年版，第135页。

想,尤重尊师崇祖,模仿前人似乎成为一种学识渊博的表现。文言本身就具有简约凝重的特点,并且具有音乐上的美感,它古朴、典雅、庄重的风格,非常适用于官方正式文体。再加上科举制度的需要,使大批文人从接受教育之初,就熟习文言。在他们心目中,文言的地位已经远远高于日常口语,因此在需要公之于众的创作中,一般会首选采用文言。长此以往,文言便成为文人身份的象征。白话源于民间,虽通俗易懂,并极富语言表现力,但是,并没有因此提高口语的身份。从语言角度来讲,文言小说的地位是高于白话小说的。那么白话小说出于功利目的,借鉴模仿文言小说的创作手法,不是没有可能的。

文备众体的特征在白话小说中也同样体现为三个方面:史笔,诗才,议论。由于史书皆用文言创作,那么史书的传记体式便难以被白话小说很好地利用,但是纪传体之传末议论,对白话小说文末议论性诗词的存在是有着一定影响的。所不同的是,将"异史氏曰"的评论内容,改为了韵文形式。如《石点头》卷一《郭挺之榜前认子》文末用"后人有诗赞之道"引出了一首诗:

> 施恩只道济他人,报应谁知报自身。
> 秀色可餐前种玉,书香能续后生麟。
> 不曾说破终疑幻,看得分明始认真。
> 未产命名君莫笑,此中作合岂无因。

(《石点头》卷一)

这首诗对故事内容进行了评说,与传记文末的议论内容差别不大,只是采用了诗歌的艺术形式。有些话本小说,也会加入史传式议论,李渔之话本小说集《无声戏》每篇末都会加入一段评论文字,如《无声戏》第二回《美男子避惑反生疑》末尾,作者评道:

评：

鼠毕竟是个恶秽，既要成就他夫妻，为什么不待知府未审之先，去拖他媳妇的鞋子，直到蒋瑜受尽刑罚，才替他白冤，虽有焦头烂额之功，难免直实留薪之罪，怪不得蒋瑜夫妻恨他，成亲之后，夜夜要打他几次。

（《无声戏》第二回）

这段颇为风趣的幽默议论文字，是小说作者站在读者角度进行的对故事情节进行的评价。单独以"评"的格式，置于小说之末，与史书传记体之"异史氏曰"有相类之处，体现着小说对史笔之借鉴。

白话小说与韵文从来不曾分开过。唐代的变文和话本是目前所见较早的白话小说形式。变文与俗讲，话本与说书艺术都有着密切的联系，对于说唱艺术而言，诗词韵文的节奏感及韵律效果更能吸引听众，也便于说唱。受此影响，白话小说的文本创作在前人小说创作手法影响下，同时吸收了说唱艺术的讲唱模式，将诗词韵文融入叙事文体之中。

如果说文备众体的创作手法为文言小说增添了丰富的内容，带来了文本的诗化效果，那么对于教化意味更为浓厚的白话小说而言，则更加强化了小说的功利性，减弱了小说作为文学文本的审美性。从语体来看，文言小说中的诗词在语言选择上与小说文本是一致的，对于提高小说的诗化美有一定作用，尽管如此，韵文在小说中过多出现，干预了小说作为叙事文学的文体叙述性。清代周亮工曾批评《红线传》道："'铜台高揭，漳水东流，晨鸡动野，斜月在林'四句，何等冷劲；而下接云'怂往喜还，顿忘于行役；感知酬德，聊副于咨谋'便是村学究语。乃知为文单行者易工，而俪偶者难妙也。"[①]否定了散体文与骈体文在小说创作中的相互混用。对于白话小说，尤为如此。白话语体接近日常口语，通俗易懂，较为随意，叙述故事自由顺畅，能够很好地迎合普通民众的阅读情趣。诗词韵文则较为文雅，不像白话那么易于理解，与白话语体的直白浅俗形成了巨大反

---

① （清）周亮工：《书影》卷四，上海：上海古籍出版社1981年版，第107页。

差。再加之议论性文字的过多运用,使本应为叙事性文体的小说创作,显得有些不伦不类,严重影响了小说文本艺术性的发挥。

第二节 诗词韵文的引用复制互文性

在中国古代白话小说中出现的诗词韵文,有一些是完全的复制,也就是将其他的文本直接引用到小说文本之中。这类引用的文本,有的是文本的完整复制,而有的则是部分文本的复制。

一、文本的完整引用

诗词韵文完整文本的引用多出现于小说文本的开头或者结尾,主要用于故事的引出或者对于故事主题的升华。用于故事引出的诗词韵文在白话小说中一般作为入话或者入话内容的一部分,通常出现于两种情况之下,其一为对于景物的描写,其二用于对历史故事或者历史人物的描述。

对于景物的描写多是以一组诗词组合出现的,由此来引出文本故事所涉及的场景。《醒世恒言》第七卷《钱秀才错占凤凰俦》文本开头便是一首诗:

> 渔船载酒日相随,短笛芦花深处吹。
>
> 湖面风收云影散,水天光照碧琉璃。

作者随后便交代了这首诗的作者是"宋时杨备游太湖所作"①。杨备,历史上实有其人,字修之,是北宋著名文学家杨亿之弟,有《姑苏百题》《金陵览古》等作品存世。通过杨备之诗引出对于太湖景致的介绍,

---

① (明)冯梦龙:《醒世恒言》第七卷,北京:中华书局2014年版,第120页。

在太湖景致描述过程之中，又引用了元代诗人许谦的诗：

> 周回万水入，远近数州环。
> 南极疑无地，西浮直际山。
> 三江归海表，一径界河间。
> 白浪秋风疾，渔舟意尚闲。

许谦，字益之，元代诗人，有《白云集》存世。此后还引用了范成大在太湖中遇风的诗：

> 白雾漫空白浪深，舟如竹叶信浮沉。
> 科头宴起吾何敢，自有山川印此心。

这三首诗出自不同时代的不同诗人，共同点就是描写的都是太湖，通过三首诗歌点缀太湖精致。将景物描述作为文本故事开头的小说作品，有时引用景物相关的诗词韵文并非一组，而是选择一首最能体现景物核心特点的篇目来作为引子，如《警世通言》第二十八卷《白娘子永镇雷峰塔》，故事讲述的是蛇妖白娘子与许宣的爱情故事，二人相识于西湖畔，因此在文本开头便引用了一首关于西湖景致的诗：

> 山外青山楼外楼，西湖歌舞几时休。
> 暖风熏得游人醉，直把杭州作汴州。

此为南宋诗人林升绝句《题临安邸》。由此引出对于西湖景致的描述。白娘子与许宣在西湖相识正逢微微细雨，作者在讲述故事之前引用了关于雨的一首诗：

> 清明时节雨纷纷，路上行人欲断魂。

借问酒家何处有,牧童遥指杏花村。

此为唐代诗人杜牧的《清明》诗。作者对故事发生的地点讲述过之后,并没有对故事直接进行讲述,仍然借用一首内容相关的诗歌来做引子。诗歌内容与故事的契合点仅仅是下雨这个共同的场景,"雨"成为诗词韵文这个文本与小说故事的叙事文本链接的关键之处。

除了引用诗词来描绘自然景物之外,在白话小说(尤其是短篇白话小说)之中,还会用诗词韵文描绘人文景观。对人文景观的描绘也多是一组诗词韵文出现于入话部分。如《二刻拍案惊奇》卷五《襄敏公元宵失子,十三郎五岁朝天》,入话部分便引用了三首词来写宋时元宵佳节的热闹繁盛:

瑞烟浮禁苑。正绛阙春回,新正方半,冰轮桂华满。溢花衢歌市,芙蓉开遍。龙楼两观,见银烛星球有烂。卷珠帘、尽日笙歌,盛集宝钗金钏。

堪羡。绮罗丛里,兰麝香中,正宜游玩。风柔夜暖花影乱,笑声喧。闹蛾儿满路,成团打块,簇着冠儿斗转。喜皇都旧日风光,天平再见。

(《瑞鹤仙》)

禁漏花深,绣工日永,熏风不暖。变韶景、都门十二,元宵三五,银蟾光满。连云复道凌飞观。耸皇居丽,嘉气瑞烟葱蒨。翠华宵幸,是处层城阆苑。

龙凤烛、交光星汉。对咫尺鳌山开雉扇。会乐府两籍神仙,梨园四部弦管。向晓色、都人未散。盈万井、山呼鳌抃。愿岁岁,天仗里常瞻凤辇。

(《倾杯乐》)

帝城三五,灯光花市盈路。天街游处,此时方信,凤阙都民,奢华豪富。纱笼才过处,喝道转身,一壁小来且住。见许多才子艳质,携手并肩低语。

东来西往谁家女？买玉梅争戴,缓步香风度。北观南顾,见画烛影里,神仙无数。引人魂似醉,不如趁早步月归去。这一双情眼,怎生禁得许多胡觑?

(《女冠子》)

第一首词为宋代词人康伯可所作,第二首为宋代词人刘永所作,第三首词则是宋代词人李邴所作。三首词并不是连续被引入小说文本的,而是通过记叙的方式嵌入文本之中,记叙内容与词的内容相互配合,从而对于宋时元宵佳节的热闹、繁华景象进行艺术地再现。

白话小说涉及历史人物或者历史故事之时,也会引用大量的相关诗词韵文,将历史事实进行分析评述,从而建立起与正文故事内容的关联。如《金瓶梅词话》第一回"景阳冈武松打虎,潘金莲嫌夫卖风月",正文开头便是一首词:

丈夫只手把吴钩,欲斩万人头。如何铁石,打成心性,却为花柔?请看项籍并刘季,一似使人愁。只因撞着,虞姬戚氏,豪杰都休。

(《眼儿媚·题苏小楼》)

这首词的作者是宋代词人卓田,通过对刘邦、项羽历史故事的叙述,来感叹豪杰在美色面前"都休",纵是铁石心肠,也难免屈志于女子。在叙述了项羽与虞姬的历史之后,又引入一首诗:

拔山力尽霸图隳,倚剑空歌不逝骓。
明月满营天似水,那堪回首别虞姬。

(《咏史诗·垓下》)

此诗为唐代诗人胡曾所作,感慨项羽与虞姬的爱情悲剧。在叙述完

刘邦与戚夫人的历史故事之后,又引用了宋代诗人范成大《虞姬墓》诗:

> 刘项佳人绝可怜,英雄无策庇婵娟。
>
> 戚姬葬处君知否?不及虞姬有墓田。

(《虞姬墓》)

这三首诗词都是围绕刘邦、项羽两位历史上的英豪,以及他们所爱慕的美人而生发的感慨议论,由三首诗词的主题而引出小说的正文,"说话的,如今爱说这情色二字作甚?……今古皆然,贵贱一般。如今这一本书,乃虎中美女,后引出一个风情故事来。"(《金瓶梅词话》第一回)由此可见,诗词韵文在白话小说文本之中,起到了很好地点明主题的作用,通过历史故事所体现的主题再进一步引导出小说的正文故事,在诗词韵文的参与之下,一步一步逻辑严密地将一个崭新的故事展示给了虚拟的听众,即实际的文本阅读者。

小说中的完整诗词韵文的引用也有少数出现于文本之中的情况。这种情况是借用了论说文的说理思维,借用前人已经创作的诗词韵文作为所叙述故事的佐证。《醒世恒言》第二卷《三孝廉让产立高名》入话部分之中,通过一首开场诗引出了三个故事,其中之一是曹植与曹丕兄弟之事,在讲述曹氏兄弟故事之时,将曹植所作五言诗引入文本之中:

> 煮豆燃豆萁,豆在釜中泣。
>
> 本是同根生,相煎何太急。

此诗的原文在《汉魏六朝百三家集选》中却是:

> 煮豆持作羹,漉豉以为汁。萁向釜下燃,豆在釜中泣。本是(是

校作自）同根生，相煎何太急。①

清代陈祚明《采菽堂古诗选》中记载与此文相同，注释中曰："一作'煮豆燃豆萁，豆在釜中泣。本是同根生，相煎何太急'。"②《世说新语·文学》中对小说所讲述故事有相关记载：

> 文帝尝令东阿王七步中作诗，不成者行大法。应声便为诗曰："煮豆持作羹，漉菽以为汁。萁在釜下燃，豆在釜中泣。本是同根生，相煎何太急！"帝深有惭色。③

其中"萁"写作了"菽"，诗歌同样为六句。但是在长篇章回小说《三国志演义》中，此诗为四句："植略不思索，即口占一首曰：'煮豆燃豆萁，豆在釜中泣。本是同根生，相煎何太急！'曹丕闻之，潸然泪下。"④《三孝廉让产立高名》对曹植诗歌的引用可以视为是整首诗歌的复制，选择的版本显然是经过简化的。作为白话长篇小说的《三国志演义》中所引用的诗歌同样为简化之后的版本。由于语体的缘故，文言文本之中（如《世说新语》）出现的诗歌更倾向于文辞的典雅与文本的文采，而在白话小说之中，更倾向于故事的讲述，越通俗越能够被更多的读者所接受。同为曹植所作，六句诗的版本语体方面更偏重于文言，措辞典雅含蓄，而四句诗的版本相对而言更加通俗易懂，朗诵起来仅凭听觉也能够理解诗句意义，更适于白话小说的说书体叙事的模式。可见，在小说文本引用诗词之时，不仅仅只是估计诗词韵文内容的互文效果，语体方面在所借鉴文本能够

① 任继愈等主编：《中华传世文选·汉魏六朝百三家集选》，长春：吉林人民出版社1998年版，第93页。

② （清）陈祚明评选，李金松点校：《采菽堂古诗选上》，上海：上海古籍出版社2019年版，第188页。

③ （南朝·宋）刘义庆撰，（南朝·梁）刘孝标注，朱碧莲详解：《世说新语详解》，上海：上海古籍出版社2013年版，第156页。

④ （明）罗贯中：《三国演义》，第七十九回，北京：人民文学出版社1953年版，第678页。

选择的条件下，也是作者所考虑的重要范畴之一。

二、文本的部分引用

白话小说对于诗词韵文的引用，更多的则表现为部分的节选，这样更便于与叙事文本的内容契合。部分引用的情况主要有两类：一类是为了便于说书人对叙事文本的感悟评述，另外一类主要是用于借助故事实施教化。

说书人在虚拟故事讲述之时，并不掩饰自己的存在，相反地处处彰显自己的价值评判。这就使得中国古代的白话小说在叙事之时带有强烈的主观情绪，作者(虚拟说书人)在记叙故事的中间，其中的某些人物或者某个情节触动了作者的情感，作者往往会借用诗词韵文的节选来表达内心的触动，这种叙事方式不论是短篇话本小说，还是相对篇幅较长的章回体白话小说中出现频率颇高。例如李渔的小说集《无声戏》中有一则故事《改八字苦尽甘来》，文本中间有句韵文为："楚王好细腰，宫中皆饿死。"①此句诗的全文为：

> 吴王好剑客，百姓多创瘢；
> 楚王好细腰，宫中多饿死。

此诗为汉代民歌，《资治通鉴》中记载："马廖虑美业难终，上疏劝成德政曰：'昔元帝罢服官，成帝御浣衣，哀帝去乐府，然而侈费不息，至于衰乱者，百姓从行不从言也。夫改政移风，必有其本。《传》曰：吴王好剑客，百姓多创瘢；楚王好细腰，宫中多饿死。'"(《资治通鉴·汉纪三十八》)李渔借此句韵文感叹官府官员的喜好，对下属及百姓影响极大。而这种现象影响了小说所塑造的人物形象蒋成的命运。

对叙事文本进行感悟评述的引用文字，有些原文并非诗词韵文，在引

---

① (清)李渔：《无声戏》，第三回，杭州：浙江古籍出版社 2012 年版，第 39 页。

入文本之时则改为了诗词韵文的形式。例如《西湖二集》第一卷《吴越王再世索江山》一文中有引文曰："不有废也，君何以兴？"此文出自史书《左传》，原文记载：

> 将杀里克时，惠公派使臣对他说："微子则不及此。虽然，子弑二君与一大夫，为子君者不亦难乎？"对曰："不有废也，君何以兴？欲加之罪，其无辞乎？臣闻命矣。"伏剑而死。①
>
> （《左传·僖公十年》）

此句上下两句均为四个字，形式整饬，与诗词韵文形式上颇为相近，截取文义来辅助作者的议论。作者在讲述宋高宗故事之时，中间插入评论："看管，你道那高宗却是徽宗第九个儿子，又做不得皇帝，怎生索得江山？不知天下之事，稀稀奇奇，古古怪怪，偏生巧于作合。"（《西湖二集》第一卷）在"正是"二字的说书语提示之下，引出此句引文，用来凸显故事主角宋高宗的不同凡俗，以此引起读者对故事主角的着重注意，同时也预示着他的命运。此类引用方式，在白话小说文本之中多有出现，这些被应用语句的同工特点便是通俗易通，同时符合人民大众的普世价值，因此传播颇为广远。再如出现于《醒世恒言》第八卷《乔太守乱点鸳鸯谱》中出现了引文"周郎妙计安天下，赔了夫人又折兵"，以此来表达错配姻缘的感慨，而此句引文出自长篇章回小说《三国演义》第五十六回，周瑜追杀刘备，却被诸葛亮早已埋伏好的兵马杀败，岸上士兵齐声喊出了此言。此类引文皆是节选于非韵文文本之中，而用形式上类于韵文的形态出现于小说文本之中，来抒发一定情绪或者观点，烘托出故事中的气氛来辅助文本叙事。

白话小说中对于诗词韵文的部分引用，还往往用于对读者进行教化劝诫。《警世通言》第十一卷《苏知县罗衫再合》，讲述苏知县赴任途中遭

---

① 李梦生撰：《左传译注》，上海：上海古籍出版社 1998 年版，第 222 页。

强贼徐强陷害,被他顶替了官职,做了太爷的徐能在家中耀武扬威,作者引用诗句评述道:"常将冷眼观螃蟹,看你横行得几时?"此句诗节选自《京师人为严嵩语》,作者不详,原诗内容为:

　　可笑严介溪:金银如山积,刀锯信手施。尝将冷眼观螃蟹,看你横行得几时?[1]

(《京师人为严嵩语》)

借百姓对于严嵩的不满,来批判强贼徐能的猖狂,并且告诫故事中的人物徐能善恶终有报的道理,同时也劝诫读者莫做恶事,否则必将得恶果。此类所引文字多数的原文并非诗词韵文,更多的是史传典籍或者民间谚语俗语,而且此类文字往往不止被一部小说引用。例如"福无双至,祸不单行"句,在明·施耐庵《水浒传》第三十七回中有言:"宋江听罢,扯定两个公人说道:'却是苦也!'正是'福无双至,祸不单行'。"此外西周生的《醒世姻缘传》也有对此句的引用,第四回《童山人胁肩谄笑,施珍哥纵欲崩胎》中写道:"想起公公梦中言语,益发害怕起来。真是'福无双至,祸不单行'。珍哥从去打围一月之前……"(《醒世姻缘传》第四回)此句引文出处为汉代刘向《说苑·权谋》:"此所谓福不重至,祸必重来者也。"[2]在小说文本之中被简化为了八个字。再如"积善之家,必有余庆"句,出自《周易·文言·坤》:"积善之家,必有余庆;积不善之家,必有余殃。"[3]原文节选引用,没有做文字上的改动,用于小说文本之中劝诫世人为善。此句引文也在多种小说文本之中出现,例如《初刻拍案惊奇》第二十卷:"善甫后来位至三公,二子历任显宦。古人云:'积善有善报,积恶有恶报。积善之家必有余庆,作恶之家必有余殃'。"(《初刻拍案惊奇》第

① 张国动主编:《中国历代讽刺诗选注》,北京:文化艺术出版社2012年版,第390页。
② (汉)刘向撰,程翔译注:《说苑译注》卷十三,北京:北京大学出版社2009年版,第339页。
③ 郭彧译注:《周易》,北京:中华书局2010年版,第284页。

二十一卷);《镜花缘》第十二回:"何不遵著《易经》'积善之家,必有余庆'之意,替父母多做好事,广积阴功……"(《镜花缘》第十二回)此外,一些俗语谚语也被多个文本频繁引用,诸如"天网恢恢,疏而不漏";"舌为利害本,口是祸福门";"夫妻本是同林鸟,大难来时各自飞";"不如意事常八九,可与人言无二三";"好事不出门,恶事传千里",等等。被部分引用于小说文本的此类引文,有两个共同的特征,其一为语言文字通俗易懂,很少有典故以及文采斐然之语,与口语表述颇为接近;其二,被反复多次引用的这些语句非常符合民间百姓价值观念,在认知方面也与百姓大众的审美接受相适应。如此一来,这些文句的引用尽管出自文言语体,但是嵌入白话语体的小说文本之中也并不显得突兀,反而是很自然地融会其中,起到了恰如其分地点醒作用。

第三节　诗词韵文的转化及自创的互文性

　　白话小说中所引用的诗词韵文,很大一部分是由作者根据故事情节的需要而自行创作的。此类诗词韵文尽管并非引用自其他文本,但却是叙事文本之外嵌入的其他文体类型,作为一个独立的小型文本与正文的叙事文本之间产生互文性,这种互文性功能往往是单向性的。所谓互文功能的单向性,指的是诗词韵文只对叙事文本产生作用,是单向地对叙事文本进行干预,而叙事文本对诗词韵文文本并不产生审美上的辅助作用。具体而言,叙事文本作为主体,是借助于作者所创作的诗词韵文来抒发特定情绪,叙述性文字在直抒胸臆方面的表现力是远远逊色于诗词韵文的。在叙事文本《型世言》第七回《胡总制巧用华棣卿,王翠翘死报徐明山》之中:

　　　　鹿台黯黯烟初灭,又见骊山血。馆娃歌舞更何如?唯有旧时明
　　月满平芜。笑是金莲消国步,玉树迷烟雾。潼关烽火彻甘泉,由来倾

国遗恨、在婵娟。

（右调《虞美人》）

这首词出现于文首,在叙述王翠翘的故事之前,借助一首词来感慨故事历史上那些因红颜而祸国殃民的故事。这种手法的运用破类《诗经》中常见的"起兴"修辞,不同之处在于,起兴是借助于客观物象引发诗人的情思,而小说文本之初所引用的诗词韵文是先将从叙事文本之中引发的情感内容表达出来,在情感内容的引发之下去为读者(听众)讲述故事,文首出现的诗词韵文则成了叙事文本的思想主线。长篇章回体小说亦是如此。例如英雄传奇小说《水浒传》便以一首词开篇:

试看书林隐处,几多俊逸儒流。虚名薄利不关愁,裁冰及剪雪,谈笑看吴钩。评议前王并后帝,分真伪占据中州,七雄扰扰乱春秋。兴亡如脆柳,身世类虚舟。见成名无数,图名无数,更有那逃名无数。霎时新月下长川,沧海变桑田古路。讶求鱼缘木,拟穷猿择木,又恐是伤弓曲木。不如且覆掌中杯,再听取新声曲度。

通过这首词来感叹历史的沧桑变化,功名利禄都是过眼云烟,割据纷争也只是历史的一瞬,不如放下酒杯,去听取新的故事,笑看世事纷争。以此词来点明小说文本的主旨,并由"再听取新声曲度"来引出作者所讲述的新故事,以此来构建下面新的文本。

在叙事文本之中,有时会用"后人有诗为证""正是"之类的语言,将所引用的诗词韵文假托为他人所作。既然是"为证",如若是作者自为之,说服力便没有那么强烈,但是如果有作者之外的人认同所表述的观点,不论此人是谁,所引用的内容便能实现很好的例证作用。《石点头》第一回《郭挺之榜前认子》为短篇白话小说,文中用"正是"二字引出的诗就多达八首,分别用来感叹命运的定数、评述故事人物的命运变迁。在故事情节进展过程之中,人物经历变化的节点上,总有一首诗来进行评述,

举其中一例,郭挺之科举失意,母舅邀请过去散心,郭挺之收拾行囊准备前往,此时作者插入一首诗:

> 名场失意欲销忧,一叶扁舟事远游。
> 只道五湖随所适,谁知明月挂银钩。

此诗一方面用来总述郭挺之行程,一方面暗示给读者他的行程未必能如己所愿,在叙事过程中起到了枢纽的作用,贯穿起了故事的情节。再如《喻世明言》第一卷《蒋兴哥重会珍珠衫》讲述蒋兴哥与妻子王三巧成婚,"不隔几日,六礼完备,娶了新妇进门",接着言道:"有《西江月》为证":

> 孝幕翻成红幕,色衣换去麻衣。画楼结彩烛光辉,和鸾花筵齐备。那羡妆奁富盛,难求丽色娇妻。今宵云雨足欢娱,来日人称恭喜。

所谓的"为证",其实不过是将新婚的场景用韵文的形式描绘出来,故事讲述的内容是蒋兴哥迎娶王三巧,并无人去质疑情节的真假,无须取证,因为模仿的是说书人语气,在叙事之时便用说书人的口吻来记叙故事,"为证"的叙事模式也随之固定下来。

白话小说的诗词韵文主要应用于描写、议论及情节设置。在描写性诗词中,多表现为对人物肖像的刻画以及景物环境描摹。试看《定情人》对小姐江蕊珠的描写:

> 花不肥,柳不瘦,别样身材。珠生辉,玉生润,异人颜色。眉梢横淡墨,厌春山之太媚;眼角湛文星,笑秋水之无神。体轻盈,而金莲蹙蹙展花笺,指纤长,而玉笋尖尖笼彩笔。发绾庄老漆园之乌云,肤凝学士玉堂之白雪。脂粉全消,独存闺阁之儒风,诗书久见,时吐才人

之文气。锦心藏美,分明是绿鬓佳人,彤管生花,孰敢认红颜女子。

(《定情人》第二回)

尽管从词中无法清晰得知女子的具体容貌,但是通过优美的文字,可以感知到江蕊珠确实很美。再如景物描绘:

> 又见园中,犹如洞天深处。只见:牡丹亭,芍药栏,蔷薇架,木香棚,种种名花,吹香弄影。朝霞阁,百花轩,松风楼,荷香亭,历历台榭,映水枇烟。林间鸟声上下,庭外竹影参差。正是花深留客处,果然春暮落红时。

(《醒名花》第一回)

不论是人物形象还是景物环境,用诗词韵文来描写所传达给读者的只是单纯意象之美,没有形成具体的形态,形成的只是一种模糊朦胧的意境,如同中国的水墨画,只可意会不可言传,达到的是写意效果。这种写意的含蓄性,使得诗词还有一用途,那就是用于男女床笫之事的描绘,用隐晦的语言使不便启齿之行为美化。

白话小说中之议论性诗词韵语,多为辅助教化之用,文首、文末、与文中都有出现。位于文首的诗词韵文一般为完整的篇章。如《醉醒石》第一回《救穷途名显当官,申冤狱庆流奕世》回首是一首完整的词《画堂春》:

> 从来惟善感天知,况是理枉扶危。人神相敬依,逸豫无期。
> 积书未必能读,积金未必能肥;不如积德与孙枝,富贵何疑。

(《醉醒石》第一回)

将劝善理念述于词中,置于文本开头,先为故事奠定了伦理基调。文末较少用词进行议论,多以诗歌的形式的出现。如,《初刻拍案惊奇》卷

六《酒下酒赵尼媪迷花,机中机贾秀才报怨》文末诗云:

> 好花零落损芳香,只为当春漏隙光。一句良言须听取,妇人不可
> 出闺房!

(《初刻拍案惊奇》卷六)

　　篇末诗词一般为总结性议论,针对文本内容发出感叹,启示读者某种
哲理,或者宣扬某种教化论点。位于文中的诗词韵语多呈俗语或格言形
式,也有整首诗词出现情况,篇幅往往较为简短,意在故事情节发展过程
中点醒读者,使读者领会故事之说教深意。

　　白话小说之议论笔法,除了通过诗词韵文形式表现之外,更多的是通
过直接议论写作手法展开评述或者抒发作者感慨。这些议论文字除了承
担教化的任务之外,还起着衔接话本入话与正话故事的作用。《喻世明
言》第三卷《新桥市韩五卖春情》入话部分先叙述了诸多国君帝王宠幸美
人典故,如周幽王烽火戏诸侯、陈后主宠张丽华与孔贵嫔、隋炀帝宠幸萧
妃、唐明皇宠爱杨贵妃等,结果亡国丧身。正话故事讲述的是临安府吴山
贪恋暗娼韩赛金美色,险些倾家荡产又丧命故事。在入话与正话之间,便
用议论文字实现了前后故事过渡:

> 且如说这几个官家,都只为贪爱女色,致于亡国捐躯。如今愚民
> 小子,怎生不把色欲警戒!
>
> 说话的,你说那戒色欲则甚?自家今日说一个青年子弟,只因不
> 把色欲警戒,去恋着一个妇人,险些儿坏了堂堂六尺之躯,丢了泼天
> 的家计,惊动新桥市上,变成一本风流说话。正是:好将前事错,传与
> 后人知。

(《喻世明言》第三卷)

　　如果没有这段议论文字的出现,入话故事讲述历史典故,正话故事讲

述平民日常生活,很难达到常规逻辑的自然过渡。通过以说书人语气抒发议论的方式,使同一文本之中两部分断层内容,很好地衔接在一起,文本呈现出统一性。同时,将作者的主观意图以及创作目的也直接表达出来。

白话小说之中还有一分部诗词韵文是借文本之中所塑造的人物形象融入叙事文本的。有些白话小说所塑造的人物形象颇具诗文才华,在其人生历程之中会借助诗词来抒发情感,人物形象所创作的诗词实际上为小说作者所作。此类诗词韵文大量出现于文本之中,集中体现于清代初年出现的才子佳人小说。鲁迅先生在《中国小说史略》中对清代初年的才子佳人小说论述道:"《金瓶梅》《玉娇李》等既为世所艳称,学步者纷起,而一面又生异流,人物事状皆不同,惟书名尚多蹈袭,如《玉娇梨》《平山冷燕》等皆是也。至所叙述,则大率才子佳人之事,而以文雅风流缀其间,功名遇合为之主,始或乖违,终多如意,故当时或亦称为'佳话'。察其意旨,每有与唐人传奇近似者,而又不相关,盖缘所述人物,多为才人,故时代虽殊,事迹辄类,因而偶合,非必出于仿效矣。"①在叙述才子佳人遇合之时,为了表现才子与佳人的学识才华,小说之中会设置才子与佳人作诗的情节,所写诗词内容便以非叙事文本的形式出现于小说之中。《平山冷燕》讲述丞相山显仁之女山黛颇有诗才,皇帝下旨去试她才华,小说文本便将山黛所写诗录于文本之中,成了叙事文本的一部分。小说还塑造了另外一个才女冷绛雪,同山黛一样才华横溢,她与才子平如衡的姻缘便是引诗而起。平如衡见到冷绛雪的题诗之后,颇为赞叹一个女子的才学,为她所题之诗作了一首和诗:

又见千秋绝妙辞,怜才真性孰无之?
倘容秣马明吾好,愿得人间衣尽缁。

（《平山冷燕》第七回）

---

① 鲁迅:《中国小说史略》,上海:上海古籍出版社1998年版,第132页。

二人互相见到对方的题诗,互生好感,为之后二人喜结连理做了铺垫。此外,如《吴江雪》《定情人》《白圭志》《春柳莺》等才子佳人小说中佳人才子的姻缘均与诗词相关,诗词韵文成了叙事文本情节的推动因素。一方面表现出所塑造人物的才华,另一方面还作为故事人物心理以及情感自我表述的方式。比如在《红楼梦》中,林黛玉看到暮春时节漫天纷飞的落花,深有所感,写下了长诗《葬花吟》,将落花自比,"柳丝榆荚自芳菲,不管桃飘与李飞;桃李明年能再发,明年闺中知有谁?……愿侬此日生双翼,随花飞到天尽头"。

"天尽头,何处有香丘?未若锦囊收艳骨,一抔净土掩风流。质本洁来还洁去,强于污淖陷渠沟。"(《红楼梦》第二十七回),这些诗句都是林黛玉这个人物内心情感的表现。中国古代白话小说并不擅长心理活动的描写,故事人物内心的感触往往借助诗词韵文这类超出于叙事文本之外的文体形式表达,对于强化人物形象的性格起到了深化作用。不仅如此,有些人物所创作的诗词也会推动故事情节的波折变动,例如《水浒传》中,宋江就因为在浔阳楼吟了反诗而险些丧生。宋江乘着酒兴在浔阳楼白粉壁上写道:

> 自幼曾攻经史,长成亦有权谋。恰如猛虎卧荒丘,潜伏爪牙忍受。
> 不幸刺文双颊,那堪配在江州。他年若得报冤仇,血染浔阳江口!

宋江写完尚未尽兴,又提笔写道:

> 心在山东身在吴,飘蓬江海谩嗟吁。
> 他时若遂凌云志,敢笑黄巢不丈夫!

(《水浒传》第三十九回)

这两首诗词的出现,影响了小说文本故事情节的变化,宋江因此被视为谋反,把判处死刑。以晁盖为首的梁山英雄为救宋江劫了法场,宋江因此才不得已去了梁山落草。这两首诗词成了推动叙事文本情节进展的关键因素。尽管这种情况在古代白话小说之中并不常见,但是却表现出作为出自故事人物之手的诗词作品与叙事的高度融合。

第四节　诗词韵文的叙事功能

中国古代白话小说具有韵散结合的独特结构。小说本为叙事性文体,故事情节的描述,人物形象的塑造,叙事性语言足以胜任,但是古代白话小说往往将诗词韵文杂于其中。

诗词韵文在小说中的位置一般有三种情况:其一,位于每一篇或者每一章的开头,引领故事主旨;其二,位于小说正文文本之中,渲染故事氛围;其三,位于小说正文文本末尾,总结或者感悟故事主题。大部分白话小说作品,文首、文中、文尾都有诗词韵文出现,即使三个位置并非都有诗词韵文的作品,也必然至少具备其中的一种情况。

诗词韵文与叙事性文体小说的密切关系,有着较深远的传承。《诗经》可谓中国古代文学开始的较早源头,它与政治统治的紧密结合,使得诗歌这种文体历来处于高高在上的位置,成为雅文学的典范。而它的创作手法与艺术技巧,也成了文人模仿效法的楷模。赋、比、兴,是《诗经》的重要艺术特征,奠定了中国古代诗歌的基本写作手法。而这种艺术手法对小说的创作也存在一定的启发性。兴,即触物起兴,朱熹解释曰:"先言他物以引起所咏之辞。"[①]中国古代白话小说在章回前先写诗词韵文表达一下情绪,正是"兴"这种创作手法的模仿。用诗词韵文来起兴,引出所要讲述的故事,将读者的情感倾向导入小说文本所要表现的主旨

---

① （宋）朱熹集注:《诗集传》,北京:中华书局 1958 年版,第 1 页。

之中。鲁迅先生在谈到宋代市人小说时说："唐人小说中也多半有诗,即使妖魔鬼怪,也每能互相酬和,或者做几句即兴诗,此等风雅举动,则与宋市人小说不无关系,但因为宋小说多是市井间事,人物少有物魅及诗人,于是自不得不由引用而变为引证,使事状虽殊,而诗气不脱;吴自牧记讲史高手,为'讲得字真不俗,记问渊源甚广'(《梦粱录》二十),即可移来解释小说之多用诗词的缘故的。"①诗词是雅文学的象征,已经渗透到各个文化层面,成为情感抒发的首选文体,小说创作加入诗词也有提高其艺术价值之意。诗词韵文穿插于正文之中,便于感情的宣泄,也留给了读者进行情感消化的空间。诗词韵文是便于演唱的,行诸于口头的故事,能够吸引更多的听众,颇受不同阶层的喜爱。物化于文字的故事,为了赢取广泛的接受群体,便引入了说唱艺术的表现方式,增添了小说文本的阅读趣味。

一、诗词韵文的教化叙事

中国古代白话小说中出现的诗词韵文从文采上看,佳作并不多,有作者自创者,也有改编他人之作,也有的是征引前人作品。对于征引的前人诗词,有些还会出现与原作不符现象,如《警世通言》第三十二卷《杜十娘怒沉百宝箱》中,写到李甲与杜丽娘遇到风雪,用唐代柳宗元的诗《江雪》来引证风雪景象:"千山云树灭,万径人踪绝。扁舟蓑笠翁,独钓寒江雪。"柳宗元的原诗却是:"千山鸟飞绝,万径人踪灭。孤舟蓑笠翁,独钓寒江雪。"②小说中没有明言此四句为柳宗元诗,但是很明显,作者是欲引用此诗,各别字词的改动大概是为了迎合小说场景的需要。小说中的诗词韵文完全是在为小说内容服务,帮助小说宣扬教化理念。

1. 以"史"为鉴

中国古代白话小说中的诗词韵文多有杂入典故现象。这些典故有的

---

① 鲁迅:《鲁迅全集》第一卷,北京:人民文学出版社 1982 年版,第 148—149 页。
② (唐)柳宗元:《柳宗元集》第四十三卷,北京:中华书局 1979 年版,第 1221 页。

是历史掌故,有的则是人们喜闻乐见、耳熟能详的民间故事。据粗略统计,仅在冯梦龙的话本小说集"三言"——《喻世明言》《警世通言》《醒世恒言》中,就有二十余篇作品出现所引用的诗词是以典故入诗的,如《警世通言》第十三卷《三现身包龙图断冤》之入话诗:"甘罗发早子牙迟,彭祖颜回寿不齐,范丹贫穷石崇富,算来都是只争时。"虽然不见得有多少文采,但是在短短四句诗之中就提到了六个历史人物。甘罗是战国时人,小小年纪就拜入吕不韦门下,后被秦王拜为上卿;子牙便是姜太公姜尚,白发苍苍才得遇文王被拜为相;彭祖以长寿著称;颜回是孔子的得意门生,中年便亡;范丹是汉朝时人,性格狷介却穷困潦倒,衣不遮体,食不果腹;石崇西晋时人,富可敌国。这个六位历史人物的命运遭际形成鲜明对比,最后归为一句"算来都是只争时"。意在告诫读者,不论是少年得志还是大器晚成,贫穷还是富贵,寿命长短与否,都是命中注定之事,人们只需等待时机的到来而已。然后引出算命先生卜卦,设置悬念,逐步展开故事情节。以历史人物入诗,让作者的观点更加具有了说服力。

除了有史可考的历史人物或者事件之外,一些民间广为流传的传说故事也成了小说诗词之典。《吴江雪》第十二回《巫女有心荐枕,楚襄无意为云》回前词《玉楼春》曰:"情苗自古钟才子,况是风流美如此。多情今反似无情,却使多情肠断耳。春心难系相思字,蜀帝春魂今未死。巫山神女总销魂,楚襄心系深宫里。"诗歌末尾两联用了两个典故,其一是蜀帝杜宇死后化为啼血杜鹃;其二是楚王巫山遇神女,化用这两个典故来印证相思之苦。故事传说虽然并不见得载之于史册,但是它们早已深入人心,它们的教育意义不是出自其真实性,更多的则是典故本身的寓意。

2. 因果必报

小说的诗词韵文中体现着十分明显的因果必报观念,表述往往直接袒露,具有很高的警醒作用。《隔帘花影》第一回《生前业贪财好色,死后报寡妇孤儿》开篇就先是两首诗:

诗曰：

> 古今何地不欹倾，独有青天一坦平。
> 无臭无声疑混沌，有张有主最分明。
> 饶他奸巧逃王法，任是欺慢脱世评。
> 论到冥冥彰报应，何曾毫发肯容情。

又曰：

> 苍苍不是巧安排，自受皆由自作来。
> 善恶理明难替代，影形业在怎分开。
> 突当后报惊无妄，细想前因信正该。
> 此事从来毫不爽，不须疑惑不须猜。

（《隔帘花影》第一回）

　　诗歌通篇都以议论为主，以强烈的语调阐明苍天之公道，作恶就算逃得王法制裁，也无法避免上天的惩罚。这类诗词韵语成为小说道德教化的传声筒，具有颇为明显的指示作用。除了这种独立成篇的诗歌作品，还有较为短小精悍的格言式韵语，有些流传于民间、口语意味浓重的语句，多次出现于不同作品中。如："善有善报，恶有恶报；天网恢恢，疏而不漏。"（《金瓶梅》第一回）"人生虽未有前知，祸福因由更问谁。善恶到头终有报，只争来早与来迟。"（《金瓶梅》第八十七回）"善恶到头终有报，只争来早与来迟。"（《醒世姻缘传》第二十七回）"善恶到头终有报，只争来早与来迟。"（《锦香亭》第十五回）"恶有恶报，善有善报。若还不报，时辰未到。"（《西湖二集》第五卷）这些颇为近似的格言式语句出现频率颇高。因果必报的思想观念已经深入人心，成为约束人们言行的无形戒尺。

3. 宿命论

出现于小说中的诗词韵语多含有宿命论思想,劝诫世人对于命运早已安排好的人生轨迹要知道顺从。宿命思想有着较为复杂的产生渊源,这不仅仅是统治者为了统治需要,对民众灌注逆来顺受意识,更深刻的渊源还在于中国思想文化中的天命观。这种天命观,成为中国思想的发源点,影响了人们的人生观和世界观。统治者对儒家思想的推崇与尊奉,则进一步将天命观念强化。《西湖二集》第三卷《巧书生金銮失对》在入话部分举了五个历史人物的事例:其一为李藩故事,新罗国异僧为当时还是小小判官的李藩看相,说他是纱笼中人,李藩最终为宰相;其二为王显故事,唐太宗观其无贵人之相不封他官职,他表示不满,太宗只得封他三品官,半夜便呜呼哀哉;其三为王勃被仙人送至南昌作《滕王阁序》事;其四为张镐故事,他与范文正公交好,范文正公为了接济他进京盘费,听说《荐福碑》文可卖钱,欲拓《荐福碑》相赠,结果夜间被雷劈为数段;其五,宋仁宗二侍卫争执人生贵贱是在于命还是在于天子,宋仁宗欲让信天子者富贵,然而最终还是信命者"保奏给事,有劳推恩"。此五事例都是在宣扬人命天定,因此,作者叹道:"世上万般都是命,果然半点不由人。"(《西湖二集》第三卷)最后具有总结性的这句韵语,起到了画龙点睛的作用,成为所述故事的主旨。

宿命论虽然有消极悲观之嫌,但是它也成为人们维持心理平衡的有效方式。"前程暗漆本难知,秋月春花各有时。静听天公分付去,何须昏夜苦奔驰?"(《喻世明言》第五卷)"富贵还将智力求,仲尼年少合封侯。时人不解苍天意,空使身心半夜愁。"(《警世通言》第三十六卷)"命里不无终是有,相中该有岂能无。纵然迷失兼流落,到底团圆必不孤。"(《石点头》卷一)此类诗词在小说中多有出现,尽管将人生的很多事情都看作是命运的安排,非人为所能决定,但是它却教给人们如何能够调节心理平衡。在困苦不幸面前,将精神寄托于命运,用一种良好而又平静的心态面对人生。客观来讲,对维护社会安定、巩固统治,有着很大的帮助。

4. 超然世外

超然世外,如闲云野鹤般洒脱,是许多文士所向往的精神境界。尽管小说是叙事性文学作品,但是对于中国古代的小说却是倾注了颇多作者主观情绪的。而此类超然世外类型的诗词韵文,正是作者得以抒发内心情感的凭借。《喻世明言》第一卷《蒋兴哥重会珍珠衫》篇首入话词《西江月》曰:

仕至千钟非贵,年过七十常稀,浮名身后有谁知? 万事空花游戏。

休逞少年狂荡,莫贪花酒便宜。脱离烦恼是和非,随分安闲得意。

(《喻世明言》第一回)

词中透露出一种与世无争情愫,也有作者自己人生感悟的成分。又如《三国演义》第一回篇首入话词:

滚滚长江东逝水,浪花淘尽英雄。是非成败转头空:青山依旧在,几度夕阳红。

白发渔樵江渚上,惯看秋月春风。一壶浊酒喜相逢:古今多少事,都付笑谈中。

(《三国演义》第一回)

充满了对历史沧桑的感慨,"白发渔樵"形成了超脱意象,在小说开篇就定下了叙事基调,百年历史都付于诗酒笑谈之中。这类诗词韵文往往带有浓烈的情感,很大限度上是作者感发于自身人生遭际与小说作品,在二者相互交融之下所触发的内在情绪的释放。

5. 强化儒家伦理道德

在小说文本主体之外强化儒家伦理道德的宣扬，是小说诗词韵文的一项重要任务。儒家伦理道德观念在小说诗词之中被高度浓缩，颇类教条式宣讲。"紫荆枝下还家日，花萼楼中合被时。同气从来兄与弟，千秋羞咏《豆萁诗》。"（《醒世恒言》第二卷）"生死由来一样情，豆萁燃豆并根生，存亡姊妹能相念，可笑阋墙亲弟兄。"（《二刻拍案惊奇》卷二十三）"死君自是忠臣志，忧父方成孝子心；任是人情百般厚，算来还是五伦深。"（《好逑传》第一回）"割股人曾见，剖肝古未闻。孝心真持异，应自感明神。"（《型世言》第四回）"雁不再丽，鸱乐于淫。贞淫各别，莫烛其心。"（《歧路灯》第四回）等，将儒家的伦理标准借助诗词韵文直接地融入于小说，时刻提醒经行阅读活动的读者，此处是在教导或提醒人们什么道理，完成了对道德信条的进一步强化和灌输。

二、诗词韵文与文本互文性关联

诗词韵文与小说文本虽然是两种不同的文体共同出现于同一文本之中，但是它们却有着很大的关联性，关联程度有疏密之分，随着作品内容而发生变化。

关联程度较为疏离者，一般为起兴之笔。如《警世通言》第二十八卷《白娘子永镇雷峰塔》篇首是一首写西湖的诗："山外青山楼外楼，西湖歌舞几时休？暖风熏得游人醉，直把杭州作汴州。"这首诗引用的是宋代林升之作《题临安邸》，批判了南宋统治集团的沉迷享乐，与白娘子故事关系很小。《醒世恒言》第七卷《钱秀才错占凤凰俦》开篇为一首写景诗，曰："渔船载酒日相随，短笛芦花深处吹。湖面风收云影散，水天光照碧琉璃。"与钱秀才姻缘故事似乎也是风马牛不相及。此类诗词看似无关乎小说情节，实为借此起兴，引出故事内容。此二首诗皆为写景之作，《白娘子永镇雷峰塔》故事中，男主人公许宣与女主人公白娘子相遇于杭州西湖断桥；而《钱秀才错占凤凰俦》篇首入话诗所写的太湖，则是女主人公高秋芳的故乡,小说也从此处开始展开。为了使篇首入话诗不显得过于突兀,在诗歌之后,作者还对诗中所写地点进一步做了较为详细的叙述,逐渐将故事引入正题。这种优美诗词置于篇首,也起到了吸引读者注意的效果,它的语言意境之美,颇引人入胜。

篇首诗词的起兴,还在于典故诗词的应用。《醒世恒言》第二十七卷《李玉英狱中讼冤》入话诗曰:"人间夫妇愿白首,男长女大无疾疢。男婚妻兮女嫁夫,频见森孙会行走。若还此愿遂心怀,百年瞑目黄泉台。莫教中道有差跌,前妻晚妇情离乖。晚妇狠毒胜蛇蝎,枕边谮语无休歇。自己生儿似宝珍,他人子女遭磨灭。饭不饭兮茶不茶,蓬头垢面徒伤嗟。君不见大舜历山终夜泣,闵骞十月衣芦花!"舜幼年丧母,备受后母与弟弟的折磨,此典见于《孟子·万章上》,"万章问曰:'舜往于田,号泣于旻天,何为其号泣也?'孟子曰:'怨慕也'"[1]。闵骞即为闵子骞,《史记·仲尼弟子列传》记载曰:"孔子曰:'孝哉闵子骞!人不闻于其父母昆弟之言。'"[2]此二位历史人物都是遭受后母虐待的典型。将其用于入话诗,以引出正话李玉英姊妹兄弟备受后母曹氏糟践迫害故事。入话诗的情感抒发与历史典故之应用,都围绕着正话故事所述后母虐儿女情节,尽管人物与故事并非完全相同,但是主题却具有一致性。

另有一类篇首入话诗词与正文关系较为密切,这往往表现为一些说教意味浓厚的作品。在小说一开篇就先奠定了故事的情感基调或道德标准,读者阅读完这些诗词韵语就能够大概了解故事的主体内容和作者欲宣扬的主旨,不论在短篇话本小说还是长篇章回小说中,这类情况都颇为普遍。《清平山堂话本》之《雨窗集》有话本《错认尸》,入话为一首七言诗,曰:"世事纷纷难竟陈,知机端不误终身。若论破国亡家者,尽是贪花恋色人。"正话故事讲述的便是商人乔彦杰因为贪恋美色,娶一妾春香回家,最后因为春香而弄得家破人亡,正应了入话诗所要表达的内容。在长篇章回小说中,则表现为每一章开篇的诗词韵语带有道德评判意味。章

① 金良年:《孟子译注·万章上》,上海:上海古籍出版 2004 年版,第 192 页。
② (汉)司马迁:《史记·仲尼弟子列传》,北京:中华书局 1999 年版,第 1737 页。

回小说《林兰香》在第一回《录勋旧璘照蒙恩,弹甲科祖圭获咎》交代了故事主要人物耿家与燕家,并写道耿朗与燕梦卿定下婚约,燕梦卿之父遭人诬陷入狱。第二回《叩彤廷信义全朋,览副奏抒诚爱妇》篇首诗则曰:"薄命从来属丽娟,几回翘首问青天。世间惟有忠和孝,同气相悲自爱怜。"(《林兰香》第二回)读者在阅读完第一回后对于燕梦卿之父的命运产生了悬念,这四句诗将第二回的故事梗概点出,给予了读者情节下一步发展的线索,同时也对燕梦卿愿代父罪进行了赞扬,为阅读者树立起孝女楷模。

关联程度更高的则是融入文本与处于篇尾的诗词韵语。中国古代白话小说具有非客观叙事性,在叙书故事之时往往边叙边议,融汇于文本之中的诗词韵语便充当了这种议论抒发功能,造成置身事外的阅读者迅速进行情感的投入,起到了很好的渲染作用。《西游记》第二回《悟彻菩提真妙理,断魔归本合元神》写道孙悟空从菩提祖师处习得本领,回到花果山,"那里消一个时辰,早看见花果山水帘洞",此处孙悟空有一段心理感受,作者用一首诗来表达:

> 去时凡骨凡胎重,得道身轻体亦轻。
> 举世无人肯立志,立志修玄玄自明。
> 当时过海波难进,今日来回甚易行
> 别语叮咛还在耳,何期顷刻见东溟。

(《西游记》第二回)

李卓吾评"举世无人肯立志,立志修玄玄自明"曰:"着眼。"①其实小说中人物的心理感受完全可以用叙述文字表达的,而作者在此运用了诗的形式,加重了感情的倾注,更多地掺进了作者的主观感受。这首诗既是孙悟空有感之作,也是作者内心情绪的抒发,尤其是"着眼"之句,带着对

① (明)吴承恩:《西游记(新校注本)》,成都:四川文艺出版社1991年版,第32页。

世人的批判和警诫。《隔帘花影》第一回写财主南宫吉生前做事强横，死后妻云娘携子与丫头细珠逃金兵之难。途中避难于普福寺，"到夜间，乌黑一个大空寺里，止得他两个妇女一个孩子，墩在里面，孤孤单单，好不苦恼。若非报应，安能至此"，紧着插入一首七言诗，曰："只思奢侈易为欢，不道灾生受苦难。颠苦流离尝一遍，始知大福是平安。"（《隔帘花影》第一回）这是中国古代白话小说惯用的抒情方式，此首诗恰切地表达了云娘与细珠二人的心境，也是作者在此场景之下的有感而发。而读者阅读至此，也同样会产生这种感受，这首诗也能代阅读者抒发出内心情绪。在情感的内在引动中，作者所要教化人们的观念便更于潜移默化于人心。

位于文本之末的诗词韵语，在话本小说与章回小说中是不同的。话本小说末尾的诗词韵语多带有总结议论性，如《喻世明言》第六卷《葛令公生遣弄珠儿》篇末，"后人有诗赞云：重贤轻色古今稀，反怨为恩事更奇。试借兖州功簿看，黄金台上有名姬"（《喻世明言》第六卷）。在赞美葛令公重义轻利的同时，也劝诫了世人，又如《石点头》第四卷《瞿凤奴情愆死盖》文末曰："后来有人作几句偈语忏悔。"偈语云：

是男莫邪淫，是女莫坏名。
欺人犹自可，天理原分明。
不信摩登伽，能摄阿难精。
地狱久已闭，金磬敲一声。
豁然红日起，万方光华生。
同心一带结，男女牵幽魂。
一为自宫汉，一为投缳人。
轮回总能转，何处认前因。

（《石点头》第四卷）

偈语对小说的故事情节进行了总结，故事的主旨在偈语中得到了充分阐释。即便读者在阅读活动之后，没有意识到"男莫邪淫""女莫坏名"

的重要性,通过偈语的点化也会颇受启发。

小说中的诗词韵语短小精悍,节奏性强,便于记忆,阅读起来朗朗上口,与正文文本的紧密结合,很好地实现了文本之间的交叉互利,使得中国古代的白话小说在文学功用性方面具备了独特文体优势。

第五章 情节设置的互文性

中国古代白话小说中的故事情节具有明显的互文性,它并不是一个与其他文本切割了关联性的孤岛似的存在,而是更明显地体现出了与其他各种不同体裁文本之间的融合借鉴关系。有些文本中的情节,还多次反复出现于不同文本之中,形成一些特定的文学母题。

第一节 文本完全模仿的互文性

中国古代白话小说的出现与说书艺术有着密切的关系。胡士莹先生在《话本小说概论》中言道:"可见艺人在街市演唱,在旧社会里是极其普遍的事。并且还是瓦肆艺人的广大后备军。这些艺人同下层市民及农民接近,而且有的还来自农村,受封建统治阶级影响较少,所以内容可能更直率,形式可能更泼辣,是瓦肆艺人吸收新鲜养分的一个来源。"①这就使得艺人对故事的独创性并不是十分看重,也为文本对各种故事素材的吸收创造了广阔的环境和条件。

一、历史文本的改编

历史素材历来受到广大读者的喜爱。在复古传统和思潮的影响之

---

① 胡士莹:《话本小说概论》,北京:中华书局 1980 年版,第 51 页。

下,先祖或者前人往往受到后人的尊崇,模仿效法前人在不同的时代都有不同程度的出现。而历史故事的趣味性、哲理性,也往往会引起普通大众的兴趣。在说书艺术的门类中,很早便有专门讲述历史的派别。胡士莹在《话本小说概论》中论述道:"北宋'讲史',相当发达。《东京梦华录·京瓦伎艺》已载有孙宽、孙十五、曾无党、高恕、李孝详等著名的讲史艺人。'说三分'和'五代史',也是属于讲史的一科。'说三分'在北宋已普遍流行,艺人霍四究就是以说三分著名。"①"说三分"就是讲述三国时期的历史故事。说书艺术的门类,直接影响到了白话小说对于历史故事的创作。有的学者认为说书艺术中的"讲史"是长篇章回体小说形成的一个重要原因。历史故事一般比较长,很难在较短的时间内讲述完整,说书艺人便将历史故事分成相对完整的可以衔接的片段,在故事最精彩的关键节点留下悬念,用"欲知后事如何,且听下回分解"之类说书语言结束每次故事的讲述,吸引听众下次接着来听故事情节新的进展。这种说书艺人吸引听众的策略,在故事文本化之后依然被采用,模仿说书的场景,用文字符号将口头故事书面化。

1. 人物性格塑造

史传文学最开始是颇为粗糙的,只是为了记叙一段历史事实,并不看重人物性格的塑造,尊重事实是其重要的创作原则。较早出现的《尚书》《春秋》等,都是在简单记述历史事实。《尚书·尧典》记载尧帝事迹:

> 曰若稽古。帝尧曰放勋。钦明文思安安。允恭克让,光被四表,格于上下。克明俊德,以亲九族。九族既睦,平章百姓。百姓昭明,协和万邦,黎民於变时雍。乃命羲和,钦若昊天,历象日月星辰,敬授人时。②

---

① 胡士莹:《话本小说概论》,北京:中华书局 1980 年版,第 100 页。
② (清)孙星衍:《尚书今古文注疏》,北京:中华书局 1986 年版,第 1—10 页。

对尧帝性格的描述仅为"允恭克让,克明俊德",之后便是记述他制定历法节令的情况,没有刻画人物性格的创作意识。尽管后来出现的史书《左传》《史记》等有了较好的文学性,人物形象的塑造也不再是笼统地概括,但是笔墨的重点也并没有放在对人物的刻画方面,更为看重的仍然是展示历史事实。归根结底,史书仍然是区别于文学作品的,最本质的差别便在于史书更接近于历史事实,而文学作品则对历史事实的关注程度要弱得多,更为注重的则是文本的审美价值。小说作品在记叙历史故事之时,尽管对历史文本有所借鉴吸收,但是并不是完全地接受,而是围绕文学的审美特性对历史文本进行了改编或者符合情理的虚构。

对于曾经活跃于历史舞台的人物,他们的主要历史事迹一般在小说文本之中不会做出重大的更改,否则便是对于历史的违背,对于读者的期待视野如果大相径庭,历史小说的文本意义也就不存在了。因此,在塑造人物形象之时,人物形象的主流特征与历史必须保持一致。文学史上有一定地位的作品中塑造的历史人物形象,总会与历史上实际存在的人物有多数的相近似性。例如,《三国志演义》中塑造的诸葛亮这一人物,被视为是智慧的化身,人称"卧龙",在诸多的历史事件中都表现出了他"智绝"的一面。在正史《三国志》中对于诸葛亮是这样描述的:"身长八尺,每自比于管仲、乐毅,时人莫之许也。惟博陵崔州平、颖川徐庶元直与亮友善,谓为信然。"裴松之评论曰:"老氏称知人者智,自知者明,凡在贤达之流,固必兼而有焉。以诸葛亮之鉴识,岂不能自审其分乎?夫其高吟俟时,情见乎言,志气所存,既已定于其始矣。"①从这段评述中,可以看出诸葛亮的智慧是超出其他诸人的,这与在小说文本之中塑造的诸葛亮这一人物形象的特性是一致的。

还有一些历史人物,史书中记载较为简洁,人物性格并不是非常鲜明,在小说文本之中塑造人物形象之时,为了小说文本主题的需要,会对历史人物形象的性格进行某些方面的强化。例如《水浒传》中的人物宋

---

①　(晋)陈寿撰,(宋)裴松之注:《三国志》,北京:中华书局 2005 年版,第 677 页。

江,在《宋史》中的记载内容非常简略:

> 宋江寇京东,蒙上书言:"江以三十六人横行齐、魏,官军数万无敢抗者,其才必过人。今青溪盗起,不若赦江,使讨方腊以自赎。"帝曰:"蒙居外不忘君,忠臣也。"命知东平府,未赴而卒,年六十八。①
>
> (《宋史》卷三百五十一)

关于宋江的故事,没有大量文字的记载,是在《侯蒙传》中夹带着提及了他的事迹,因此,我们很难去把握宋江这个人物的性格。在文学虚构之时,便将合乎情理的想象加之历史人物身上,使历史人物的形象更为丰满。小说《水浒传》中的宋江是故事之中非常重要的角色之一,在梁山泊坐第一把交椅。这样重要的人物形象,在文学文本之中性格应该是分为突出鲜明的。宋江在小说之中的仗义疏财、乐善好施,他既要为家尽孝,又要为朝廷尽忠,这些性格上的特征在宋江这一人物形象身上得到了丰富的呈现。历史上真正的宋江是否性情如此,我们很难得知了,文学作品却给了一个活灵活现的宋江。这个历史人物未必和真实的历史相符,但是作为文学的艺术形象却深入人心,历史人物的真实性也便忽略了。

2. 情节的反历史性

文学毕竟不是历史,史书中出现的历史故事尽管也存在一定的虚构性,但是虚构的比例相对非常低,而且仅限于微小的细节,大致的事件记叙是基本符合现实的。而历史性的小说则不同,更多的是建立在历史文本基础上的虚构。这些虚构的情节内容,有些是在历史事件基础上的扩展,而另外一些则是对于历史事实的反叛。

能够纳入正史之中的内容毕竟是少数,而能够被列入史书、载入史册的历史人物更是少数,因此很多有识之士才会将垂名史册作为自己的人

---

① (元)脱脱等撰:《宋史》卷三百五十一,北京:中华书局2000年版,第8849页。

生追求。既然如此,史书中对于某个历史故事的描述便不会深入细致。以《西游记》为例,在这部神魔小说之中,唐玄奘取经的故事便被附会出诸多的神异情节。玄奘取经在正史之中是有记载的:

> 尝谓翻译者多有讹谬,故就西域,广求异本以参验之。贞观初,随商人往游西域。玄奘既辩博出群,所在必为讲释论难,蕃人远近咸尊伏之。在西域十七年,经百馀国,悉解其国之语,仍采其山川谣俗,土地所有,撰西域记十二卷。贞观十九年,归至京师。①

情节叙述非常简单,只是简单交代了玄奘取经的大致时间,在西域待了十七年,以及他在西域的大致事迹。这个历史事件被小说文本附会出了更多神异的内容。首先将玄奘取经故事进行内容拓展附会的文学性文本是玄奘弟子辩机根据其师父口述而撰写的《大唐西域记》,以一个宗教家的视角记叙了西域各个国家的政治及风土人情,增加了一些正史记录中所没有的神异色彩。此后又出现了玄奘弟子慧立、彦悰编写的《大唐慈恩寺三藏法师传》,里面加入了一些神异的故事。到了唐代末年出现了文言小说《独异志》《大唐新语》,都记述了关于玄奘取经的故事,这些故事都增加了虚构性成分,是在历史文本基础上的生发。到了宋代,这个正式之中加载的故事被进一步虚构扩展,在前人创作的基础上,出现了一部话本小说《大唐三藏取经诗话》,这部书"开始把各种神话与取经故事串联起来,形式近乎寺院的'俗讲'"②。此话本已经基本具有了章回体小说《西游记》的雏形,其中还吸收了大量的民间流传的取经故事。元代出现了关于取经的戏曲,例如杨景贤的杂剧《西游记》,其中已经出现了唐僧、白龙马、孙悟空、沙和尚、猪八戒等形象,包括了火焰山、女儿国等情节,和章回体小说《西游记》非常接近。章回体小说《西游记》的创作,受到这些文本的影响很大,可以说是多种取经故事文本的拼接融合。鲁迅

① (后晋)刘昫等撰:《旧唐书》,北京:中华书局2000年版,第3475页。
② 党月异,张庭兴:《明清小说研究概论》,北京:中央编译出版社2011年版,第163页。

先生在《中国小说史略》中说:"《西游记》全书次第,与杨志和作四十一回本殆相等。前七回为孙悟空得道至被降故事,当杨本之前九回;第八回记释迦造经之事,与佛经言阿难结集不合;第九回记玄奘父母遇难及玄奘复仇之事,亦非事实,杨本皆无有,吴所加也。第十至十二回即魏征斩龙至玄奘应诏西行之事,当杨本之十至十三回;第十四回至九十九回而俱记入竺途中遇难之事,九者究也,物极于九,九九八十一,故有八十一难;而一百回以东返成真终。"①章回体小说《西游记》与此前文本的交叉对比所表现出的异同,正体现出其成书的"累积"特征,实质是对不同时代出现的取经故事内容文本的整合,体现着非常明显的文本间性。自正史《旧唐书》到章回体小说《西游记》的成书,取经故事经历了时代的更迭之后,内容早已不再是正史中记载的面貌了。

在历史文本的借鉴过程中,还会出现张冠李戴的现象,即原本是其他历史人物所做的事情,文学文本为了故事的需要,会将情节安置于另外的历史人物。例如长篇章回体小说《三国演义》中的情节"草船借箭",故事的主人公是诸葛亮,而在史书之中,并没有诸葛亮借箭之事,记载的却是孙权刺探军情之时发生的故事,对于此事,《三国志》正文中记载:

> 十六年,权徙治秣陵,明年,城石头,改秣陵为建业。闻曹公将来侵,作濡须坞。十八年正月,曹公攻濡须,权与相拒月余。曹公望权军,叹其齐肃,乃退。②

> (《三国志·吴书》)

书中引《魏略》云:"权乘大船来观军,公使弓弩乱发,箭着其船,船偏重将覆,权因回船,复以一面受箭,箭均船平,乃还。"③而在小说《三国志演义》之中,周瑜为了为难诸葛亮,要求其十日之内铸造十万支箭。"孔

---

① 鲁迅:《中国小说史略》,北京:人民文学出版社1957年版,第130页。
② (晋)陈寿撰,(宋)裴松之注:《三国志》,北京:中华书局2005年版,第827页。
③ (晋)陈寿撰,(宋)裴松之注:《三国志》,北京:中华书局2005年版,第828页。

明曰:'只消三日,便可拜纳十万支箭。'"(《三国志演义》第四十六回)便在迷雾重重之中坐草船去曹操处"借箭",很快凑够了十万支箭。"鲁肃入见周瑜,备说孔明取箭之事。瑜大惊,慨然叹曰:'孔明神机妙算,吾不如也!'"(《三国志演义》第四十六回)可见,作者设置违背历史事实的情节是为了凸显出诸葛亮的"神机妙算",用这一段小故事巧妙地对赤壁之战中的重要角色进行了刻画,使故事波澜起伏,曲折有致。对于文学文本而言,这种违背历史的改编并没有破坏艺术性,反而使文学文本的可读性进一步得以增强。

3. 民间价值评判的干预

白话小说的文本间性使得作者在进行文本交叉组合之时,有着明显的价值倾向。由于白话小说文字通俗,故事情节曲动人,所以吸引了大量的民间读者或者听众。而故事在传播过程中,读者和听众的价值取向会渗透进小说文本,为了赢得接受群体的喜爱,作者在文本创作与融合交叉之时会去主动迎合接受者的喜好。而白话小说的作者多数生活于社会底层,属于科举失意之士,他们熟悉下层百姓的生活以及价值取向。如烟水散人在《女才子自叙》中言道:

> 夫以长卿之贫,犹有四壁。而予云庑烟瘴,曾无鹪鹩之一枝。以伯鸾之困,犹有举案如光,而予一自外入,室人交遍谪我。以子云之《太玄》,覆瓿遗诮,然有侯巴,独为赏重;而予弦冷高山,子期未遇,弊裘踽踽,抗尘容于阛阓之中,遂为吴侬面目。其有知我者,唯松顶之清飔,山间之明月耳。嗟乎!笔墨无灵,孰买《长门》之赋;冀丝难染,徒生明镜之怜。……予乃得为风月主人、烟花总管,检点金钗,品题罗袖。虽无异乎游仙之虚梦,跻显之浮思而已。泼墨成涛,挥毫落

锦,飘飘然若置身于凌云台榭,亦可以变啼为笑,破恨成欢矣。①

    人生苦闷,现实生活中充满了不如意事,借用文字为自己构建一个理想的境界,以寻求心灵的慰藉。天花藏主人在《平山冷燕序》中也颇有感慨:"奈何青云未附,彩笔并白头低垂;狗监不逢,上林与长杨高阁。即万言倚马,止可覆瓿,道德五千,惟堪糊壁。求乘时显达,刮一目之青,邀先进名流,垂片言之誉,此必不得之数也。致使岩谷幽花自开自落,贫穷高士独往独来,揆之天地生才之意,古今爱才之心,岂不悖哉! 此其悲则将谁咎?"正是"凡纸上之可喜可惊,皆胸中之欲歌欲哭"②! 对于生活偃蹇,怀才不遇的文士们,文学创作成了很好的调节工具。这些生活在社会底层的文士们更具有吸收民间价值观念的条件,结合自己的身世遭遇去进行文学作品的创作。

    民间价值评判的主流倾向在白话小说成书过程之中起到了很大的导向作用。以《三国志演义》为例,历史上对于曹操、刘备、孙权三个政权的主公并没有太多的道德或者情感上的倾向性,但是在小说之中却能表现出很明显的"拥刘反曹"倾向。而这个倾向并不是在章回体小说《三国志演义》之中体现出来的,而是早在成书之前便流行于民间。苏轼曾在《东坡志林》中讲道:

    王彭尝云:"涂巷中小儿薄劣,其家所厌苦,辄与钱,令聚坐听说古话。至说三国事,闻刘玄德败,颦蹙有出涕者;闻曹操败,即喜唱快。以是知君子小人之泽,百世不斩。"③

    可见宋代之时这种价值倾向便已经非常明显了。在民间价值导向之

---

① 丁锡根:《中国历代小说序跋集(中册)》,北京:人民大学出版社 1996 年版,第 831 页。

② (明)荻岸山人:《平山冷燕·附录》,沈阳:春风文艺出版社 1982 年版,第 232 页。

③ (宋)苏轼:《东坡志林》,沈阳:万卷出版公司 2016 年版,第 20 页。

下，《三国志演义》在择取文本之时，便会围绕此导向而进行创作。《三国志演义》的框架结构设置便是以蜀国发迹到消亡为主线的。对于蜀国的开国君主刘备的出身都做了特殊的交代："家住本县楼桑村。其家之东南，有一大桑树，高五丈余，遥望之重重如车盖。相者云：'此家必出贵人。'"（《三国志演义》第一回）而且把"桃园豪杰三结义"的故事放在小说的第一回中，可见其在文本中的重要地位。

对于历史，古代的民众极少会去理性、全面而深刻地探究时代更替的深刻根源，他们更为关注的是善良者是否会得以善终，而为恶者是否终会付出惨重代价。例如，对于包拯这个人物形象的塑造，《宋史》中对于包拯的记载笔墨较为简约，"数论斥权幸大臣，请罢一切内除曲恩。又列上唐魏郑公三疏，愿置之坐右，以为龟鉴。又上言天子当明听纳，辨朋党，惜人才，不主先入之说，凡七事；请去刻薄，抑侥幸，正刑明禁，戒兴作，禁妖妄。朝廷多施行之"，此外，还记载包拯"拯性峭直，恶吏苛刻，务敦厚，虽甚嫉恶，而未尝不推以忠恕也"①。通过正史的记载可知，包拯为官确实清廉正直，深得民心，在任之时做了不少于民有益之事，在民间对于包拯的故事也便流传开来，逐渐成为公平正义的化身，在百姓遇到难以解决的疑难案件之时，包拯便如同神明一样出面为民做主，成为百姓得以依赖和信任的政府官员的代表。在这种观念的指引之下，包拯的形象在文学作品之中也便多了一些神异的色彩。如在《三侠五义》之中所塑造的包拯便是一个充满智慧的铁面无私的清官形象，身边有大量侠客相助，如白玉堂、展昭、欧阳春、韩彰、蒋平等，他们行侠仗义、除暴安良，使正义得以伸张，冤枉得以平反，为恶者遭到惩罚，为善者则得到帮助。这种情节的设置，非常符合底层人民的愿望和诉求，而包拯的形象则是人们夸大虚构出来的强大精神依托。在一些短篇话本小说中，包拯的形象还被赋予了神异因素。如《警世通言》第十三卷《三现身包龙图断案》，故事讲述孙押司的妻子与小孙押司有奸情，设计谋害死了丈夫孙押司，事情做得非常巧

①　（元）脱脱等撰：《宋史》，北京：中华书局，第 8311 页。

妙,无人知晓。孙押司死后冤魂不散,托梦给包拯,用一副对联"要知三更事,拨开火下水",暗示自己的冤情。包拯最后查明真相,为孙押司申冤,恶人得到了应有的惩罚。故事最后言道:"包爷初任,因断了这件公事,名闻天下,至今人说包龙图日间断人,夜间断鬼。"(《警世通言》第十三卷)在民间价值观念的影响之下,文学文本之中的人物形象与史书的人物具有了很大的差距。

二、世情文本的借鉴和改编

对于其他文本的完全模仿并不仅仅限于历史故事范畴,在世情小说之中也多有体现。这种形式多体现为文言文本向白话文本的转化。

1.世情文本的借鉴

中国古代小说最早的语体是文言,小说这个概念最初也并非是指的纯文学作品,而是杂以散文、笔记等文体之中。因此小说的作者仍然保持官方通行的书面文字。随着白话小说的兴起,其接受群体也逐渐扩大,尤其是文人参与创作之后,很多文言文本便逐渐被通俗化为白话文本。对于完全模仿这一类型,此种情况多见于话本小说。冯梦龙的"三言"中就有很多故事是源自文言文本。例如《警世通言》卷二十七《假神仙大闹华光庙》源自《夷坚支庚》卷七《周氏子》:

> 鄱城周氏子,未娶,独寝处门下一室读书,抗志勤苦。一夕,夜过半,有隐士著道服,杖策窥户,称姓名修谒,其状奇古,美须髯,对坐相褒赏,良久乃去。如是逾月,不以风雨辄来。忽挟一女子至,容色倩丽,衣履华好,立侍于侧。隐士笑曰:"吾嘉君少年而力学若此,前程未可量,故携小女来奉伴。"于是三人鼎足坐,隐士旋引去。女令周吹灯,解衣登榻。隐士绝迹,而女夜夜来。尝持一物馈周曰:"是熊胆也,服之最能明目,可夜观书。"周受而食之。出入期年,形体消瘦。父疑而诘之。始讳不肯言,加以怒骂,乃备述底蕴。父即日挈之

徙舍,招医拯治。云:"元气耗矣,更月十日,将不可为。"遂进以丹补暖之药,历时乃安。是岁绍兴辛酉也。

　　此文情节与《假神仙大闹华光庙》基本一致,只是将周氏子换成了"魏生",隐士修谒换成了假扮的神仙吕洞宾,隐士所引女子换成了假扮的何仙姑。白话文本的情节在《周氏子》故事基础上进行了扩展,加入了假洞宾与魏生狎昵情节,并将其改为仙姑来之后三人同狎昵。《周氏子》中没有降妖情节,《假神仙大闹华光庙》将这部分情节进行了补充,并且写到了真仙吕洞宾、何仙姑以及华光仙共同出掉了假洞宾与假仙姑,点出来二人的身份乃是千年龟精。如此来看,实质上《假神仙大闹华光庙》是对《周氏子》故事情节的套用,文言文本的故事文字上也颇为简约,具体细节描绘并不详尽,冯梦龙在原情节基础上对人物形象进行了进一步的刻画,同时丰富了人物的对话语言,除此之外,情节进展变化并不大。据谭正璧《三言两拍源流考》,《夷坚志》中的五篇故事被"三言"化用了情节,除上文所举篇目之外,另外四篇分别为:《夷坚丁志》卷九《太原意娘》与《喻世明言》卷二十四故事同,《夷坚志》戊卷第二《孙知县妻》与《警世通言》卷二十八故事情节同,卷三十与《夷坚甲志》卷四《吴小员外》故事情节同,《夷坚志》支庚卷第一《鄂州南市女》与《醒世恒言》卷十四故事情节相同。

　　文言小说文本故事情节的套用,其实是对文言语体的转换,转化为了白话语体。但是文言文创作的小说,受到语体本身特征的影响,与白话语体创作的故事会存在一定的差距,并不是简单地将文言翻译为了白话。而是在原来情节的基础之上进行的内容的扩展。以《警世通言》第三十二卷《杜十娘怒沉百宝箱》为例,故事最早出现于宋懋澄《九籥集》中的文言故事《负情侬传》,这篇文言传奇情节曲折,篇幅较长,故事讲述颇为精彩,主体情节与《杜十娘怒沉百宝箱》几乎无二,所不同之处在于细节上的刻画与描述。例如,《负情侬传》中写到李生为杜丽娘挥霍尽钱财之后,杜丽娘的鸨母非常不满,"往来经年,李资告匮,女郎母颇以生频来为

厌。然而两人交益欢。女姿态为平康绝代,兼以管弦歌舞妙出一时,长安少年所借以代花月者也。母苦留连,始以言辞挑怒,李恭谨如初。已而声色竞严。女益不堪,誓以身归李生"①。文中仅为短短十几个字,而在《杜十娘怒沉百宝箱》中将此段情节描述颇为详尽。而且增加了鸨母谩骂杜丽娘的语言描写:

> 妈妈没奈何,日逐只将十娘叱骂道:"我们行户人家,吃客穿客,前门送旧,后门迎新,门庭闹如火,钱帛堆成垛。自从那李甲在此,混账一年有馀,莫说新客,连旧主顾都断了。分明接了个钟馗老,连小鬼也没得上门,弄得老娘一家人家,有气无烟,成什么模样!"②

和文言文本相对照,鸨母的人物形象刻画更为丰满生动。此外,《负情侬传》中十娘在船上唱曲并未交代曲名,而在《杜十娘怒沉百宝箱》一文中,对杜十娘唱曲这一情节做了细致描写:

> 十娘兴亦勃发,遂开喉顿嗓,取扇按拍,呜呜咽咽,歌出元人施君美《拜月亭》杂剧上"状元执盏与婵娟"一曲,名《小桃红》。真个:声飞霄汉云皆驻,响入深泉鱼出游。③

由此可见,白话文本在借鉴套用文言文本故事情节之时,往往会对情节进行细化,对读者的阅读活动而言填补了期待视野的空白,提高了案头文学的可阅读性。

2. 世情文本的改编

世情文本的完全借鉴并非仅仅在情节之上进行内容的细化与渲染,

---

① (明)宋懋澄:《九籥集》,北京:中国社会科学出版社1984年版,第117页。
② (明)冯梦龙:《警世通言》,北京:中华书局2014年版,第509页。
③ (明)冯梦龙:《警世通言》,北京:中华书局2014年版,第517页。

有时会根据作者的喜好以及情节设置的需要对完全借鉴的文本进行改编。改编虽然会出现情节的变动,但是故事的主导框架变化并不大。以《鸳鸯灯传》故事为例,此为文言小说,全文已遗失,大致故事情节在罗烨的《醉翁谈录》附录中所引的《蕙亩拾英集》有记载:

> 近世有鸳鸯灯传,事意可取,第近世有《鸳鸯灯传》,事意可取,第缀缉繁冗,出于间阎,读之使人绝倒。今一切略去,掇其大概而载之云。天圣二年元夕,有贵家出游,停车慈孝寺侧。顷而有一美妇人,降车登殿。抽怀袖间,取红绡帕裹一香囊,持于香上,默祝久之。出门登车,掷之于地。时有张生者,美丈夫贵公子也,因游偶得之,持归玩。见红帕上有细字,书三章。其一曰:"囊香著郎衣,轻绡著郎手。此意不及绡,共郎永长久。"其二曰:"囊里真香谁见窃,丝纹滴血染成红。殷勤遗下轻绡意,好付才郎怀袖中。"其三曰:"金珠富贵吾家事,常渴佳期乃寂寥。偶用至诚求雅合,良媒未必胜红绡。"又章后细书云:"有情者得此物,如不相忘,愿与妾面,请来年上元夜于相蓝后门相待,车前有鸳鸯灯者是也。"生咏叹久之,作诗继之。其一曰:"香来著吾怀,先想纤纤手。果遇赠香人,经年何恨久。"其二曰:"浓麝应同琼体腻,轻绡料比杏腮红。虽然未近来春约,也胜襄王魂梦中。"其三曰:"自得佳人遗赠物,书窗终日独无寥。未能得会真仙面,时赏囊香与绛绡。"翌年元宵,生如所约,认鸳鸯灯,果得之。因获遇乾明寺。妇人乃贵人李公偏室,故皆不详载其名也。
>
> (《岁时广记》卷十二引自《蕙亩拾英集》)。①

故事与《红绡密约张生负李氏娘》的前半部分情节完全一致。《红绡密约张生负李氏娘》出自《醉翁谈录》壬集卷一。讲述的也是张生在元宵节之时,于乾明寺佛殿前,拾得红绡帕子,帕上题诗二首,内容与《鸳鸯灯

---

① (宋)罗烨:《醉翁谈录》,上海:古典文学出版社 1957 年版,第 131—132 页。

传》中其二、其三相同,没有其一的内容。张生相和的诗也是只有其二与其三。《红绡密约张生负李氏娘》在讲述了张生与李氏相识相恋之后,还接着介绍了二人之后的生活。二人逃往苏州之后,不久就花光了李氏所携带出来的钱财,生活越来越窘迫,无奈之下,张生决定去秀州投奔自己的做官的父亲。其父以为张生携乾明寺尼姑离家,与其断绝了父子关系,只从母亲处得到一些钱财。在秀州结识了妓女越英,在越英资助之下考中解元,并娶了越英为妻。李氏带丫鬟彩云乞讨来秀州寻夫,与越英、张生相遇,后经官府判决李氏为正妻,越英为偏室,故事便到此结束。

冯梦龙在《喻世明言》第二十三卷《张舜美灯宵得丽女》的入话部分将《红绡密约张生负李氏娘》故事的情节用白话语体进行了复述,基本上还原了文言文故事的情节。但是将张生与梁英的这段故事抹去,直接以"次早顾舟,自汴涉淮,直至苏州平江,创第而居。两情好合,偕老百年"(《喻世明言》第二十三卷)这种描述一方面并没有违背《红绡密约张生负李氏娘》故事的情节,只是将一部分故事的波折略过了;另一方面,作为一篇话本小说的入话故事,在叙述之时会尽量与正文内容建立起一定的关联,便于正文故事的展开。《张舜美灯宵得丽女》故事主要讲述的是张舜美与刘素香元宵相遇相恋,张舜美对刘素香专情不二,因此,在借鉴《红绡密约张生负李氏娘》故事之时,没有必要对张生的负心进行叙述,避免了赘述,将元宵遇佳人的情节作为了重点情节。以此情节建立起张舜美与刘素香故事的关联。可见,为了故事进展的需要,作者对所借鉴的文言故事是进行了一定的取舍的。《张舜美灯宵得丽女》这篇话本不仅入话故事对文言文本进行了借鉴,正文故事同样是对于《红绡密约张生负李氏娘》的改编。改动之处分主要有三个主要方面:第一,女主人公的身份做了改变。文言文本《鸳鸯灯传》与《红绡密约张生负李氏娘》中的李氏娘均为贵家的妾室,因为婚姻不幸福才用扔红绡帕子题诗的方式寻求爱情。而《张舜美灯宵得丽女》的女主人公刘素香则是未出阁的姑娘,同样是为了寻求真正的爱情而红帕题诗,是对"媒妁之言、父母之命"的旧式婚姻的反叛。第二,尼姑出现的时机做了改变。在文言文本之中,尼姑出现于男女主人公初识之时,她的出现是为了创造二人相会的机会,因此"乾明寺"就成了叙事中的关键地点。《张舜美灯宵得丽女》中的尼姑是在刘素香与张舜美私奔走散、无处投奔之时,单方面去帮助刘素香的。也正是因为她的帮助,三年后刘素香才有机会与张舜美重逢。第三,故事结局的改编。文言文本的重点指向负心主题,张生与李氏的浪漫爱情终究抵挡不过现实的残酷,当生存受到威胁之时,爱情在张生眼中也便不重要了,再加之新人越英的出现,浪漫的相识便演变为残酷无情的辜负。而在《张舜美灯宵得丽女》故事之中,男女主人公在浪漫的相识之后,尽管经历的波折,但是二人真情不变,有情人终成眷属,并且得到了父母的支持和认可。主导情节并没有发生变化,不论文是被借鉴的文本,还是主动去吸收而成的文本,最终的结局都是男女主人公最终结为夫妻。情节的变动方式,主要体现为两种形式,一种是将次要内容略过不写,另外一种则是在中间情节上做出改编,最终完成已有故事的结局。

3. 价值评判对情节进展的干预

世情文本的完全借鉴并非是对其他文本的完全抄袭,也并不是简单地将文言语体转换为白话语体,而是在文本情节借鉴之时,融入了价值评判,价值评判的差异直接导致了情节进展的变化。

文学文本是社会深层次文化内蕴的反应,文本之间互相交叉融合的内容选择,是深层文化思想的导向在起作用。同样的故事情节,在不同的时代当中会出现不同的价值取向。以白娘子与许宣的爱情故事为例,较早将白蛇妖纳入小说文本的是唐代传奇小说《李黄》。故事讲述"元和二年,陇西李黄,盐铁使逊之犹子也。因调选次,乘暇于长安东市"(《太平广记·李黄》第四百五十八卷),偶遇白衣女子,为袁氏之女,新寡孀居,美貌绝伦,李黄被其美貌所吸引,为其购买衣物饰品等,女子邀请他随去家中将所欠花费归还,李黄欣然前往。由于天色已晚,李黄便留宿女子家中。一着青色衣服的老年女子自称白衣女子之姨,与李黄言道,如若李黄帮忙还清三十千负债,便让白衣女子相陪。连住三日之后归家,"李已渐

觉恍惚,祗对失次,谓妻曰:'吾不起矣。'口虽语,但觉被底身渐消尽,揭被而视,空注水而已,唯有头存。家大惊惋,呼从出之仆考之,具言其事。及去寻旧宅所,乃空园。有一皂荚树,树上有十五千。树下有十五千。馀了无所见。问彼处人云:'往往有巨白蛇在树下,便无别物,姓袁者,盖以空园为姓耳。'"(《太平广记·李黄》第四百五十八卷)在这个故事之中,白衣女子为蛇妖,李黄则被其害死。蛇妖是颇为恐怖而又邪恶的化身。唐代之前的文学作品之中,蛇妖往往以负面形象示人。如出现于《搜神记》中的关于蛇的故事其形象多为淫邪的化身,例如《李寄》中蛇妖专吃少女,轮到李寄之时,李寄凭着自己的勇敢和智慧制服了蛇妖。此外一篇《寿光侯劾鬼》中讲述寿光侯的同乡人有一妇女被蛇妖祸害生病,被寿光侯杀死。尽管这些故事中提到的蛇并不一定都是白色,但是蛇这一形象在文本中都没有起到正面作用,反而成为恐怖邪恶形象。之所以会出现这种情况,与蛇这种动物的习性与外表有一定的关系,外形容易让人产生恐惧。除此之外,蛇这种动物在母系氏族社会时期往往被视为部族的图腾,或者以蛇的形象作为图腾的组成部分。在神话传说中,伏羲与女娲都有着蛇的尾巴,一半是人一半是蛇。"蛇身之神,即羲皇也。"(《拾遗记》卷二),"女娲氏蛇身人面,而有大圣之德"(《列子·皇帝篇》)。作为图腾的形象的蛇,所体现的是原始社会时期的一种对于生殖的崇拜,逐渐地,蛇与女性便建立起某种密切的联系。但是随着父系氏族社会的到来,女性的地位和权威受到了挑战,而蛇作为母系氏族时期就出现的被崇拜的图腾形象,与阴柔、淫邪等词汇便无形中联系了起来。蛇这种动物除了偶尔作为白帝的化身之外(《史记·高祖本纪》记载刘邦仗剑斩蛇:"高祖被酒,夜径泽中,令一人行前。行前者还报曰:'前有大蛇当径,愿还。'高祖醉,曰:'壮士行,何畏!'乃前,拔剑击斩蛇。蛇遂分为两,径开。行数里,醉,因卧。后人来至蛇所,有一老妪夜哭。人问何哭,妪曰:'人杀吾子,故哭之。'人曰:'妪子何为见杀?'妪曰:'吾子,白帝子也,化为蛇,当道,今为赤帝子斩之,故哭。'")在文学作品中的形象则多为负面。而李黄的结局,也成了对于贪恋美色行为的惩罚,以此故事告诫世人,引以为戒。

到了宋代，白蛇妖的形象仍然延续了此前的价值取向。宋代话本《西湖三塔记》中出现了三个妖怪，一个是老鸦幻化，一个老婆子是獭精，文中的白衣娘子则是条白蛇。故事发生在西子湖畔，"是时宋孝宗淳熙年间，临安府涌金门有一人，是岳相公麾下统制官，姓奚，人皆呼为奚统制。有一子奚宣赞，其父统制弃世之后，嫡亲有四口：只有宣赞母亲，及宣赞之妻，又有一个叔叔，出家在龙虎山学道。这奚宣赞年方二十余岁，一生不好酒色，只喜闲耍"①。清明游西湖之时，救下一迷路女子卯奴，并将其带回家中。不久一身着皂衣的婆婆前来寻卯奴，为表示感谢邀请奚宣赞去家中做客。奚宣赞被自称卯奴母亲的白衣女子美色所迷惑，在其家中居住半月之久。后白衣女子又寻找到了新的"后生"，欲吃掉奚宣赞心肝，幸亏被卯奴所救才得以归家。奚宣赞叔叔颇有道行，前来家中捉妖，令三妖均现出了原形。奚宣赞与白衣女子同住半月便"面黄肌瘦"，而且白衣女子还欲食其心肝，可见白蛇妖的邪恶恐怖。与唐传奇《李黄》故事相同之处均为白蛇通过与男性发生肉体关系之后，男性身体受到了很大的损耗，而蛇妖则从中获益。

但是，白蛇故事演变到明清时期出现了本质性的变化。明代中后期，商品经济发展迅速，商人阶层逐步崛起，而市民阶层群体越来越壮大，人们的思想观念在经济发展的影响之下发生了较大的转变。商人的地位有了很大的提高，社会上也出现了弃农而经商的趋向，更有甚者，有些文人甚至放弃了儒业或者官职去从商，鄙视商人的传统观念也发生了改变，人们对于财富和享乐的追求越来越看重。正如陈大康所言："商贾原先被强置于社会的最底层，而当他们的势力日益膨胀之后，便不能再容忍这样的社会格局继续下去，开始尽一切可能提高自己的社会地位，争取更多的政治、经济上的权益。这种以金钱为后盾的努力，是对固有的封建观念的猛烈冲击，而当商贾的社会地位逐渐升高时，他们唯利是图的作风与奢华的生活方式都开始对其他社会阶层产生影响，并终于导致了明代中后叶

---

① （明）洪楩：《清平山堂话本》，上海：上海古籍出版社 1957 年版，第 25 页。

社会风气的巨大变化。这一风气的变化在社会生活的各个方面都显示了出来,几乎可以说是无所不在。"①再加之心学思潮的影响,人们内心之中被压抑限制的欲求得以释放而出。"明代王学以凸显个人心灵和怀疑外在教条的取向,在很大程度上虚构了一个悬浮在生活世界之上却只存在于心灵世界之中的真理,它瓦解了约束社会生活和维持社会秩序的种种知识、思想与信仰,也瓦解了所有外在的监督和约束,易于流动的主体心灵甚至在实际上取消了所有的真理,这引起了很多人的不安。"②经济的发展引发了社会阶层的变化,从而也引发了新的社会思潮的产生,新的社会思潮引领社会的主流思想倾向,人们的思想也逐渐随之改变。作为社会的知识分子阶层,对于主流思想的变化则是最为敏感的群体,他们将思想潮流所影响的价值评判标准通过文学进行了具象性的表达。文学作品所承载的是一个时代的文化品格和精神状态,尽管故事情节近似,但是近似情节背后所反映的内在内蕴会存在不同程度的差异。

仍以白蛇故事为例,到了明代,冯梦龙将其重新进行了改编,收录于《警世通言》中,题为《白娘子永镇雷峰塔》。冯梦龙将《李黄》中遇到的新寡白衣女子情节,与《西湖三塔记》故事发生的地点时间进行了组合,在两个文本交叉之下产生出一个新的情节构建,将男主人公重新进行了命名为许宣,身世也进行了重新改写,其父做药铺生意。这并非简单的符号群的重新拼接,而是两个文本之间能指的更高层次的升华。冯梦龙安排了一个充满诗意的邂逅,许宣与白娘子于清明雨中相会于西湖。故事中的白蛇妖不再是怀害人之心的妖畜,而是变得颇重感情。许宣曾四次怀疑她非正常人类,要么企图躲避她,要么委托会法术者收服她,而她从没有生害死许宣之心。最后被金山寺和尚法海收服,她对法海言道:"禅师,我是一条大蟒蛇。因为风雨大作,来到西湖上安身,同青青一处。不想遇着许宣,春心荡漾,按捺不住,一时冒犯天条,却不曾杀生害命。望禅师慈悲则个!"(《警世通言》第二十八卷)白蛇纯粹出于爱慕才会和许宣

---

① 陈大康:《明代商贾与世风》,上海:上海文艺出版社 1996 年版,第 160 页。

② 葛兆光:《中国思想史》第 2 卷,上海:复旦大学出版社 2000 年版,第 524 页。

成婚,对许宣并没有造成任何伤害,只不过人妖殊途,人畜难以结为夫妻,因此才被法海收服,最后酿成的是一场爱情的悲剧。白蛇的形象与此前文本之中的蛇妖形象有了很大不同。这是因为在新的社会思潮影响之下,人们对于情更为重视,开始正视男女之间的自然情欲,尽管白蛇尚未完全脱离她作为妖精的一些所谓的"恶质",例如偷库银,许宣要离开她之时她威胁许宣要让全城百姓遭殃等等,但她对于许宣感情的真挚是无可厚非的,甚至冒着触犯天条的风险去与许宣做夫妻。这些情节的设置,都是当时新的社会思潮影响之下所产生的观念的变化。反过来说,正是因为思想观念的变化,导致了相近似情节的文本之间,在不同时代出现的差异。

第二节　文本部分模仿的互文性

对于中国古代白话小说而言,文本之间相互交叉置换,在情节设置方面还存在部分情节模仿的情况,在同一个文本世界之中,选取适宜的陈述内容进行交会和中和,而文本就在这种交会与中和的状态之下存在着。

一、部分模仿的外文本性

白话小说进行情节的部分模仿之时,所模仿借鉴的内容单独来看是游离于原文本之外的,也就是说所模仿借鉴的内容可以单独构成完整的文本。原文本在选取此类内容之时往往用来引出故事正文,或者辅助文本张力的生发。

1.外文本的导引模式

中国古代白话小说在创作体制上受到说书体的影响非常大,说书人讲正文故事之前的开场诗词或者小故事的模式被引入文本创作之后,白话小说的作者在进行案头创作之时也会受到此种叙述模式的影响,采用

一个相关联性较强的故事作为故事的引导。例如,长篇章回体小说《红楼梦》讲述的主要是以贾史王薛四大家族为背景的日常生活,但是小说并没有以生活场景开篇,反而讲述一个石头的神话故事。作者在讲述故事由来之时,先讲述了女娲补天的神话故事:"原来,女娲氏炼石补天之时,于大荒山无稽崖炼成高经十二丈、方经二十四丈顽石三万六千五百零一块。娲皇氏只用了三万六千五百块,只单单剩了一块未用,便弃在此山青埂峰下。"(《脂砚斋重评石头记庚辰本》第一回)女娲补天的神话故事在《列子·汤问》《淮南子·览冥训》等中均有记载。《淮南子》中载曰:

> 往古之时,四极废,九州裂,天不兼复,地不周载,火爁焱而不灭,水浩漾而不息,猛兽食颛民,鸷鸟攫老弱。于是女娲炼五色石以补苍天,断鳌足以立四极,杀黑龙以济冀州,积芦灰以止淫水。苍天补,四极正,淫水涸,冀州平,狡虫死,颛民生。背方州,抱圆天,和春阳夏,杀秋约冬,枕方寝绳,阴阳之所壅沈不通者,窍理之;逆气戾物、伤民厚积者,绝止之。①

神话故事中确有炼五色石补苍天的情节,《红楼梦》将此情节提炼出来进行了详细叙述,并将叙事的主角定位在了所炼的五色石上。五色石炼就的数量神话中没有叙述,很显然是作者为了叙事的需要虚构的数量。结果石头被使用了三万六千五百块,余下一块未被使用。由这一块未使用的带有了神性的石头,引出了后续的故事,叙事内容由此逐步进入正题。所借用的文本在叙事策略上起到了很巧妙的构建作用。曹雪芹通过这块顽石,展开了丰富的艺术畅想和构思,搭建起了"顽石——通灵宝玉——贾宝玉"叙述脉络,通过这块石头不平凡的经历,完成了崭新的叙事视角的定位,使得贾宝玉这一人物形象也带有了一些不同于凡俗的特质和品格。

---

① 《淮南子》,北京:中华书局 2009 年版,第 98 页。

白话小说所引入的外部文本,还往往作为一个基点,据此基点重新虚构出一个主题完全不同的全新故事。《金瓶梅》便是一个最为典型的例子。小说的主角是西门庆与潘金莲,而这两个人物却源自《水浒传》中的故事。《水浒传》第二十三回至二十六回的内容,讲述的便是和二人有关的故事。这段故事的主角在《水浒传》这个文本之中是"武松",实际上所交代的是武松怎么落草为寇的情节。而潘金莲与西门庆只是为了陪衬武松的不幸遭遇设置的次要人物。《水浒传》中的这段故事被《金瓶梅》的作者引入文本,先以西门庆为主角,站在这个人物形象的角度去叙述他的生活。故事以西门庆"热结十兄弟"开始,之后才是"武二郎冷遇亲哥嫂",牵出潘金莲的故事。对于这段文字的借鉴,张竹坡评价曰:

> 《水浒》上打虎,是写武松如何踢打,虎如何剪扑;《金瓶梅》却用伯爵口中几个"怎的""怎的"'一个"就象是",一个"又象",便使《水浒》中费如许力量方写出来者,他却一毫不费力便了也。是何等灵滑手腕!况打虎时是何等时候,乃一拳一脚,都能记算清白,即使武松自己,恐用力后,亦不能向人如何细说也。岂如在伯爵口中描出为妙。①

在交代相关情节的时候,张竹坡认为作者也借助了《水浒传》原文本的叙述,因此才会有《水浒传》是"费如许力量方写出来者",而《金瓶梅》对于此段细节的描述则"一毫不费力"。文本交叉互动的作用在此体现得颇为明显。

2. 外文本的重塑模式

外文本借鉴的互文性功能还表现于介绍重要人物的身世,这种功能表现的并不是非常明显,往往是对于已有文本情节内容的套用,不再是套

---

① 朱一玄,王汝梅主编:《金瓶梅古今研究集成》,延吉:延边大学出版社 1999 年版,第32 页。

用的文本全覆盖原文本,而是只用于塑造文本中重要的人物形象。以《西游记》中对于孙悟空这个人物地塑造为例。对于孙悟空的出世,小说如此写道:

> 那座山正当顶上,有一块仙石。其石有三丈六尺五寸高,有二丈四尺围圆。三丈六尺五寸高,按周天三百六十五度;二丈四尺围圆,按政历二十四气。上有九窍八孔,按九宫八卦。四面更无树木遮阴,左右倒有芝兰相衬。盖自开辟以来,每受天真地秀,日精月华,感之既久,遂有灵通之意。内育仙胞,一日迸裂,产一石卵,似圆球样大。因见风,化作一个石猴。五官俱全,四肢皆全。便就学爬学走,拜了四方。

(《西游记》第一回)

孙悟空是"仙石"所生,由"石卵"幻化而成。石头中生人这个情节,并非吴承恩独创,而是对于神话文本的借鉴。《淮南子·修务篇》记载:"禹生于石,契生于卵。"①注释曰:"王引之说当作'启生于石。'传说禹妻化为石而生启。"另注解曰:"原注说,'契母,有娀氏之女简翟也,吞燕卵而生契,愊背而出。《诗》云:'天命玄鸟,降而生商。'"②孙悟空的出世,是将"石生"与"卵生"的两个神话传说进行了融合。此外,《西游记》中这个情节的设计,与盘古开天辟地的神话也颇为相近。盘古开天辟地的故事最早载于《三五历纪》,原书已佚,《太平御览》卷二《天部二》引自《三五历纪》,记载内容为:

> 天地浑沌如鸡子,盘古生其中。万八千岁,天地开辟,阳清为天,阴浊为地。盘古在其中,一日九变,神于天,圣于地,天日高一丈,地日厚一丈,盘古日长一丈,如此万八千岁。天数极高,地数极深,盘古

---

① 《淮南子》,北京:中华书局 2009 年版,第 274 页。
② 《淮南子》,北京:中华书局 2009 年版,第 274 页。

极长。后乃有三皇。数起于一，立于三，成于五，盛于七，处于九，故天去地九万里。

（《太平御览》卷二《天部二》）

　　孙悟空的降世是将以上几种神话文本的故事情节进行化用之后的重新组合。在诸多的文学作品之中，对于有着特殊才能或者重要功绩的人物的降世，总是附会出一些神异的情节，通过这些超自然力量或者现象的出现，来彰显所塑造人物形象的与众不同，暗示给读者这个人物的特殊性。

　　石中生人的情节不仅出现于《西游记》，在其他的白话小说中也有性近似情节。例如《水浒传》楔子"张天师祈禳瘟疫，洪太尉误走妖魔"，张天师去寻访陈抟处士之时，走进了"伏魔之殿"，"太尉教从人取十数个火把点着，将来打一照时，四边并无别物，只中央一个石碣，约高五六尺，下面石龟趺坐，大半陷在泥里"。等洪太尉差人把石碣倔开后，"石板底下，却是一个万丈深浅地穴。只见穴内刮喇喇一声响亮，那响非同小可。响亮过处，只见一道黑气，从穴里滚将起来，掀塌了半个殿角。那道黑气，直冲上半天里，空中散作百十道金光，望四面八方去了"（《水浒传》楔子）。《水浒传》中一百零八好汉便是这道黑气所化，黑气也同样是冲出石头地压抑而出。此外，《封神演义》第十三回"太乙真人收石矶"中，太乙真人所降服的石矶娘娘"乃一顽石成精，采天地灵气，受日月精华，得道数千年，尚未成正果"。太乙真人用"三昧神火烧炼石矶。一声雷响，把娘娘真形炼出，乃是一块顽石。此石生于天地玄黄之外，经过地水火风，炼成精灵"。这个情节颇似《红楼梦》开始所讲述的女娲炼五色石补苍天，其中多余未用到的一块顽石有了灵性的情节。一个情节，被不同文本反复借鉴使用，可见文本之间的互文性关系并非是单向性的，而是多个文本之间相互利用，而对于同一个情节利用之后，在文本之中的整体性意义变化并不是很大，有所改变的只是情节之中的细枝末节，并不影响此情节的主题意义。借鉴的不同方式，以及对于所借鉴情节做出的改编，都是以所创作的主体文本为主导的,为满足主体文本的表现需求,才会对所借鉴内容进行不同程度的调整。由此可见,部分文本的借用相对于整体文本的借用要灵活多变很多。

部分文本的借鉴往往表现得并不是十分地明显,它会被隐晦地藏于叙事文本之中,在不留痕迹的情况之下,完成文本之间的互文性功能,尤其是在塑造人物形象方面。以《红楼梦》中所塑造的林黛玉这一人物形象为例。这个人物是诗意生活的化身,对于她的塑造作者是花费了一些心思的。首先,在文本的开始,作者借甄士隐的梦境,让梦中的一僧一道讲述了一个浪漫的还泪神话:

> 只因西方灵河岸上三生石畔,有绛珠草一株,时有赤瑕宫神瑛侍者,日以甘灌溉,这绛珠草便得久延岁月。后来既受天地精华,复得雨露滋养,遂得脱却草胎木质,得换人形,仅修成个女体,终日游于离恨天外,饥则食蜜青果为膳,渴则饮灌愁海水为汤。只因尚未酬报灌溉之德,故其五内便郁结着一段缠绵不尽之意。
>
> (《红楼梦》第一回)

绛珠仙子为了报答神瑛侍者的灌溉之恩,便随其下到凡间,用一生的眼泪偿还。植物幻化成人形的故事在中国古代小说之中是较为常见的情节。《太平广记》卷四百一十七《花卉怪》之中便收录多篇此类故事,例如,《崔玄微》《光化寺客》《邓珪》《苏昌远》等,均讲述了植物幻化成美貌女子的故事。《光化寺客》中白衣美女是百合所化,为了报答书生的珍爱,发誓曰:"幸不以村野见鄙,誓当永奉恩顾。"[1]这个故事中,植物所幻化的美女已经具有了痴情于书生的性格特点。值得惋惜的却是,书生错断了百合苗,"乃惊叹悔恨,恍惚成病,一旬而毙"[2]。酿成了一场让人痛惜的悲剧。《山海经·中山经》中记载:"又东二百里,曰姑媱之山。帝女

---

[1] (宋)李昉等编:《太平广记》卷第四百一十七,北京:中华书局1961年,第3394页。
[2] (宋)李昉等编:《太平广记》卷第四百一十七,北京:中华书局1961年版,第3395页。

死焉,其名曰女尸,化为菖草,其叶胥成,其华黄,其实如菟丘,服之媚于人。"①注释中曰:

> 《文选·别赋》云:"惜瑶草之徒芳。"李善注引宋玉《高唐赋》曰:"我帝之季女,名曰瑶姬未行而亡,封于巫山之台,精魂为草,实为灵芝。"②

赤帝之女亡后化为仙草,而绛珠仙子为仙草所幻化,尽管幻化的方向相反,但是二者的形态的相互转化是相近似的,仙草与有着特殊身份的女子之间在神话里建立起了关联。植物幻化女体的故事被曹雪芹浪漫地进行了附会,改编成为一个仙草用眼泪报恩的神话,从而为《红楼梦》中林黛玉与贾宝玉的爱情蒙上了一层神秘的面纱。曹雪芹对于林黛玉这个人物形象是颇为偏爱的,除了"绛珠还泪"这个神话故事之外,还加入了另外一个神话故事,即舜帝二妃娥皇与女英的神话传说。《山海经·中山经》记载:"又东南一百二十里,曰洞庭之山。其上多黄金,其下多银、铁。其木多柤、梨、橘、櫾,其草多菱、蘪芜、芍药、芎䓖。帝之二女居之,是常游于江渊,澧、沅之风,交潇湘之渊,是在九江之间,出入必以飘风暴雨。"③此外《博物志·史补》中也有关于二妃的记载:"尧之二女,舜之二妃,曰湘夫人。舜崩,二妃啼,以涕挥竹,竹尽斑。"④娥皇与女英的故事之所以与叙述文本相关联,是因林黛玉在诗社为自己取的名号"潇湘妃子"。二妃投湘水而亡,才有"湘夫人"之称,"潇湘妃子"所指便是舜之二妃。通过这两个神话故事,塑造了林黛玉多情、多泪,而又不同于凡俗的特点,使

---

① (晋)郭璞注,(清)郝懿行笺疏:《山海经》,上海:上海古籍出版社 2015 年版,第 183 页。

② (晋)郭璞注,(清)郝懿行笺疏:《山海经》,上海:上海古籍出版社 2015 年版,第 184 页。

③ (晋)郭璞注,(清)郝懿行笺疏:《山海经》,上海:上海古籍出版社 2015 年版,第 231 页。

④ (晋)张华:《博物志》卷八,上海:上海古籍出版社 2012 年版,第 34 页。

这个人物形象充满了浪漫的诗意。尽管此种外文本的借鉴并没有明显地彰显出文本拼接组合的特征,但是外文本在原故事文本之中的互文性特征却渗透进了叙事过程,很巧妙地融入了原文本,彰显出超越于符号本身艺术张力。

二、部分模仿的内文本性

小说所营造的文字符号世界,尽管是虚拟的,但是没有脱离社会现实,而是作者利用自己的人生体验去将符号进行拼接组合,构建出一个文本符号之中的真实世界。在这个符号的世界里,活跃着各色人等,他们如同真实的人物一样,有着喜怒哀乐,有着个人的对于人生、对于生活的不同体验。这些跃然文本之中的人物形象,虽然是作者所塑造的,但是他们在文本之中又是各自独立的,不管作者对他们的言行干预了多少,他们的喜怒哀乐、言行举止都要遵循艺术真实的规律,保持着自己的文化积淀。

1. 人物形象的语言文本

小说中塑造的人物形象是具有艺术上的生命力的,处在文本世界中的人物脱离不开社会环境,需要与文本中的其他各色人物进行交流与互动,人物形象的语言是其内在品性的体现,其言谈所反映出的是内在心理动机。因此,人物形象的语言,不仅是对于人物形象塑造的重要途径,而且也是勾连起故事情节各个环节的重要链条,推动着故事情节的进展。

尽管人物形象是活跃于文学文本之中的,但是作为艺术中的真实,他们的言谈必然会受到作者自身文化积淀的影响,言谈之中往往会有其他文本的借鉴和引用。长篇章回体小说《醒世姻缘传》中所塑造的珍哥这个女性,曾经说道:"珍哥把自己右手在鼻子间从下往上一推,'咄'的一声,又随即呕了一口,说道:'这可是西门庆家潘金莲说的:'三条腿的蟾稀罕,两条腿的骚虫老婆要千取万。'倒仗赖他过日子哩!'"(《醒世姻缘传》第三回)《金瓶梅》中却是有类似的语言,但是并非潘金莲所言,而是周忠的话。《金瓶梅》第八十七回"王婆子贪财忘祸,武都头杀嫂祭兄",

西门庆死后,潘金莲又到了王婆处,庞春梅另嫁周守备之后牵挂潘金莲,要求周守备将潘金莲买回来,周守备便派周忠去王婆处买人。王婆却一再抬高价钱,周忠恼了,骂道:"三只脚蟾便没处寻,两脚老婆愁寻不出来!"可见,《醒世姻缘传》的作者西周生是读过《金瓶梅》的,文中才有了珍哥所引用的语言。文本之文本的互文性关系,通过所塑造人物形象的语言表达,留下了借鉴的痕迹。

此外,还有的文本之中,借助人物形象之口对其他文本进行评论,借所塑造的人物之口去发表作者自己的观点和看法。《红楼梦》第五十四回中描述贾府过元宵节,请来两个女说书先生为贾母说书,讲的是乡绅王忠之子名王熙凤,欲求李乡绅女儿雏鸾为妻的故事,贾母未等说书先生讲完,便制止了说书人的讲述,并且评论道:

> 这些书都是一个套子,左不过是些佳人才子,最没趣儿.把人家女儿说的那样坏,还说是佳人,编的连影儿也没有了.开口都是书香门第,父亲不是尚书就是宰相,生一个小姐必是爱如珍宝.这小姐必是通文知礼,无所不晓,竟是个绝代佳人.只一见了一个清俊的男人,不管是亲是友,便想起终身大事来,父母也忘了,书礼也忘了,鬼不成鬼,贼不成贼,那一点儿是佳人?便是满腹文章,做出这些事来,也算不得是佳人了.比如男人满腹文章去作贼,难道那王法就说他是才子,就不入贼情一案不成?可知那编书的是自己塞了自己的嘴.再者,既说是世宦书香大家小姐都知礼读书,连夫人都知书识礼,便是告老还家,自然这样大家人口不少,奶母丫鬟伏侍小姐的人也不少,怎么这些书上,凡有这样的事,就只小姐和紧跟的一个丫鬟?你们白想想,那些人都是管什么的,可是前言不答后语?

(《红楼梦》第五十四回)

这一大段的评论对于情节的进展并未起到作用,是作者借贾母之口对于明末清初出现的才子佳人小说进行的评论,贾母此时成了一个文学

批评者。这段文字并没有明确指出是针对哪一部作品,而是涵盖了这一大类小说文本的类型。这一类型的才子佳人小说以一个群体的形态出现于《红楼梦》文本之中,也体现了贾母的价值观念。她认为一个大家族的姑娘,是不会像才子佳人小说中所讲述的,见了有才华的清俊男子就全情投入,将父母人伦及礼数都抛之脑后的。既是对才子佳人这一类白话小说的否定,也是对一个大家族生活情况真实性的反证。

2. 部分引用的情节文本

在有些白话小说之中,其他文本的引入并不是完成的情节,而是选取具有代表性的一部分内容,来帮助于人物形象的塑造或者推动原文本故事情节的进程。这种情况下选取的其他文本往往是一些传播力较强的作品或者故事,占据的读者群体也较为广泛,类似于诗词创作中的典故应用。在《红楼梦》情节设置之中,将《西厢记》与《牡丹亭》作为情节进展的重要因素融入故事之中。第二十三回的回目便是"西厢记妙词通戏语,牡丹亭艳曲警芳心",以这两部戏曲进行命名,可见两部作品在情节设置中的重要地位。《红楼梦》记叙道:"那一日正当三月中浣,早饭后,宝玉携了一套《会真记》,走到沁芳闸桥边桃花底下一块石上坐着,展开《会真记》,从头细玩。正看到'落红成阵',只见一阵风过,把树头上桃花吹下一大半来,落的满身满树满地皆是。"(《红楼梦》第二十三回)刚巧被林黛玉发现,宝玉隐瞒不过,便将书拿出与黛玉一同观看,一副充满诗意的唯美画面呈现而出。唐代元稹所作传奇《莺莺传》也名曰《会真记》,讲述的是崔莺莺与张生的爱情故事,元代王实甫将其创作改编为杂剧《西厢记》。尽管《红楼梦》中提到的为《会真记》,通过小说中内容的叙述,可知宝玉与黛玉共读的应为杂剧《西厢记》。"落红成阵"出自《西厢记》第二本第一折,原文内容为:

> 落红成阵,风飘万点正愁人。池塘梦晓,阑槛辞春。蝶粉轻沾飞絮雪,燕泥香惹落花尘。系春心情短柳丝长,隔花阴人远天涯近。香

消了六朝金粉,清减了三楚精神。

(《仙吕·混江龙》)

　　而唐传奇《莺莺传》中并没有"落红成阵"之语。《西厢记》中描绘的崔莺莺与张生相恋之时的美好,与《红楼梦》中宝黛的爱情相互对照映射,将青春的美好、生命的美好展现于叙事文本之中,展示着诗意生存的浪漫与美妙。除了诗意展现的功能之外,《西厢记》还介入了《红楼梦》情节的设置。宝玉将《西厢记》中的词语调侃黛玉,对黛玉言道:"我就是个'多愁多病身',你就是那'倾国倾城貌'。"(《红楼梦》第二十三回),因而惹恼了黛玉,宝玉赶紧道歉,黛玉借《西厢记》中文字回应道:"呸,原来是'苗而不秀,是个银样镴枪头。'"(《红楼梦》第二十三回)外文本的情节并没有完全出现,而是部分文辞被引用于原叙事文本之中,与故事情节融汇为一体。此外,同一回内容之中,通过林黛玉的听觉,还引入了另外一个戏曲《牡丹亭》。梨香院十二个女孩子在演习戏文之时,刚巧被黛玉听到,所唱内容为:"原来姹紫嫣红开遍,似这般都付与断井颓垣。"(《红楼梦》第二十三回)这句唱词出自《牡丹亭》第十出《惊梦》,原文曰:"原来姹紫嫣红开遍,似这般都付与断井颓垣。良辰美景奈何天,赏心乐事谁家院。"①《牡丹亭》中所描绘的少女杜丽娘的所思所愁与林黛玉的心态可以说是同出一辙,同时暮春时节,繁花短暂地盛开引发了黛玉内心无尽的感慨,加之《西厢记》与《牡丹亭》两部书内容的感染,更加重了这个孤单少女的愁绪。对此,庚辰本脂批曰:"前以《会真记》文,后以《牡丹亭》曲,加以有情有景消魂落魄诗词,总是急于令颦儿种病根也。看其一路不迹不离,曲曲折折写来,令观者亦自难持,况怯怯之弱女乎!"②两个文本与原文本之所以可以进行组合,是基于其共同因素之上的。原文本所借鉴的另外两个文本的内容部分,都是在落英缤纷的春日,年轻美丽的少女对于

---

① (明)汤显祖:《牡丹亭》,北京:人民文学出版社 1963 年版,第 43 页。
② (清)曹雪芹:《脂砚斋重评石头记(庚辰本)》,北京:人民文学出版社 2009 年版,第 527 页。

美好爱情的向往，"春日""落花""少女""懵懂的情愫"，是这三个文本的共同元素，也是三个文本能够建立起互文性关系的基础条件。有了两个外文本片段的辅助，原文本的艺术性有个更大的提升，其他两个文本能够起到启发引导的作用，一方面启发引导了原文本中人物形象的情感，而另外一个方面也是对于阅读者接受审美的深化。

还有一种对于其他文本的借用情况，被借用的文本出现于原叙事文本之中，但是既不借用情节，也不改编情节，而是仅仅作为一种符号出现，这种符号代表着某种权威或者神异力量，其文本之中的具体内容并没有被情节化。以《醒世姻缘传》为例，在前世姻缘关系链条中，晁源带着宠妾珍哥去打猎，射死了雍山洞仙狐，仙狐怀恨在心，其魂魄定要报仇，一直纠缠晁源与珍哥，伺机寻仇，都是因为晁源家中有朱砂所写的《金刚经》，屡屡不曾得手。小说第三回"老学究两番托梦，大官人一意投亲"中写道晁源祖父托梦给他，提醒道："你听公公说，明日切不可出门，家中且躲避两个月，跟了你爹娘都往北京去罢，或可避得灾过。若起身时，将庄上那本朱砂印的梵字《金刚经》取在身边。那狐姬说道，要到你庄上放火，因有这本经在庄，前后有许多神将护卫，所以无处下得手。"（《醒世姻缘传》第三回）《金刚经》乃是佛教典籍，在《醒世姻缘传》中被神化为一种神秘力量，可以抵御妖邪，保护此书的拥有者不受伤害。这个文本已经超越了它作为符号系统的艺术价值，而成了一种超自然力量的象征。这种文本的引入，只是一种特定的象征符号，其内容与原文本之间并无具体关联。还有一些被符号化的文本，代表着某种特定的话语，文本本身带有一定的意象性。《型世言》第十回"烈妇忍死殉夫，贤媪割爱成女"讲述苏州昆山县贞烈女子陈雉儿，因丈夫病逝，一心求死，最终自缢而亡。故事开头叙述道："生他时梦野雉飞入床帏，因此叫他做雉儿。自小聪明，他父亲教他识些字，看些古今《列女传》，他也颇甚领意。"（《型世言》第十回）《列女传》为西汉刘向所编，内容讲述了古代诸多女子的事迹，《汉书·楚元王传第六》记载曰："向睹俗弥奢淫，而赵、卫之属起微贱，逾礼制。向以为王教由内及外，自近者始。故采取诗书所载贤妃贞妇，兴国显家可法则,及孽嬖乱亡者,序次为《列女传》,凡八篇,以戒天子。"①此书是贤贞女子的榜样,被古代女人奉为准则。陈雉儿从小便学习《列女传》已经预示着她贞烈的行为。这本书的内容原文本仍是没有提及,但是其符号化为古代女性的道德规范,古代女子以效法书中贞烈女子为荣。小说在陈雉儿出场之时便将《列女传》这一文本引入,便将此人物形象定格在了被符号化的外文本的意义之中了,此后情节进展过程之中,此人物形象的性格也便固化在了所定格的范围之内。

---

① (汉)班固:《汉书》卷三十六,北京:中华书局1999年版,第1520页。

参考文献

一、古籍类

[1](清)阮元校刻《十三经注疏》,北京:中华书局1980年。

[2](清)阮元校刻《十三经注疏·毛诗正义》,北京:中华书局1980年。

[3](清)孙星衍《尚书今古文注疏》,北京:中华书局1986年。

[4](清)孙诒让《周礼正义》,北京:中华书局1987年。

[5]杨天宇《礼记译注》,上海:上海古籍出版社2004年。

[6]金良年《孟子译注》,上海:上海古籍出版社2004年。

[7]张燕婴译注《论语》,北京:中华书局2006年。

[8](清)阮元校刻《十三经注疏·周易正义》,北京:中华书局1980年。

[9]徐朝华注《尔雅今注》,天津:南开大学出版社1989年。

[10](清)王念孙《广雅疏证》,北京:中华书局1983年。

[11]王先谦撰,沈啸寰、王星贤点校《荀子集解》,北京:中华书局1988年。

[12]汪荣宝撰,陈仲夫点校《法言义疏》北京:中华书局1987年。

[13](战国)管子著,黎翔凤注《管子校注》,北京:中华书局2004年。

[14]王利器注《吕氏春秋注疏》,成都:巴蜀书社2002年。

[15]杨伯峻《列子集释》,北京:中华书局1979年。

[16]（宋）周敦颐《周子通书》，上海：上海古籍出版社 2000 年。

[17]（宋）朱熹集注《诗集传》，北京：中华书局 1958 年。

[18]杨伯峻《春秋左传注》，北京：中华书局 1990 年。

[19]（汉）司马迁《史记》，北京：中华书局 1999 年。

[20]（汉）班固《汉书》，北京：中华书局 1999 年。

[21]（南朝）范晔《后汉书》，北京：中华书局 1999 年。

[22]（晋）陈寿《三国志》，北京：中华书局 2005 年。

[23]（南朝）萧子显《南齐书》，北京：中华书局 1972 年。

[24]（唐）李延寿《北史》，北京：中华书局 1982 年。

[25]（唐）杜佑《通典》，北京：中华书局 1988 年。

[26]（唐）房玄龄等《晋书》，北京：中华书局，1974 年。

[27]（宋）刘恕《资治通鉴外纪》，上海：上海古籍出版社 1987 年。

[28]（宋）沈枢《通鉴总类》，四库全书本。

[29]（唐）魏征等《隋书》，北京：中华书局 2000 年。

[30]（唐）姚思廉《梁书》，北京：中华书局 1974 年。

[31]（明）宋濂等《元史》，北京：中华书局 1976 年。

[32]（明）宋濂等《元史》，上海：上海古籍出版社、上海书店 1986 年。

[33]（清）张廷玉等《明史》，北京：中华书局 2000 年。

[34]怀效锋《大明律点校本》，北京：.法律出版社 1999 年。

[35]赵尔巽等《清史稿》，北京：中华书局 1976 年。

[36]（清）王夫之等《清史话（下）》，上海：上海古籍出版社 1978 年。

[37]（魏）王弼注，楼宇烈校释《老子道德经注校释》，北京：中华书局 2008 年。

[38]任继愈《老子今译》，北京：北京古籍出版社 1957 年。

[39]（清）郭庆藩《庄子集释》，北京：中华书局 1961 年。

[40]何宁《淮南子集释》，北京：中华书局 1998 年。

[41]梁启雄《荀子简释》，北京：中华书局 1983 年 1 月。

[42]（清）孙诒让撰，孙以楷点校《墨子间诂》，北京：中华书局

1986 年。

[43]（清）王先慎撰，锺哲点校《韩非子集解》，北京：中华书局 1998 年。

[44]（梁）萧统《文选》，北京：中华书局影印胡克家本 1977 年。

[45]（唐）韩愈《韩昌黎全集》，上海：世界书局 1935 年。

[46]（唐）柳宗元《柳宗元集》，北京：中华书局 1979 年。

[47]（唐）柳宗元《柳河东集》，上海：上海人民出版社 1974 年。

[48]（宋）程颢、程颐《二程书》，北京：中华书局 1981 年。

[49]（北齐）颜之推《颜氏家训》，北京：中华书局 2007 年。

[50]（汉）许慎撰，（清）段玉裁注《说文解字》，上海：上海古籍出版社 1981 年。

[51]（汉）应劭撰，王利器校注《风俗通义校注》，北京：中华书局 1981 年。

[52]（汉）刘熙撰《释名》，北京：中华书局 2016 年。

[53]（南朝·宋）刘义庆著，张万起、刘尚慈译注《世说新语译注》，北京：中华书局 2006 年。

[54]（唐）李复言《续幽怪录》，影印宋本朱印本。

[55]（唐）欧阳询《艺文类聚》，上海：上海古籍出版社 1985 年。

[56]（梁）宗懔《荆楚岁时记》，太原：山西人民出版社 1987 年。

[57]（宋）孟元老《东京梦华录注》，北京：中华书局 1982 年。

[58]（宋）吴自牧《梦粱录》，杭州：浙江人民出版社 1984 年。

[59]（宋）陈振孙《直斋书录解题》，上海：上海古籍出版社 1987 年。

[60]（宋）洪迈《容斋随笔》，上海：上海古籍出版社 1978 年。

[61]（宋）孟元老等《东京梦华录（外四种）》，吴自牧《梦粱录》卷二十，上海：古典文学出版社 1956 年。

[62]（宋）李昉等《太平御览》，北京：中华书局。

[63]（宋）李昉《太平广记》，北京：中华书局 1961 年。

[64]（宋）邵雍著，刘光本、荣益译《梅花易数白话解》，济南：山东人

民出版社 1993 年。

[65]（宋）吴自牧《梦粱录》，（清）张海鹏辑《学津讨原》第 11 册，扬州：江苏广陵刻印社 1990 年。

[66]（宋）严羽《沧浪诗话》，北京：人民文学出版社 1961 年。

[67]（宋）赵彦卫《云麓漫钞》，北京：中华书局 1996 年。

[68]（宋）周密《武林旧事》，北京：中华书局 2007 年。

[69]（元）程端礼《程氏家塾读书分年日程》，四库全书本。

[70]（元）刘玉汝《诗缵绪》，卷四，四库全书本。

[71]（元）陶宗仪著，文灏点校《南村辍耕录》，北京：文化艺术出版社 1998 年。

[72]（元）脱脱，阿鲁图《宋史》，北京：中华书局 2000 年。

[73]（明）陈耀文《天中记》，光绪听雨山房本。

[74]（明）荻岸山人《平山冷燕》，沈阳：春风文艺出版社 1982 年。

[75]（明）冯梦龙《喻世明言·警世通言·醒世恒言》，长沙：岳麓书社 1989 年。

[76]（明）顾起元《客座赘语》，北京：中华书局 1987 年。

[77]（明）洪楩编，谭正璧校点《清平山堂话本》，上海：上海古籍出版社 1957 年。

[78]（明）凌濛初《二刻拍案惊奇》，上海：上海古籍出版社 1986 年。

[79]（明）刘侗、于奕正《帝京景物略》，北京：北京古籍出版社 1980 年。

[80]（明）天然痴叟《石点头》，上海：上海古籍出版社 1985 年。

[81]（明）瞿佑《剪灯新话》，上海：上海古籍出版社 1981 年。

[82]（明）施耐庵著，（清）金圣叹评点《金圣叹全集·贯华堂第五才子书水浒传》，南京：江苏古籍出版社 1985 年。

[83]（明）吴承恩《西游记》，北京：人民文学出版社 1980 年。

[84]（明）吴宽《家藏集》，收入《续修四库全书》集部别集类，第 419 册。

[85]（明）沈德符《万历野获编》，北京：中华书局 1959 年。

[86]（明）田汝成《西湖游览志余》，上海：上海古籍出版社 1980 年。

[87]（明）夷狄散人《玉娇梨》，沈阳：春风文艺出版社 1981 年。

[88]（明）叶盛《水东日记》，北京：中华书局 1980 年。

[89]（明）庸愚子《三国志通俗演义》，《古本小说集成》，嘉靖元年刊本影印《三国志通俗演义》。

[90]（清）曹雪芹、（清）高鹗《红楼梦》，北京：人民文学出版社 2005 年。

[91]（清）陈立《白虎通疏证》，北京：中华书局 1994 年。

[92]（清）方苞《方苞集》，上海：上海古籍出版社 1983 年。

[93]（清）顾禄《清嘉录》，台北：文海出版社 1985 年。

[94]（清）顾炎武《日知录集释》，上海：上海古籍出版社 2006 年。

[95]（清）李渔著，艾舒仁编《李渔随笔全集》，成都：巴蜀书社 2003 年。

[96]（清）马骕《绎史》，北京：中华书局 2002 年。

[97]（清）沈复《浮生六记》，北京：人民文学出版社 2010 年。

[98]（清）王永彬《围炉夜话》，北京：中华书局 2008 年。

[99]（清）文康著，松颐校注《儿女英雄传》，北京：人民文学出版社 1983 年。

[100]（清）吴敬梓著，李汉秋辑校《儒林外史会校会评本》，上海：上海古籍出版社 1984 年。

[101]（清）西周生撰，黄肃秋校点《醒世姻缘传》，上海：上海古籍出版社 1981 年。

[102]（清）佚名《麟儿报》，沈阳：春风文艺出版社 1983 年。

[103]（清）张履祥《杨园先生全集》，北京：中华书局 2002 年。

[104]（清）周亮工《书影》，上海：上海古籍出版社 1981 年。

[105]（清）曹雪芹《红楼梦（庚辰本）》，北京：人民文学出版社 1982 年。

[106]浙江古籍出版社编《李渔全集》,杭州:浙江古籍出版社1991年。

[107]侯立范《封丘地志民情》,《中原文献》第二卷,第11期,1970年。

[108]黄霖《文心雕龙汇评》,上海:上海古籍出版社2005年。

[109]释净空《太上感应篇》,北京:线装书局2009年。

[110]袁珂校译《山海经校释》,上海:上海古籍出版社1985年。

[111]袁闾琨,薛洪勣《唐宋传奇总集》,郑州:河南人民出版社2001年。

[112]《绘图三教搜神大全》,宣统观古堂本,《赵元帅》。

[113]王根林等校点《汉魏六朝笔记小说大观》,上海:上海古籍出版社1999年。

[114]杨军《元稹集编年笺注》,西安:三秦出版社2002年。

[115]黄霖,韩同文《中国历代小说论著选》,南昌:江西人民出版社2000年。

[116]郭沫若《殷契粹编》,北京:科学出版社1965年。

[117]《道藏》第三册,北京:北京文物出版社;上海:上海书店;天津:天津古籍出版社1988年。

[118]陶秋英编《宋金元文论选》,北京:人民文学出版社1984年。

[119]冯其庸,纂校订定《重校〈八家批评红楼梦〉》,南昌:江西教育出版社2000年。

[120]丁锡根《中国历代小说序跋集》,北京:人民文学出版社1996年。

[121]朱一玄《三国演义资料汇编》,天津:南开大学出版社2003年。

[122]侯忠义,王汝梅《金瓶梅资料汇编》,北京:北京大学出版社1985年。

[123]杨晓东《冯梦龙研究资料汇编》,扬州:广陵书社2007年。

[124]张伯伟著《全唐五代诗格汇考》,南京:江苏古籍出版社

2002 年。

二、论著类

[1] 阿英《晚清小说史》,北京:东方出版社 1996 年。

[2] 阿英《阿英文集》,北京:生活·读书·新知三联书店 1981 年。

[3] 梁启超《梁启超文集》,北京:北京燕山出版社 1997 年。

[4] 梁启超《饮冰室合集》,北京:中华书局 1989 年。

[5] 鲁迅《中国小说史略》,上海:上海古籍出版社 1998 年。

[6] 鲁迅《鲁迅全集》,北京:人民文学出版社 1982 年。

[7] 闻一多《伏羲考》,上海:上海古籍出版社 2006 年。

[8] 章太炎《章太炎政论选集》,北京:中华书局 1977 年。

[9] 王国维《人间词话》,北京:中国人民大学出版社 2004 年。

[10] 王国维《宋元戏曲史》,上海:上海古籍出版社 1998 年。

[11] 北京大学中文系《中国小说史》,北京:人民文学出版社 1978 年。

[12] 程俊英,蒋见元《诗经注析》,北京:中华书局 1991 年。

[13] 王先谦《诗三家义集疏》,北京:中华书局 1987 年。

[14] 蔡印明,邓承奇《古文论选粹》,山东大学出版社 1998 年。

[15] 陈桂声《话本叙录》,珠海:珠海出版社 2001 年。

[16] 陈江风《天人合一:观念与华夏文化传统》,北京:生活·读书·新知三联书店 1996 年。

[17] 陈平原《小说史:理论与实践》,北京:北京大学出版社 1993 年。

[18] 杜希宙,黄涛《中国历代祭礼》,北京:北京图书馆出版社 1998 年。

[19] 杜贵晨《李绿园与歧路灯》,沈阳:辽宁教育出版社 2000 年。

[20] 葛兆光《中国思想史》,上海:复旦大学出版社 2001 年。

[21] 郭锡良《汉语史论集》,北京:商务印书馆 1997 年。

[22] 何文焕《历代诗话》,北京:中华书局 1981 年。

[23] 胡朴安《中国风俗上》，北京：九州出版社 2007 年。

[24] 胡士莹《话本小说概论》，北京：中华书局 1980 年。

[25] 林白，朱梅苏《中国科举史话》，南昌：江西人民出版社 2002 年。

[26] 林惠祥《民俗学》，上海：商务印书馆 1948 年。

[27] 吕威《财神信仰》，北京：学苑出版社 1995 年。

[28] 孟悦，戴锦华《浮出历史地表》，北京：中国人民大学出版社 2004 年。

[29] 孟昭连，宁宗一《中国小说艺术史》，杭州：浙江古籍出版社 2003 年。

[30] 欧阳代发《话本小说史》，武汉：武汉出版社 1994 年。

[31] 钱谷融，鲁枢元《文学心理学》，上海：华东师范大学出版社 2003 年。

[32] 钱中文《文学是审美意识形态》，见《新理性精神文学论》，武汉：华中师范大学出版社 2000 年。

[33] 沈天佑《〈金瓶梅〉〈红楼梦〉纵横谈》，北京：北京大学出版社《〈金瓶梅〉面面观及其价值》。

[34] 石昌渝《中国小说源流论》，北京：生活·读书·新知三联书店 1994 年。

[35] 施蛰存《"小说"的历代概念》\，《中国近代文学争鸣（第一辑）》，上海：上海书店 1989 年。

[36] 孙楷第《小说旁证》，北京：人民文学出版社 2000 年。

[37] 唐跃，谭学纯《小说语言美学》，合肥：安徽教育出版社 1995 年。

[38] 黄伯荣，廖序东，《现代汉语》，北京：高等教育出版社 2017 年。

[39] 王占福《古代汉语修辞学》，石家庄：河北教育出版社 2000 年。

[40] 郭锡良《汉语史论集》，北京：商务印书馆 1997 年。

[41] 吴枫，宋一夫《中华道学通典》，海口：南海出版公司 1994 年。

[42] 徐岱《小说叙事学》，北京：中国社会科学出版社 1992 年。

[43] 徐京安《唯美主义》，北京：中国人民大学出版社 1988 年。

[44]徐华龙《中国鬼文化》,上海:上海文艺出版社1991年。

[45]林白,朱梅苏:《中国科举史话》,南昌:江西人民出版社2002年。

[46]徐吉军,贺云翱《中国丧葬礼俗》,杭州:浙江人民出版社1991年。

[47]杨镰《元代文学编年史》,太原:山西教育出版社2005年。

[48]杨义《中国叙事学》,北京:人民出版1997年。

[49]张文勋《儒道佛美学思想探索》,中国社会科学出版社1988年。

[50]余英时《士与中国文化》,上海:上海人民出版社2003年。

[51]章国锋《文学批评的新范式:接受美学》,海口:海南出版社1993年。

[52]章国锋,王逢振编译《二十世纪欧美文论名著博览》,北京:中国社会科学出版社1998年。

[53]张希清著,吴宗国审定《中国科举考试制度》,北京:新华出版社1993年。

[54]张文勋《儒道佛美学思想探索》,北京:中国社会科学出版社1988年。

[55]中国古典文学精华编辑组《中国古典文学精华(第四卷)》,北京:北京十月文艺出版社1995年。

[56]褚斌杰《中国古代文体概论》,北京:北京大学出版社1990年。

[57]朱眉叔《李汝珍与镜花缘》,沈阳:辽宁教育出版社2000年。

[58]朱一清主编《古文观止鉴赏集评》,合肥:安徽文艺出版社2010年。

[59]朱一玄《红楼梦人物谱》,天津:百花文艺出版社1986年。

[60]朱光潜《悲剧心理学》,合肥:安徽教育出版社1996年。

[61]宗力,刘群《中国民间诸神》,石家庄:河北人民出版社1986年。

[62]钟敬文《民俗学概论》,上海:上海文艺出版社1998年。

[63]孤草《逆境心理学》,北京:大众文艺出本社2001年。

［64］［古希腊］亚里士多德《诗学》，北京：人民文学出版社2002年。

［65］［丹麦］易德波《扬州平话探讨》，北京：人民文学出版社2006年。

［66］［德］路德维希·费尔巴哈《费尔巴哈哲学著作选集》，北京：商务印书馆1984年。

［67］［俄］阿·托尔斯泰《论文学》，北京：人民文学出版社1980年。

［68］［美］马克梦《吝啬鬼·泼妇·一夫多妻者：十八世纪中国小说中的性与男女关系》，北京：人民文学出版社2001年。

［69］［美］雷·韦勒克，奥·沃伦《文学理论》，北京：生活·读书·新知三联书店1984年。

［70］［美］加德纳·墨菲，约瑟夫·柯瓦奇《近代心理学历史导引》，北京：商务印书馆1980年。

［71］［德］马克思，恩格斯《马克思恩格斯选集》，北京：人民出版社1995年。

［72］［日］酒井忠夫《中国善书研究》，东京：国书刊行会1960年。

［73］［瑞士］费尔迪南·德·索绪尔《普通语言学教程》，北京：商务印书馆1980年版。

［74］［法］罗兰·巴特著，怀宇译，《罗兰·巴特随笔选·作者之死》，天津：百花文艺出版社1995年。

［75］［法］克里斯蒂娃（Kristeva，J.）著，史忠义等译《符号学：符义分析探索集》，上海：复旦大学出版社2015年。

［76］朱立元主编《当代西方文艺理论》，上海：华东师范大学出版社1997年。

［77］［法］热拉尔·热奈特，史忠义译《热奈特文集》，天津：百花文艺出版社2001年。

［78］黄永红，申民，周萍《跨文化符号学研究》，哈尔滨：黑龙江大学出版社2014年。

三、期刊论文类

[1][波兰]罗曼·英伽登《艺术的和审美的价值》,《英国美学杂志》,1964 年 7 月号。

[2][德]沃尔夫冈·伊瑟尔《读者作为小说结构的重要成分》,[德]维克托编《接受研究》1974 年。

[3]胡厚宣《中国奴隶社会的人殉与人祭(下篇)》,《文物》1974 年第 8 期。

[4]陈平原《"史传"、"诗骚"传统与小说叙事模式的转变——从"新小说"到"现代小说"》,《文学评论》,1988 年 01 期。

[5]陈松长、廖名春《〈要〉释文》《道家文化研究》第 3 辑,1993 年。

[6]冯保善《论"二拍"的劝世说教》,《明清小说研究》1995 年 03 期。

[7]张振军《惩劝与教化:儒教对传统小说之影响》,《齐鲁学刊》,1995 年第 4 期。

[8]王平《〈红楼梦〉的角色模式与叙事逻辑》,《红楼梦学刊》1997 年 04 期。

[9]任访秋《略论〈金瓶梅〉中的人物形象及其艺术成就》,载盛源、北婴编《名家解读〈金瓶梅〉》,济南:山东人民出版社 1998 年。

[10]杜贵晨《孔孟之道与古代小说的生存环境》,《孔子研究》1998 年第 04 期。

[11]张世君《〈红楼梦〉空间叙事的分节》,《暨南学报(哲学社会科学)》1999 年第 6 期。

[12]宋莉华《明清小说评点的广告意识及其传播功能》,《北方论丛》2000 年第 2 期。

[13]潘建国《明清时期通俗小说的读者与传播方式》,《复旦学报(社会科学版)》2001 年第 1 期。

[14]潘承玉《古代通俗小说之源:佛家"论议"、"说话"考》,《复旦学报(社会科学版)》2001 年第 1 期。

[15]周毅《劝惩与娱乐——李渔小说的创作旨归》,《黑龙江社会科学》,2001 年第 2 期。

[16]阎秀萍,许建平《〈金瓶梅〉对小说叙事模式的创新》,《河北学刊》2002 年 7 月。

[17]敦玉林《〈镜花缘〉中的"定数"观念及其叙事方法》,《明清小说研究》2003 年第 3 期。

[18]曹萌《论中国古代通俗小说的教育倾向》,《郑州大学学报(哲学社会科学版)》2003 年 5 月。

[19]许军《论宋元小说的道德劝惩观念》,《广西社会科学》2003 年第 11 期。

[20]黄大宏,杨蓉《〈李娃〉为白行简晚年作品考论》,《陕西师范大学继续教育学报》,第 20 卷,2003 年,第 1 期。

[21]徐云知《解析李绿园"教化至上"的小说观的成因》,《佳木斯大学社会科学学报》2003 年 10 月。

[22]王平《论明清时期小说传播的基本特征》,《文史哲》2003 年第 6 期。

[23]赵章超《古代命相小说的叙事结构》,《学术研究》2003 年第 12 期。

[24]许振东《略论 17 世纪白话小说创作与传播的特征》,《南开学报(哲学社会科学版)》2003 年第 5 期。

[25]韩玺吾《佛禅影响下的中国小说》,《长江大学学报(社会科学版)》2004 年 4 月。

[26]张进德《略论〈金瓶梅词话〉的教化倾向》,《明清小说研究》2005 年第 4 期。

[27]淮茗《古代小说研究的新探索与新收获》,《明清小说研究》2006 年第 2 期。

[28]戴健《试论〈雨花香〉与〈通天乐〉的劝善思想》,《扬州大学学报(人文社会科学版)》2006 年 11 月。

[29]杨再喜,田树培《论古代小说批评对史学"惩劝意识"的接受》,《文学理论研究》2006 年 11 月。

[30]白艳玲《因果报应思想与中国古代小说的道德教化主题》,《现代语文》2007 年 01 月。

[31]王立,纪芳《〈明清小说研究〉与小说研究新视角》,《明清小说研究》2007 年 02 期。

[32]武建雄,张运磊《"情"本位的哲理建构与人世演绎》,《东方论坛》2007 年第 2 期。

[33]王金寿《好奇心理的释放与满足》,《兰州大学学报(社会科学版)》2007 年第 2 期。

[34]张泽洪《元明时期道教情的传播及其影响》,《四川大学(哲学社会科学版)》2008 年第 1 期。

[35]林小燕《明代后期小说传播对朝廷禁令的突破》,《中国文学研究》,2008 年第 3 期。

[36]李桂奎《"物欲"叙事:中国古代小说研究的新视角》,《复旦学报(社会科学版)》2008 年第 3 期。

[37]黄大宏《白行简〈三梦记〉的叙事语境及其题材重写史论》,《清华大学学报(哲学社会科学版)》2008 年第 3 期。

[38]李桂奎《"天时"观念与明清小说的叙事机制》,《鲁东大学(哲学社会科学版)》2009 年 3 月。

[39]朱力《明代以"僧道骗"为题材的白话短篇小说》,《社科纵横》2009 年 2 月。

[40]黄爱华《试论晚明小说"二拍"的教化倾向》,《山东文学》2009 年第 A4 期。

[41]聂春艳《清代前期白话短篇小说劝惩说教之弊论析》,《山东文学》2009 年第 9 期。

[42]刘俐俐《传统文化的智慧与我国白话小说的叙事艺术》,《南开学报(哲学社会科学版)》2010 年第 5 期。

[43]李小龙《试论中国古典小说回目与图题之关系》,《文学遗产》2010年第6期。

[44]邵路燕《古代小说口头传播场所概述》,《燕山大学学报(哲学社会科学版)》2010年9月。

[45]董希文《互文观念视阈下的文学经典文本解读》,《福建论坛·人文社会科学版》2010年第5期。

[46]孟昭连《口传叙事、书写叙事及其相互转化》,《明清小说研究》2011年第3期。

[47]冀运鲁,王政《〈聊斋志异〉的干预叙事探析》,《兰州学刊》2012年第7期。

[48]魏颖《红楼梦中金玉良缘的互文性与文化寓言》,《河北师范大学学报》2018年7月。

[49]孔庆庆《红楼梦叙事模式的互文性探析》,《明清小说研究》2018年第4期。

[50]于红慧《〈聊斋志异〉与传统文学作品的互文性研究述评》,《蒲松龄研究》2021年第2期。

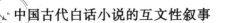

后　记

　　对于"互文"理论的关注,源于多年前和恩师孟昭连先生的一次探讨,在恩师的提点之下,开始查找与"互文"问题相关的著作以及文献,从而引起了我很大的兴趣。

　　克里斯蒂娃的互文性理论提供了一个解读文本的全新视角,横跨了哲学、符号学、文学、语言学、传播学、社会学,等等多个学科,将语言符号建构而成的文本从纯粹理性的角度进行了解剖分析,提供了一个新的认知维度。我的博士论文是围绕中国古代白话小说的教化问题探究的,在拜读了克里斯蒂娃的论著之后,发现教化现象的出现与互文性理论之间有着某种密切的关联。在对这种关联进行发掘之时,思路逐渐变得开阔起来,颇有柳暗花明之感。中国古代白话的叙事体制是比较特殊的,总有一个虚拟"说书人"身份的存在,这个"说书人"不断地为读者"指点江山",将一些主观的评判强加给读者。此外,中国古代的白话小说之中,往往会插入诗词韵文,这些内容与小说文本之间有着或远或近的距离,成为了其文本的代表性的符号,而这些文本的叙事特征,与教化的理念又有着复杂的关联。这些复杂的叙事特征,如果用互文性理论去解读的话,便有了更深刻而且清晰的答案。

　　在反复的琢磨探求之下,初步勾勒了中国古代白话小说互文性问题所涉及的几个方面,然后便准备书稿的撰写。探究学问的过程总是甘苦共存的,特别是疫情比较严重的那段时光,一边是柴米油盐的生活琐碎,一边是古典文学带来的典雅清幽,在"阳春白雪"与"下里巴人"的交织之中,让我切实体验了一下什么是"生活不止眼前的苟且,还有诗和远方"。

　　本书的出版,既要感谢我的"阳春白雪"与"下里巴人",还要感谢天津社会科学院的两位友人罗海燕以及韩鹏的大力支持和帮助,以及所有给予我支持和帮助的师长和朋友们。愿我们都能在古典文学里寻找到属于自己的那首诗和那片远方。

后
记